LES YEUX D'HARRY

Jérôme Camut et Nathalie Hug, respectivement nés en 1968 et 1970, se rencontrent fin 2004 à travers *Malhorne* de J. Camut, la série culte qui a renouvelé le fantastique. La magie opère immédiatement. Depuis, ils se sont mariés et consacrent leur vie à l'écriture à quatre mains.

*Jérôme Camut et Nathalie Hug*
*dans Le Livre de Poche :*

3 FOIS PLUS LOIN

LES ÉVEILLÉS

LES VOIES DE L'OMBRE
1. Prédation
2. Stigmate
3. Instinct

*Jérôme Camut dans Le Livre de Poche :*

MALHORNE
1. Le Trait d'union des mondes
2. Les Eaux d'Aratta
3. Anasdahala
4. La Matière des songes

JÉRÔME CAMUT & NATHALIE HUG

# *Les Yeux d'Harry*

ROMAN

CALMANN-LÉVY

ISBN : 978-2-253-15823-3 – 1re publication LGF

*Nous, JCNH, auteurs sains de corps sinon d'esprit,*
*dédicaçons cette histoire au plaisir d'être,*
*à l'accumulation des jours à venir*
*(qu'ils soient nombreux)*
*et au périmètre de sécurité que nous érigerons*
*entre nous et les moucherons de tous poils*
*(Dieu sait qu'ils sont nombreux !).*

# *Prologue*

Le paquet contient un récipient hermétiquement clos rempli d'un liquide jaunâtre où flottent deux globes oculaires aux iris recouverts de goudron. Des yeux sans couleur reliés par leur nerf optique, qui singent un regard. Des yeux privés de cils, de muscles pour les animer, de paupières pour les rendre doux ou durs. Alors, je change d'avis d'une seconde sur l'autre, selon mon humeur, la lumière et mon angle d'observation.

Harry, Peyton ; Peyton, Harry.

Et rien ne m'arrange.

Harry est devenu mon ami. En quelques semaines, il a balayé mes réticences, ma déprime, mon orgueil, chose que je pensais impossible. Et Peyton est la femme de ma vie.

Alors, ces yeux, que puis-je en faire ?

Ils me font horreur, mais je suis incapable de m'en débarrasser. Je leur parle, ils ne disent rien, bien sûr, mais j'ai si peu de compagnie…

Je jure mes grands dieux que je m'en fous, mais ce n'est pas vrai.

J'ai fini par aimer ces yeux, et chaque fois que je pense qu'ils sont ceux d'Harry, je remercie je ne sais trop qui d'avoir laissé la vie sauve à Peyton et je la vois sourire, pétillante, craquante.

Mais dans la seconde qui suit, ce sont ceux de Peyton, et j'imagine mon Harry, gambadant dans une nature prodigue, battant des pieds et des mains pour se procurer des poissons, « des bons fish de la mer qui pue ».

Si bien qu'au lieu de devenir vraiment fou, je les projette, chacun, dans une version personnalisée de la théorie de Schrödinger.

Ils sont vivants et morts à la fois.

Depuis la réception de ce maudit colis, je me suis jeté à corps perdu dans la rédaction de ce récit. Le besoin de comprendre, l'impérieuse nécessité de transmettre, si possible, cette expérience calamiteuse, de m'en sortir aussi, peut-être, même si je n'y crois pas vraiment, m'y ont obligé. Et pourtant, l'espoir, c'est tout ce qui me reste.

Les théories qui s'affrontent dans ma tête sont si dérangeantes qu'il m'a fallu un support. Pour ne pas devenir fou.

J'ai arrêté les comprimés et les murs de ma chambre se sont transformés en bloc-notes, mes idées se sont inscrites peu à peu, desserrant l'étau qui me vrillait le crâne depuis des mois, m'empêchant de raisonner.

Deux pans de murs pour deux théories, aussi plausibles l'une que l'autre.

Deux théories qui m'ont réduit à fréquenter des cafards.

Deux théories avec pour centre mon cher, mon regretté Harry.

# Comment j'ai rencontré Harry…

# 1

Comment expliquer ce qui m'est arrivé sans passer pour un fou ? J'ai beau tourner et retourner cette question, je ne vois pas d'autre solution que de reprendre du début, de ce qui fut mon début, l'aube de mon désenchantement.

Je m'appelle Jan Craven.

Il n'y a pas si longtemps, j'étais un homme au cœur sec, incapable de garder la femme de ma vie, mais professionnellement comblé, puisque, à la tête du journal télévisé du week-end, j'étais précisément là où j'avais toujours voulu être.

Et parce que tout passe, tout change, tout tourne, je me suis retrouvé un jour sans travail, sans amis, sans envies, errant sur un sentier le long des plages du Kerala.

Je me souviens de ce matin comme si c'était hier.

L'Inde, arrivée de nuit, transfert par minibus jusqu'à mon hôtel et le soleil qui se levait alors que j'étais incapable de trouver le sommeil. J'aurais très bien pu vider le minibar, me glisser dans le lit et prendre des somnifères ou, mieux encore, piquer une tête dans la piscine.

Mais non, je chaussai mes Pataugas et partis par le premier chemin qui longeait le littoral. Ici, la solitude ne me pesait pas. De magnifiques arbres rivalisaient pour atteindre le ciel, des oiseaux colorés lançaient des cris de début du monde et une multitude de singes braillards se disputaient de la nourriture laissée là par des moines. Alors que, le nez en l'air, j'observais leur manège, le sol s'ouvrit brutalement sous mes pieds.

Je tombai la tête la première, les bras tendus, la bouche ouverte sur un hurlement, persuadé que mon corps allait être traversé de pics acérés et que mon agonie durerait des heures.

Mais c'est un sol sablonneux, noueux de souches et de lianes, qui m'accueillit avec rudesse.

Sonné, je restai assis, les yeux rougis et la bouche remplie de terre, mais indemne et déterminé à me sortir de là plus vite encore que j'avais dégringolé.

Je m'attaquai cent fois aux murs veinés de racines de ce piège qui m'avait happé. Et cent fois, à quelques centimètres du bord, je chutai au fond du trou. La paroi était de sable et de terre et l'ensemble, solidarisé par des racines pourries, s'effritait sous mes doigts. Et puis, mon corps, peu enclin au sport et blessé, m'abandonna très vite.

Je dus alors admettre avec horreur qu'il n'y avait rien à faire, à part hurler, ce que je fis, à m'en briser les cordes vocales.

Ma voix s'éteignit à trop forcer dessus, trois de mes ongles étaient arrachés et mes muscles douloureux jusque dans chacune de leurs fibres. Dans le rectangle un peu moins obscur au-dessus de ma tête, je voyais la cime de deux palmiers se balancer dans le vent.

Déjà, je sentais ma langue s'épaissir, plus assez de salive. Et pourtant, depuis combien de temps étais-je tombé dans cette fosse ? Six, peut-être sept heures…

Première leçon enseignée par l'Inde : attends-toi à réfléchir sur toi-même, surtout si tu n'es pas venu là pour ça.

Des larmes de désespoir jaillirent, roulèrent sur mes joues et je me recroquevillai dans un coin de ma prison. Je n'étais pas un héros, loin de là, et depuis que la nuit peuplée de cris d'animaux m'avait enveloppé de ténèbres, la panique s'insinuait en moi. Que me restait-il ? L'espoir qu'on me retrouve ? Mais cet endroit était immense, et surtout, personne ne savait où j'étais allé.

Ce constat ne réduisait pas mes angoisses, bien au contraire. Réduit à l'impuissance par deux longueurs de bras, un sol inaccessible, avec le carré du ciel, limpide, au-dessus, quelques feuilles de palmiers en clair-obscur, j'avais la certitude qu'un éléphant ne tarderait pas à m'écraser en tombant à son tour dans le piège.

Car cet improbable trou était situé dans une partie de la forêt classée réserve animalière, zone dangereuse où je n'étais pas censé m'aventurer. Ce qui, en outre, allait sérieusement compliquer les recherches, sitôt qu'elles commenceraient. Si elles commençaient un jour.

Je me sentais comme une vierge livrée aux lions et la vision d'un cul d'éléphant m'engloutissant tout entier ne quittait plus mon esprit.

J'avais toute la nuit pour ressasser les raisons qui, à quarante-cinq ans, m'avaient fait passer pour un *has been* aux yeux des nouveaux patrons de la chaîne. Ça allait être long, et surtout, terriblement déprimant.

Mais quand je dis toute la nuit, j'exagère. Car l'improbable allait bientôt se produire, facétie curieuse, union ponctuelle du hasard et de la loi de Murphy. Je veux évidemment parler d'Harry.

## 2

Je suis né à Montignac, en Charente, comme mon père avant moi, et son père, et le père de son père. Depuis douze générations, l'aîné s'est allié au cheval de labour, au bœuf, puis au tracteur, pour ensemencer les sillons ouverts de cette terre d'un bel ocre jaune. Le blé, l'orge, l'avoine, quelques rangs de vigne pour le vin de table, et des vergers aussi, pour les confitures ou les cerises à l'eau-de-vie. Un peu de bétail, une vingtaine de poules, voilà ce qui a occupé mes aïeux. Jusqu'à mon père, qui s'y épuise encore, et qui a peut-être, au moment même où je pose ces lignes, une pensée pour son fils unique, autant prodige que prodigue.

Je refusais de suivre ses pas. Je voulais devenir journaliste.

J'ai accumulé sans rechigner des petits boulots débilitants, pour suivre ces cours hors de prix. J'ai tout sacrifié à ma carrière, les enfants, que je n'ai pas eus, Peyton, la merveilleuse femme que je n'ai pas su garder, les amis, que je fréquentais trop peu, et mon père, que je n'ai que rarement visité depuis mon installation à Paris.

J'ai collectionné des aventures sans lendemain, dragué quelques admiratrices et bossé heureux, sans contrainte, parfois nuit et jour. Correspondant de guerre sur trois théâtres de conflits africains, envoyé spécial de la rédaction pendant six ans, il n'existe pas au monde un aéroport dont je ne connaisse le moindre recoin. Et puis l'antenne, après dix ans d'efforts, le vingt-heures pleine poire, les vendredis, samedis et dimanches. La direction de la rédaction, enfin. Là où se décide ce qui doit être dit à la population, un travail colossal, une responsabilité à la hauteur de mes ambitions.

Les gens autour de moi ne m'appréciaient pas vraiment. Non pas à cause de mes origines paysannes, comme je l'ai longtemps cru, mais parce que j'étais tenace, habité d'une promesse impossible à tenir. Je ne supportais pas la médiocrité, l'absence d'idéal, la paresse et le gâchis. Et dans ce milieu show-biz, strass, paillettes et belles paroles, le gâchis est chose banale.

À ne pas me faire beaucoup d'amis, je me suis fabriqué des ennemis. Des non-amis, plutôt, mais la différence est infime quand on leur demande de choisir un camp. C'est précisément ce qui est arrivé le jour où la chaîne a changé de main, à la seconde où, par une OPA amicale, une bande de requins a pu se payer ma tête. Et mon expérience et mes audiences, excellentes, n'ont pu m'épargner la honte d'être débarqué de mon poste du jour au lendemain par un bref communiqué balancé sur les ondes un samedi matin.

Au début, je m'étais persuadé qu'il faudrait du

temps, qu'on n'avait pas tous les jours besoin d'un nouveau visage au vingt-heures.

Six mois après mon licenciement…

Des centaines de refus polis et de rendez-vous décommandés à la dernière minute m'obligèrent à accepter la noirceur de la réalité.

« Tu comprends, mon vieux, pour la ménagère de moins de cinquante ans, Jan Craven, c'est le JT du week-end ! C'est la tronche qu'il faut pour rassurer le consommateur ! C'est du tout bon ! Seulement, tu ne peux pas demander la lune ! Les places sont chères ! Et occupées ! Tente autre chose… Du divertissement par exemple ! Ça ne te dirait pas d'amuser la galerie un an ou deux, le temps qu'on trouve un créneau à ta dimension ? »

Le directeur des programmes responsable de ces paroles peu rassurantes savait bien que ma vie, c'était l'info, la préparation de l'info, la gestion de l'info, le direct. Je n'allais pas accepter de me coller un nez de clown pour remplir des plages horaires destinées à enrober les pages de pub.

Retour à la case nulle part.

Huit mois.

Le téléphone ne sonnait plus. Dans mon trois-pièces boulevard Haussmann, le temps avait une fâcheuse tendance à s'étirer. Je visitais de plus en plus mon armoire à pharmacie, les nuits tanguaient vainement sous l'effet des anxiolytiques et hypnotiques de toute sorte, transformant mes petits déjeuners en brunchs tardifs. Je sombrais gentiment vers une destination que je n'avais jamais envisagée.

Dix mois, bientôt Noël. Un sursaut.

Un billet de train, gare Montparnasse, arrêt à Angoulême, un taxi grassement payé jusqu'à Montignac et j'étais sur le seuil de la maison de mon enfance.

Mon père, Daniel, m'a accueilli comme si je venais de le quitter. Ses cheveux avaient blanchi, mais sa peau, tannée par le soleil, semblait ne pas avoir vieilli et se plissait des mêmes rides depuis toujours. Il avait remarqué ma disparition du poste de télévision et avait deviné que j'aurais besoin de lui. Peut-être même attendait-il cet instant avec délectation. Mais je m'en fichais. J'avais envie de redevenir ce petit garçon que j'avais été, j'avais besoin de trouver dans mes racines, dans l'odeur de la terre de Charente, cette énergie qui avait fait de moi un battant.

J'ai raconté à mon père les années sans lui, comme on raconte l'histoire d'un autre. Il a hoché la tête, m'a demandé où était la jolie Peyton et m'a asséné les mêmes mots que ceux dont il m'avait rebattu les oreilles le jour de mon départ.

Et j'ai compris qu'il ne pourrait jamais me donner plus.

Je ne lui ai pas fait de reproche, cette fois. Je suis resté deux jours, je l'ai accompagné aux champs, j'ai nourri les bêtes à ses côtés. Mais je n'ai pas parlé de l'essentiel. Je ne lui ai pas dit pourquoi Peyton m'avait quitté et quel homme j'étais devenu.

C'est sur les conseils d'Archi, voyagiste de son état, que je me suis envolé pour les abords d'un monastère perdu en terre hindouiste. Chargé d'évaluer cette future destination pour Occidentaux argentés, j'ai bénéficié d'un voyage et d'un séjour gratuits. Dès mon arrivée, je devais noircir des pages de commentaires, donner mon avis et surtout, cocher des points de vue. La première partie du dossier était ainsi titrée : *Qualité de l'accueil, impressions à chaud.*

J'ai atterri à Bangalore, pris la route en direction du sud en ressassant les multiples raisons qui m'ont transformé en un type déprimé et malheureux, brinquebalé sur les routes apocalyptiques du Kerala.

Pour me faire grimper dans le minibus, une Indienne d'une vingtaine d'années m'a fait de l'œil, avec un joli déhanché au passage, et sa délicieuse chute de reins m'a ouvert un appétit d'ogre, pauvrement rassasié par des sandwiches au poulet-curcuma et des commentaires sur le paysage et les coutumes du coin. C'est là que je me suis aperçu combien j'étais seul, et depuis longtemps.

Conclusion, pour la qualité de l'accueil : excellent, bon, moyen et médiocre, je cochai « bon », mais notai qu'il fallait proposer des véhicules plus confortables et des menus plus complets.

La deuxième page concernait l'état des locaux, des installations sanitaires, etc. Là, je me concentrai et… cochai « moyen ». Trois cases pour nuancer un avis positif et une seule pour critiquer défavorablement, ce n'était plus de la manipulation, mais un traquenard !

Il y avait dans le dossier une page *Abords du site*, avec autant de cases positives que négatives. C'est ainsi que mon insomnie se transforma en randonnée. J'avais hâte d'arpenter la forêt située entre le monastère et le littoral, à trois ou quatre kilomètres de là, le nez en l'air, saoulé des fragrances de la mer d'Oman, satisfait qu'il me restât encore une conscience, mais inconscient des pièges que ces merveilleux paysages me tendraient !

## 3

Quelle heure pouvait-il être ? Je n'étais pas familier des horaires de lever du soleil, encore moins des déplacements de la lune à travers le ciel, dont je ne distinguais qu'un carré de deux mètres sur trois.

Des bruits.

Je percevais des grattements dans les environs immédiats. Toutes sortes de monstruosités assaillirent alors mon esprit surchauffé par ma phobie des éléphants.

Des grattements, donc, suivis de l'apparition d'une forme… humaine. Je ne le compris réellement qu'au bruit de sa respiration et des mouvements soudains qui trahirent sa présence.

J'appelai aussitôt à l'aide, usant avec ménagement du maigre retour de ma voix. Mais la tête hirsute prolongée d'épaules robustes et nues émit un grognement, puis disparut.

En s'en allant, cette miraculeuse présence devint mon tourment. Je ne pensais plus qu'à son retour, à l'endroit où elle se cachait et surtout, à la raison pour laquelle elle ne me venait pas en aide.

Puis je me ressaisis. Mais oui ! Elle allait se munir d'une corde, ou d'une échelle, évidemment ! C'est ce que toute silhouette appartenant à un être sensé aurait fait. Mais Harry n'était pas à proprement parler un être sensé, je l'apprendrais plus tard. Oh non, nous sommes, en sa présence, loin de la définition de la raison.

J'angoissais, ma poitrine se serrait, j'appelais encore et voilà justement que la tête hirsute réapparut.

« Hey brin d'zingue, t'as pas cent balles ? » fit sa voix, nasillarde, haut perchée, désagréable même.

La tête parlait dans ma langue ! Je remerciai le ciel de m'avoir gratifié d'une si généreuse étoile.

« Vous pouvez m'aider, s'il vous plaît ? Ça fait des heures que je suis coincé là !

— Harry s'en va, Harry revient ! C'est quoi ça ? T'as fait tomber les planches, mon coco ! Pas bien ça, pas bien, non. Harry pas content. Ah non, alors ! »

Deuxième leçon de mon séjour en Inde : ici, ne demande rien au ciel, tu risques de le regretter.

« Hey brin d'zingue, t'as pas cent balles ? Harry pas content ! Harry pas content ! Hey brin d'zingue, t'as pas cent balles ? »

Hébété par le manège de mon improbable sauveur, j'étais incapable de saisir tous les détails et les redites, fort nombreuses, de sa logorrhée. Pendant une minute, il répéta la même chose en s'agitant au bord de ma prison. Je m'approchai de la paroi et tendis les mains.

« S'il vous plaît, aidez-moi, s'il vous plaît, aidez-moi ! »

Mais la silhouette remuait toujours au-dessus de la fosse, insensible à mes suppliques. Pourtant je tins bon, jusqu'à ce qu'un jet d'urine tiède m'inonde le visage.

Je me mis à protester d'une voix éteinte et brisée : « Arrêtez, c'est dégueulasse ! » ce genre de choses et d'autres encore. Mes cris de dégoût laissèrent le pisseur indifférent et, malgré mes efforts, je ne pus éviter l'outrage.

Il déguerpit aussitôt son forfait accompli et je restai seul, trempé, humilié et suffocant de rage, jusqu'à ce que l'aube apporte avec elle mes sauveurs : trois moines en robe safran.

# … Et pourquoi je me suis mis dans les ennuis

# 4

Jamais de ma vie je n'avais subi pareil affront. Et, non content de m'avoir abaissé au rang d'urinoir, ce dénommé Harry avait disparu sans demander son reste. Je piquai une belle colère et, pire encore, avouai une indescriptible envie de massacrer l'énergumène – qui est resté invisible tout le temps de mon retour au monastère.

J'en parlai autour de moi, tentai de déchiffrer ce qu'ânonnaient ces moines exaspérants de bienveillance, mais aucun d'entre eux ne sut m'informer. À les entendre rire, je crus avoir tout inventé au cours de la nuit, perturbé par mes frayeurs éléphantesques ou rôti par le puissant soleil du Kerala. Mais l'odeur fétide accrochée à mes vêtements prouvait que je n'avais pas rêvé.

De retour au monastère, je pris une longue douche puis m'installai sur la terrasse. Un verre de rhum à la main pour me décontracter, je ruminais une rancune tenace. Pourtant, les heures qui défilaient, scandées par les appels à la sérénité – tout y était, les formes, les odeurs, les couleurs, et même les longs rubans qui flottent au vent –, avaient de quoi apaiser. En théorie.

Même les clins d'œil de ma « gentille organisatrice aux sandwiches au curcuma » ne m'étaient d'aucun secours.

Sitôt mon godet avalé, je retournai dans ma chambre, où je m'emparai d'un sac. J'y fourrai quelques biscuits, une gourde et une paire de jumelles dont je ne me séparais jamais. J'étais paré pour affronter le bonhomme et lui dire ma façon de penser.

Le matin, j'avais repéré les sentiers, les rochers, les grands arbres caractéristiques, tout ce qui me permettrait de retourner sur mes pas. Aussi retrouvai-je aisément le trou, déjà recouvert du treillage piégeur. Ce taré n'avait donc pas l'intention d'en rester là ! Harry, si je pouvais me fier à ses délires verbaux pour lui donner un nom. Harry ! Je me cachai aussitôt dans un bosquet, persuadé qu'il reviendrait tôt ou tard.

Troisième enseignement de l'Inde en moins de vingt-quatre heures : le temps ne s'y écoule pas de la même façon qu'ailleurs, et les bosquets servent de repaires aux moustiques.

Alors, je posai mes pas dans les empreintes de l'énergumène, au propre comme au figuré. Il n'y avait pas de véritable sentier dans cette jungle, et pourtant j'y décelai, après une longue et minutieuse inspection, quelques traces convergeant vers un arbre monumental dont je ne connaissais pas le nom. J'évitai ainsi de nombreux autres pièges couverts d'un treillage de branches. Harry tenait à défendre son territoire.

Et quel territoire ! De larges feuilles, dont certaines atteignaient cinquante à soixante centimètres de longueur, couvraient ce vieil arbre comme des cerfs-volants échoués. Un tronc puissant, scindé en une demi-douzaine de branches énormes, bases de ramifications innombrables où l'œil se perdait tout en montant, puis se fixait sur des structures angulaires, des passerelles faites de cordes, de planches, de bidons en métal hissés à dix mètres au-dessus du sol.

J'avais trouvé la maison du fameux Harry.

Quelques instants, je m'attardai à découvert, stupéfait par la quantité de constructions qui occupaient les branches, cabanes ou terrasses faites de bric et de broc. Quelques instants seulement, car ma volonté de confondre le pisseur ne faiblissait pas et pour atteindre mon but, je devais le surprendre.

Je visai un fossé non loin de là et courus m'y abriter.

J'y restai des heures, à l'affût. Calme. Très calme. De plus en plus calme, aguerri à l'attente par vingt ans de métier où le danger le plus sérieux, entre des populations hostiles et une bande de journalistes assoiffés de scoop, ne venait pas nécessairement du plus armé des deux.

Je vis enfin Harry. Il passa devant moi une première fois et monta dans son arbre, avec l'envie manifeste d'en redescendre rapidement. Il faut dire que le bonhomme marmonnait et me livrait, au hasard de ses passages, des informations à l'intérêt limité :

« Va pêcher, Harry ! »

Oui, c'est exactement ça :

« Pêcher pour manger ! Eat les fish, Harry va manger les fish, les bons fish de la mer qui pue ! Il va s'en mettre jusque-là, à s'en faire péter la panse, du fish. Et avec les arêtes, il aura les nichons en oursins ! »

Affligeant d'abord, agaçant ensuite. Rien de tel qu'un Harry bavard pour faire sortir de ses gonds le plus zen d'entre nous. Mais curieusement, à l'observer ainsi, à le constater aussi débile, mon envie d'en découdre se tassait progressivement. Subsistait seulement le désir de comprendre ce qu'il fichait là, d'où il pouvait bien venir. Pourquoi ce drôle de type parlant français s'était-il installé au milieu de nulle part, dans cet arbre qu'il défendait à grand renfort de pièges ?

Régulièrement, Harry empruntait une passerelle ou une corde à la manière d'un Tarzan pour entrer dans une cabane, en ressurgir dans la seconde et s'affairer en tous sens. Apparemment, il ne parvenait pas à mettre la main sur un de ses fichus « hameçons à fish de la mer qui pue ». Il s'énerva et se mit alors à parler plus vite, jusqu'à atteindre un débit incompréhensible, sur un ton aigu, brutalement interrompu par la découverte du fameux hameçon.

C'est alors qu'il redescendit de son perchoir, arborant un air de camé satisfait, et se dirigea vers le littoral. Quant à moi, je le suivis des yeux jusqu'à ce qu'il disparaisse, et je fonçai pour grimper dans son arbre. Car enfin, la présence de cet homme étrange, vivant en Inde de la façon que je viens de décrire, titillait ma curiosité.

Et un Craven, même à moitié titillé, est un obstiné déraisonnable.

# 5

Des planches de récupération clouées dans le tronc me permirent d'atteindre une première plateforme. De là, une passerelle branlante partait vers une cabane minuscule, bien trop étroite pour permettre à un homme de s'y allonger. Repos impossible, quoi d'autre dans ce cas ? L'odeur me saisit à la gorge avant même que j'y pénètre. Le plancher de la pièce était ouvert d'un cercle d'une trentaine de centimètres de diamètre aux bords éclaboussés d'excréments. Curieux, je jetai un regard par ce trou, pour n'y voir que la frondaison d'un arbre plus petit, un jasmin je crois. Harry avait réinventé les toilettes à la turque, rustiques, aussi peu commodes que le modèle initial. Je ne m'attardai pas et passai à la suite de ma perquisition, choisissant délibérément la plus importante des constructions. Si pareille robinsonnade m'était arrivée, c'est assurément là que j'aurais élu domicile.

Au bout de la passerelle, un système de poulie utilisant des roues de vélo permettait de monter des charges depuis le sol. Ingénieux. Je cherchai des yeux le cadre, en vain. Juste le temps de soulever un morceau de fripe et je pénétrai dans l'antre de l'abruti. Je découvris avec surprise un intérieur inattendu parce que ordonné, sans doute par obsession, propre et moins inhospitalier que je l'imaginais. Les planches du bâti provenaient pour la plupart de palettes. Certaines portaient des inscriptions marchandes réalisées au pochoir, d'autres, peintes en rouge, jaune ou noir, égayaient la pièce un peu sombre. Quatre étagères de la même origine supportaient des livres, tous semblables, au titre peu évocateur : *Dr. Oetker Schul-Kochbuch.* J'y portai la main, en saisis plusieurs et m'aperçus qu'il ne s'agissait en rien d'une collection, mais du même livre de cuisine désuet, illustré, répété cent fois, sans doute davantage.

Au milieu de la pièce il y avait une table, authentique et rafistolée sans talent, et une seule chaise. Ce fameux Harry ne recevait sans doute que rarement un visiteur. J'y posai mon séant, dérouté et presque admiratif. Aurais-je seulement réussi à m'installer ainsi ?

L'intérieur était protégé de l'invasion des insectes par des moustiquaires de fortune, et les deux fenêtres qui se faisaient face étaient auréolées de rideaux relevés à l'aide d'une fibre de raphia sur une pointe recourbée. Harry s'était aménagé un véritable nid dans les branches maîtresses d'un arbre dont je ne saurais jamais le nom.

De longues minutes, je restai là, incapable de me décider. Certes, Harry m'avait pissé dessus, j'avais le désir de lui rendre la monnaie de sa pièce et puis… Qu'étais-je réellement venu chercher ? Tandis que mon cerveau s'attardait sur cette question, mes yeux virevoltaient à la surface des choses.

L'intérieur de la cabane d'Harry, qui n'excédait pas dix à douze mètres carrés, regorgeait d'innombrables objets, tous soigneusement rangés, empilés ou amassés dans des morceaux de filets de pêche qu'il avait dû dénicher sur la côte. Des chaussures, dont beaucoup étaient inutilisables, des boîtes de toutes sortes, des pièces en métal dont je ne devinai pas l'origine, d'autres en plastique, et des tissus effilochés. Plusieurs emballages de hamburgers à l'effigie de Ronald McDonald trônaient sur une planche fixée dans un angle. Le premier, après que je l'eus délicatement ouvert, me livra une trentaine de coquillages nacrés et parfaitement inutiles. Le deuxième contenait quatre perles aussi difformes que sauvages. Le troisième, des piquants d'oursins, dont je reconnus la provenance à l'odeur.

Mon instinct me souffla qu'il était temps de redescendre. Pourtant, j'ignore pourquoi, je décidai de passer outre et de fouiller encore.

Cette pièce de vie ne contenait pas de couchage. Où dormait-il donc ? Un regard vers le ciel me renseigna. Une dernière cabane, minuscule celle-là, se balançait à quelques mètres sous la canopée, uniquement accessible par une corde, que j'empruntai aussitôt. Après quelques efforts, je gagnai enfin la chambre. La longueur d'un corps et demi, la largeur de la moitié, Harry devait y passer des nuits paisibles, sans crainte de la faune, à écaille, à poil ou en tongs.

Je me glissai dans le petit espace et trouvai sous la paillasse trois objets qui excitèrent mon intérêt : un bracelet de cheville en plastique, qui fit immédiatement rejaillir le souvenir d'un reportage sur les modes d'incarcération à domicile, et une médaille de baptême reliée à une chaîne en or. Une vierge à l'enfant côté face, une vierge à l'enfant côté pile. Comme si une seule ne suffisait pas. Enfin, un passeport britannique établi dans les îles Anglo-Normandes, au nom de Simon Fergusen. Une identité certifiée par les fonctionnaires de Sa Royale Majesté, un passeport tout juste périmé, l'estampillage d'une religion ou de l'amour d'une mère et un bracelet de prisonnier rongé par le sel, c'était plus que suffisant. Mon débile du Kerala était un taulard en cavale !

J'emportai le tout, direction le monastère et les moines. Quelques questions ici et là, quelques coups de fil bien ciblés et j'en saurais assez pour découvrir les secrets de ce mystérieux Harry.

## 6

Qui était Simon Fergusen ? Je passai le reste de la journée à tenter de répondre à cette question. Trois appels vers la France, le premier pour Alan Doyle, secrétaire de l'ambassade britannique à Paris. Il m'écouta avec attention, me gratifia d'un : « T'as trouvé un idiot en Inde et tu comptes passer tes vacances avec lui ! » qui m'obligea à lui rappeler qu'il me devait un service après que j'eus intercepté des photos scandaleuses où il figurait en bonne place. Le deuxième fut pour mon père, que j'avais décidé de ne pas ignorer pendant les vingt-cinq prochaines années.

Je lui racontai ma rencontre avec Harry et lui décrivis sa manière de vivre dans les arbres. Mais mon père n'avait jamais d'opinion sur les événements étrangers à la ferme. Il ne put en revanche pas s'empêcher de me proposer de rentrer en Charente pour reprendre l'exploitation, prétendant qu'un tiens vaut mieux que deux tu l'auras, ce qui m'agaça immédiatement. Je coupai court à la conversation, partagé entre l'envie de ne plus jamais décrocher mon téléphone pour lui parler et la culpabilité de ne pas être un bon fils. Le troisième pour Laurie, ma Laurie, mon amie d'enfance, celle qui savait comment soulager mes revers et mes peines. Y compris de cœur, dans les rares occasions où j'avais cru en posséder un et où j'avais finalement accepté l'idée que je ne versais des larmes que sur mon propre sort.

Mais le téléphone sonna dans le vide, me laissant encore plus seul qu'avant.

Je quittai ma chambre et gagnai le bar à peine achevé, qui sentait la colle à bois et la peinture, et que je n'avais pas encore passé au crible de mon questionnaire de qualité. Quelques verres allaient me faire du bien, je n'avais pas emporté d'anxiolytiques dans mes bagages.

Si j'étais venu déprimer en Inde plus ou moins par hasard, je me persuadai peu à peu que cet Harry, ou ce Simon Fergusen, s'il fallait en croire son passeport, allait m'obliger à réagir. Car enfin, qui pouvait me faire douter que cet hurluberlu chevelu, parlant français et jurant dans plusieurs langues européennes, ce Robinson échoué en terre indienne, coupé de tout et de tous, s'occupant seul de sa subsistance avec ce que la mer, les cargos et la flore lui prodiguaient, était une formidable énigme à lui seul ?

J'observai un long moment le soleil. Il quittait le zénith pour illuminer les dorures et les pigments multicolores des dômes du monastère. Les formes tarabiscotées des bâtiments qui m'entouraient portaient chacune un nom que j'ignorais. Je n'ai jamais été savant de ces choses et ne le deviendrai plus. Cependant, les parties exposées au soleil, luisantes, presque dégoulinantes de leur or et de leurs teintes criardes, étaient de toute beauté.

De ma pochette en toile de chanvre, cadeau d'accueil de l'hôtel, j'extirpai mon butin. Je gardai le bracelet en main et le fis danser devant mes yeux. Pas de doute sur son origine, il s'agissait d'un dispositif de surveillance, expression convenue pour parler de flicage à domicile et de désengorgement des prisons, mais son état de crasse et d'usure était tel que je ne parvins pas à déchiffrer le nom du fabricant. Un quart d'heure durant, je l'astiquai à l'aide d'une serviette pour voir surgir sous la gangue de saleté accumulée les mots : Trace Dog. C'était un collier électronique pour chien.

Cela me fit un drôle d'effet. Ma théorie de prisonnier évadé reconverti en Robinson s'effondrait déjà ! Je devais relancer Doyle sur la recherche d'identité.

Je me décidais à quitter le bar quand un concert de cris m'alerta. Il semblait qu'on s'attroupait dans la cour du monastère, cour qui permettait d'accéder à la forêt côtière par une porte, toujours ouverte.

Je me jetai dans cette direction et la petite foule déjà amassée se fendit pour livrer passage à mon débile, précédé d'un moine très âgé.

Et quand Harry eut vociféré, hurlé, bavé toute la salive de sa grande bouche, exposé ses dents cariées comme un cheval affolé, pour éructer, dans un français mâtiné d'anglais, qu'on l'avait volé, je sus que les problèmes n'allaient plus tarder à fondre sur ma tête.

# 7

Je me dépêtrai tant bien que mal face au doyen des moines, tandis qu'il me suggérait de rendre à Harry ce qui appartenait à Harry. Pendant ce temps, ce dernier me jetait des regards pitoyables.

Malgré son extrême anxiété, il m'écouta attentivement quand je me présentai et lui expliquai que je n'avais pas eu l'intention de lui nuire, juste d'en savoir un peu plus sur lui. Après tout, je n'avais fait qu'emprunter quelques affaires que je me proposais de lui restituer sur-le-champ, à condition qu'il me raconte comment il avait fini dans un arbre, au fin fond du Kerala.

À ma grande surprise, Harry accepta avec de curieux gémissements. Puis son visage se fendit d'un sourire lumineux quand je lui lançai le bracelet, qu'il attrapa au vol et confia aussitôt à ses paumes serrées l'une contre l'autre.

« Copain Jan ! s'exclama-t-il de sa façon si spéciale de prononcer les mots à la file. Copain Jan, t'es mon copain, putain ça oui, copain Jan ! Y a pas ! Mon copain ! »

Il fit deux fois le tour de la cour avant de se calmer, pendant que la petite foule se dispersait. Et quand il revint vers moi, la même mélopée sortit de sa bouche, avec quelques variantes, comme un disque rayé.

« Comment vous appelez-vous ? lui demandai-je quand sa source se tarit enfin.

— Toi c'est copain Jan, j'ai entendu, sûr que j'ai entendu !

— Oui. Mon nom c'est Jan, Jan Craven et vous ? Comment vous appelez-vous ? »

Il hésita quelques secondes avant de s'exclamer.

« Moi, c'est Harry. Ouais, sûr que c'est Harry. Harry les rouflaquettes, copain Jan, ouais ! »

L'interrogatoire s'annonçait difficile. J'ouvris le passeport devant son visage et indiquai le patronyme frappé à la machine du bout de mon index. C'était la première fois que je le voyais rester tranquille. Et je pus m'assurer qu'il s'agissait bien de sa photo sur le passeport, avec quelques années en moins, des joues et un crâne rasés et surtout, ce regard d'un bleu presque blanc que je n'avais pas eu l'occasion de remarquer avant de me trouver devant lui.

« Pourquoi est-il indiqué ici que vous vous appelez Simon Fergusen si votre nom est Harry ? » insistai-je.

Visiblement, mon énergumène n'aimait pas douter. Des tics nerveux parcoururent ses traits. Cette agitation s'empara ensuite de ses mains, puis de ses bras. Et je crus percevoir une ombre dans son regard, signe qui me fit lâcher aussitôt la médaille et le passeport.

« D'où venez-vous, Harry ? » lui demandai-je avec fermeté.

Le corps raide, se balançant d'un pied sur l'autre, les bras plaqués le long du corps, précis comme un métronome, un coup à droite, un coup à gauche, Harry me parla de cette niche où il faisait bon vivre, avec la petite porte en bois qu'il aimait tant et son nom peint en lettres blanches. Il ajouta, en levant vers moi des yeux pleins de larmes où la candeur damait le pion à la folie, qu'il avait été gentil et qu'il méritait de manger du ragoût au curry.

C'est la première fois que je l'entendais prononcer plusieurs phrases à la suite dans un français assez correct. Plus tard, j'allais découvrir qu'il était capable de bien des prouesses, comme réciter des vers dans un anglais académique, ou raconter des bribes de ses souvenirs, avec une précision surréaliste dans les détails. En regard de sa faible capacité apparente d'analyse, Harry réservait bien des surprises.

Mais pour l'instant, il se contenta de tourner les talons en direction de l'ouverture taillée dans l'enceinte du monastère et la porte, qu'il ne claqua pas, se referma sur le continent de doutes et d'interrogations que j'explorais depuis notre rencontre. Vaste maelström d'incohérences où je fus renvoyé, immédiatement. Pourquoi Harry se baladait-il avec un collier de surveillance pour chiens ? Qui diable était ce Simon Fergusen ? Que faisait-il dans un arbre au milieu de la forêt du Kerala, depuis combien de temps vivait-il là ? Pourquoi ?

C'est ce cher Alan Doyle qui me dénicha l'information quelques heures plus tard. Il était très agité quand je décrochai. Et je compris aussitôt que j'avais mis le doigt sur un drôle de mystère. Simon Fergusen, ressortissant britannique domicilié dans les îles Anglo-Normandes, était porté disparu en mer depuis une dizaine d'années. Doyle m'expliqua avec délectation comment le bateau de ce marin de Jersey s'était brisé sur une vague scélérate, au large de Terre-Neuve, au retour d'une campagne de pêche.

Je remerciai Doyle avec enthousiasme, lui promis de passer une soirée en sa compagnie dès mon retour à Paris et je raccrochai. Je m'assis sur mon lit, la tête emplie de solutions chimériques et d'explications irrationnelles. Car, si mon fantasme de prisonnier en cavale avec collier pour chien s'était évaporé, je n'y perdais pas au change. J'ignorais comment on pouvait disparaître en mer au large de Terre-Neuve, mais mourir à proximité du cercle arctique pour ressusciter sur un littoral tropical bordé de cocotiers et de moines bouddhistes était une aventure extraordinaire.

Et puisque Simon Fergusen venait de revenir à la connaissance du monde, il existait sans doute une famille qui l'attendait, une mère peut-être, une femme et des enfants ! C'est à cet instant que je décidai que je ferais tout pour comprendre ce qui lui était arrivé et être celui qui allait rendre ce marin perdu à ceux qui l'attendaient depuis plus de dix ans.

## 8

*Le ressac formait de minuscules vaguelettes de sable blanc sur la plage. Au-delà, des graviers plus gros servaient de repaire à de petits crabes rouges. De grands oiseaux clairs flottaient dans le vent, le bec tourné vers le large, en quête de nourriture. Plus loin, à la limite du sable sec, gisait allongée, les bras en croix, la face offerte au soleil, une forme humaine. Ses vêtements en lambeaux…*

Non, rien à voir avec ce qui avait dû se passer ! J'étais à un doigt de lui coller un sabre et un bandeau sur l'œil. Ce que je voulais savoir, c'était… Que voulais-je réellement ? Comprendre où, comment et pourquoi Simon Fergusen le marin était devenu Harry le débile. Car évidemment, je n'imaginais pas une seconde que Simon Fergusen puisse avoir été l'idiot qui m'avait pissé dessus et réclamé cent balles ! Il s'était passé quelque chose, durant le naufrage ou plus tard, un événement qui lui avait vrillé le cerveau, enfin, une partie du cerveau parce que, tout de même, il s'était construit un abri, gérait habilement ses réserves de nourriture, parlait plusieurs langues et survivait depuis dix ans !

*Le bruit était inhabituel. Un crissement régulier, qui se rapprochait, augmentait d'intensité, jusqu'à ce que surgisse entre deux arbres un équipage parfaitement inattendu. L'homme portait sur son dos un fatras de planches récupérées sur la plage...*

C'était grotesque, je m'en rendais compte. Harry n'avait pas voyagé à pied depuis... depuis où d'ailleurs ? Comment était-il arrivé en Inde ? Par la mer ? Et ce collier de surveillance pour chien, d'où le tenait-il ? Et pour en faire quoi ? Rien ne collait dans cette histoire. Un marin faisait naufrage dans l'Atlantique Nord, avec des chances de survie proches de zéro, et s'échouait sur les côtes de la mer d'Oman... Non, un cargo l'avait repêché, sans doute, mais dans ce cas, pourquoi ne pas l'avoir signalé, pourquoi Simon Fergusen n'avait-il pas été ramené auprès des siens ?

Je venais de passer deux heures au téléphone avec une documentaliste de la chaîne, la dernière personne à ne pas m'avoir tourné le dos et rien, pas une ligne sur un quelconque sauvetage dans les entrefilets de la presse internationale des dix dernières années. Rien.

J'étais certain qu'il me fallait concentrer ma réflexion sur le moment où Harry/Simon avait perdu la boule. C'était crucial. Si la perte de neurones était liée à la violence du naufrage ou à un accident sur le navire sauveteur, alors je pouvais comprendre. Il suffisait que le capitaine ne veuille pas attirer l'attention sur une partie de sa cargaison – allons, allons ! Combien de porte-conteneurs ne trafiquent pas ? – et le naufragé avait discrètement été débarqué quelque part. Où ? Et quand ?

Mon canevas était plausible, seulement il ne me convenait pas. La vie n'est pas aussi compliquée qu'on veut le croire, mais tout de même ! Et puis, il restait ce collier de chien et cette niche auxquels Harry paraissait très attaché et qui ne cadraient pas avec mon histoire de naufragé. Que Simon Fergusen soit porté manquant des effectifs de la flottille de marine marchande des îles Anglo-Normandes depuis une dizaine d'années et qu'il ait le cerveau privé d'un tas conséquent de neurones ne faisait aucun doute. Mais qu'il émerge avec un collier de surveillance pour chien et le souvenir d'une niche où il faisait bon vivre ruinait le fin mécanisme de mes suppositions.

Je lâchai mon stylo et mon bloc-notes, où je jetais pêle-mêle les idées comme elles me venaient avant de les sauvegarder sur Internet, et abandonnai la terrasse privative de ma chambre.

Destination l'arbre d'Harry. En chemin, je me persuadai que la manière douce s'imposait avec l'énergumène. Il fallait le laisser venir, puisqu'il parlait plus que de raison et jacassait jusqu'à l'écœurement sitôt qu'on lui posait une question.

À mon arrivée, je trouvai Harry occupé à tisser des liens avec de vieux cordages qu'il ramassait sur la grève et dont il dépiautait les entrelacements pour en tresser de nouveaux. Il faisait cela en sifflotant des mélodies connues de lui seul.

Je m'assis à l'écart, sur les racines d'une variété de résineux aux curieuses feuilles gorgées de jus. Et le regardai faire sans intervenir, de crainte de le troubler. Ses doigts habiles qui virevoltaient en tous sens se posèrent soudain sur ses genoux. Harry demeura immobile, les yeux dans le vague, puis il passa deux à trois minutes à me regarder par en dessous.

« C'est mon copain Jan ! s'exclama-t-il en reprenant son ouvrage. Copain Jan, t'as pas quelque chose à bouffer ? »

Je me promis de ne pas oublier ce détail à ma prochaine visite. Comme on fait pour amadouer, ou dresser, un animal. La récompense par la nourriture, à petites touches gourmandes. Des barres chocolatées feraient très bien l'affaire. Mais pour l'heure, j'étais fauché. Mes poches contenaient une boîte d'allumettes et des miettes de cigarettes locales, sans tabac, parfaitement détestables.

« Demain », promis-je.

Harry se gratta la tête, l'air dubitatif. Puis il se mit à rire et son rire m'arracha un sourire.

« Demain, on rase gratis, déclara-t-il, visiblement ravi de m'amuser. Et demain, Harry, y part à la pêche. Tu veux venir à la pêche, copain Jan ? »

Je n'eus pas le temps de réagir, il avait déjà conclu pour nous deux.

« Alors ça colle pour demain, Harry et copain Jan vont pêcher, concours de pets et rotage à gogo !

— Dois-je apporter une canne à pêche ? suggérai-je sans malice.

— Quoi ?

— Une canne à pêche, un lancé, je ne sais pas moi, c'est vous le spécialiste ! »

Harry pouffa, une main plaquée sur sa bouche, l'autre farfouillant dans la toison qui couvrait son ventre. Puis il éclata de rire.

« Canne à sucre ! réussit-il à glisser entre deux longs hoquets. Peut-être ben que oui. Ou canne à da dry ! Mais pas de canne à pêche, copain Jan. »

Une dizaine de secondes, je ne sus quoi faire, partagé entre l'envie de rire avec lui et une sotte vexation. Ses plaisanteries n'étaient pas vraiment drôles, loin s'en faut, certaines auraient trouvé une place de choix dans l'almanach Vermot, mais il riait de si bon cœur, sa trogne ressemblant immédiatement à celle d'un gosse, que je ne pus faire autrement que le rejoindre dans son hilarité.

## 9

Le lendemain avant l'aube, je quittai ma chambre, équipé d'un sac rempli de barres chocolatées, d'une bouteille d'eau et d'un carnet de notes. J'enfourchai un vélo tout terrain, prêt gracieux de la petite communauté safran, et je fonçai dans la nuit.

J'étais fermement décidé à découvrir ce qui était arrivé à Harry avant d'organiser les retrouvailles avec sa famille. Dix années s'étaient écoulées entre son naufrage et notre rencontre. Voudrait-il seulement rentrer chez lui ? Et puis, ses âneries, ses phrases sans queue ni tête me faisaient rire. Ça ne m'était plus arrivé depuis longtemps.

Harry m'accueillit avec un : « Ouah, le chouette vélo, je veux le même ! » et disparut en direction de la mer, les bras chargés de bidons, de morceaux de filets et de piques en métal.

Ce fut une belle matinée au grand air, les pieds dans une eau à vingt-huit degrés. Certes, je n'y partageais pas la compagnie d'un penseur philosophe, la conversation d'Harry rasait presque toujours la surface des vagues, mais j'apprenais peu à peu à le connaître. D'ailleurs, je cessai de l'appeler Simon, prénom auquel il ne répondait jamais. Mes lèvres brûlaient de questions, mais je les gardai scellées. La patience et le temps m'enseigneraient.

Aussi traquai-je en sa compagnie l'équivalent local de l'étrille – beaucoup plus gros que celui de la côte Atlantique, où enfant je le chassais moi-même –, dont une variété à la pince surdimensionnée, au dire d'Harry, faisait un mets succulent, pour peu qu'on en attrape assez. J'assistai ensuite à la chasse au harpon de fortune dans les baïnes formées par les courants marins. De beaux poissons s'y trouvaient prisonniers.

Je comprenais enfin comment Harry avait survécu toutes ces années. Ici, la nature était généreuse, au moins à hauteur du talent du pêcheur. Ce fut l'une des rares fois où Harry demeura silencieux plus de dix minutes consécutives, sa lance à trois pointes effilées à la main, le bras tendu au-dessus de sa tête, les lèvres pincées, le front ridé par l'effort et les yeux à l'affût du moindre mouvement. Le point essentiel, je le compris rapidement, était de se faire oublier. Ne plus bouger jusqu'à ce que les proies reprennent possession de la baïne et que le trident jaillisse. Une petite heure suffit à ramener quatre poissons blancs bariolés de vert, de vagues cousins des maquereaux dont la chair, j'allais m'en rendre compte lors du déjeuner, se révéla goûteuse.

Sa chasse achevée, Harry me gratifia d'un long commentaire, rivalisant avec lui-même de superlatifs farfelus sur ses exploits, sa maîtrise consommée de l'art de la pêche au trois-doigts – ainsi appelait-il son harpon. « Mon trois-doigts et moi ! s'esclaffait-il en fanfaron, un pour l'œil, le deuxième pour le flair et le troisième, tu sais copain Jan pour qui il est le troisième ? » Je lui avouai mon ignorance. Et puis, il semblait tellement content de m'apprendre quelque chose.

« Dans le cul du sky ! Voilà pour qui il est mon troisième, le cul du sky ! Et pas avec la main gauche, que du bon mon troisième. Ah, non mais alors ! La gauche, c'est pour les nazes. Tu viens mon Jan, on va bouffer. »

Je restais coi, tandis qu'il avait déjà tourné les talons. Le sky pour le poiscaille, évidemment. Mais comment pouvait-il imaginer que je possédais des réponses aussi débiles ? C'était une chose difficile que de se mettre dans la tête d'Harry. Et pourtant, je devais m'y glisser, un tout petit peu, pour comprendre, poser les bonnes questions et surtout, le faire parler. Son utilisation quasi exclusive du français me chagrinait. Comment un natif des îles Anglo-Normandes pouvait-il ne pas employer spontanément la langue de Shakespeare ? Avait-il été élevé par une nurse française ? Venait-il d'une riche famille ?

Lors de la préparation du déjeuner, j'assistai à la mise en œuvre de toute l'ingéniosité de mon « copain ». Les roues de vélo fixées en batterie servirent à monter le bois de chauffage jusqu'à la plateforme où se trouvait installé l'âtre à ciel ouvert. Je pense qu'il tenait ses allumettes des moines, à qui il rendait de rares visites. Tout le reste, y compris le matériel de cuisson à la broche, provenait de ses longues errances sur le littoral. S'échouait sur ces grèves tout ce qui tombait des cargos au cours des tempêtes, parfois des conteneurs par dizaines, qui finissaient par s'ouvrir tôt ou tard.

La chair de mes pseudo-maquereaux fut un régal. Et les étrilles, délicieuses, même si le plaisir de les déguster était en partie occulté par le temps nécessaire pour y parvenir. Harry rivalisa, une fois encore, et non la dernière comme je l'apprendrais, de vocalises, de bruits de mastication, de succion et de « rotage », comme il se plaisait à qualifier ces renvois tonitruants dont il ponctua le repas.

« Qu'est-ce tu fais là, d'ailleurs ? me demanda-t-il à brûle-pourpoint une fois la dernière miette engloutie. T'es pas d'ici, t'es français. T'es d'où, hein, t'es d'où ? T'es parisien ? »

L'oiseau me demandait, non, m'imposait de me livrer avant lui.

« C'est vrai, dis-je presque en m'excusant, je ne t'ai pas dit d'où je viens. »

J'étais, au cours de la matinée, passé au tutoiement, jugeant ridicule de m'entêter à vouvoyer Harry.

« J'habite à Paris. »

Harry avait un air de contentement benoît.

« T'es pas pêcheur, ça, c'est sûr.

— Non, je suis journaliste. À la télévision.

— C'est chouette, ça ! La téloche. C'est à toi de me payer à bouffer, maintenant. C'est bon ton resto, là où y a les cloches et les gentils ?

— D'où viens-tu, Harry ? Je veux dire, avant que tu vives ici, où habitais-tu ? »

Harry se renfrogna soudain. Je n'avais pas répondu à sa question et sa moue m'évoqua celle d'un petit dictateur frustré.

« Oui, la cuisine du monastère est délicieuse, rétorquai-je. Tu veux y venir quand ?

— Tout de suite !

— Mais… on vient de déjeuner ! le grondai-je faussement en fronçant les sourcils à mon tour. Non, non, ce soir plutôt.

— Promis ?

— Promis. »

Enfin, je venais de trouver le ton juste. Avec cet adulte retourné vers l'enfance, il suffisait de se montrer légèrement autoritaire, comme un parent, tout en étant capable de caresser dans le sens du poil et de distribuer les bons points quand c'était nécessaire.

« Viens voir, copain Jan ! »

Avant que j'aie eu le temps de répondre si oui ou non, j'étais d'accord, Harry avait dégringolé de son arbre et galopait vers la plage par la piste qu'il avait lui-même tracée.

« Là, me dit-il en pointant le littoral situé sur sa droite. C'est là-bas que j'habitais. »

Je plaçai ma main au-dessus de mes yeux. La réverbération du soleil sur les flots en mouvement était aveuglante. Dans la direction indiquée, il y avait des milliers de kilomètres de côte, avec de grandes villes, des estuaires, des millions de personnes. Plus près, les rouleaux se pulvérisaient en nuages d'écume qui semblaient lentement pénétrer dans la forêt. C'était beau, mais ça ne répondait pas à ma question. Avec Harry, je devais être précis si je voulais des réponses.

« Non, toi aussi tu habitais Paris ? »

J'ai rarement eu le loisir de me sentir imbécile dans les yeux d'un autre. Ce jour-là, pourtant, les prunelles d'Harry m'expédièrent au panthéon des abrutis.

« Paris, oh ! La tour Eiffel ! Mais non, t'es bête ! J'étais là-bas ! »

Il poussa ses mots de plusieurs coups de main, du dos de celle-ci.

« Mais… comment es-tu arrivé jusqu'ici ? demandai-je sans comprendre. À pied ?

— Ben, non. À vélo ! T'as des questions, toi, je te jure. Harry, il est pas aussi con qu'il en a l'air. Il a pris un vélo et pis voilà.

— Il y a ta niche, là-bas ?

— Ben oui !

— Pourquoi l'as-tu quittée ? »

Harry se renfrogna soudain.

« C'est rien, c'est rien. »

Je sentis à cet instant que la conversation glissait sur un terrain qu'Harry ne voulait pas aborder et que derrière ses hésitations se cachait peut-être la raison qui l'avait jeté sur les plages du Kerala.

« Tu pourrais me faire visiter ta niche ?

— Quoi ? T'es pas piqué de la tête, un peu ! C'est loin.

— Je te trouverai un vélo. »

Ses lèvres charnues s'arrondirent de plaisir.

« Tape-là, copain Jan ! »

L'affaire fut ainsi entendue. Dès le lendemain, nous longerions la mer d'Oman vers le nord en vélo, en quête d'une niche où il faisait bon vivre. Car enfin, s'il s'était rendu jusqu'ici à bicyclette, Harry ne pouvait pas venir de si loin que ça !

## 10

Le dîner au monastère se déroula sans anicroche. La responsable du réfectoire s'était arrangée pour qu'une table soit dressée pour nous à l'écart. Connaissant Harry depuis peu et sachant son mode de vie, je ne pouvais prendre ombrage de sa manière de se tenir. En revanche, je compatissais pour les rares touristes. Jamais je n'avais entendu quelqu'un manger aussi bruyamment que lui. Et pourtant, des parvenus qui claquaient la bouche pendant les cocktails, j'en avais croisé plus que de raison.

Ce soir-là, je n'appris pas grand-chose. La panse pleine, Harry n'avait que peu de temps à me consacrer. Il s'extasia longuement sur mon téléphone portable, mais ne me crut pas quand je lui expliquai qu'il me permettait de joindre n'importe qui dans le monde. Et il parut très gêné quand je lui proposai de s'en servir.

« Allons, Harry, il y a bien quelqu'un que tu aimerais entendre !

— Pas bon, ça, a-t-il reculé. C'est comme un four à micro-ondes ton zinzin. Magic mushrooms et tout le merdier nazi ! Ça nous vient de la guerre, ça. Les radars, copain Jan. Oui, tu sais bien, les radars ! »

Je laissai l'orage passer et commandai un autre plat à base de riz, dont il semblait raffoler. C'est vrai que depuis dix ans, si toutefois il avait passé cette période le long du littoral, il n'avait pas dû en manger souvent.

À tout juste vingt et une heures, le ventre plein, le visage éclairé d'un sourire béat et les poches remplies de victuailles chapardées sur les tables, Harry enfourcha le vélo que j'avais acheté au village et fila vers son havre, non sans avoir supplié le serveur de lui offrir une des assiettes creuses dans lesquelles il avait trempé ses doigts pour engloutir le riz, afin de redécorer son intérieur.

Pour ma part, je commandai plusieurs digestifs d'affilée et un gros cigare cubain. Je comptais joindre Doyle et, vu le décalage horaire, mieux valait attendre le moment opportun plutôt que de m'énerver sur son répondeur. De cette paire d'heures que je passai à m'enivrer et à me remplir les poumons de fumée nocive, je ne garde que le souvenir d'un grand doute mélangé d'espoirs un peu fous.

Doyle me réaffirma l'entière authenticité des informations qu'il m'avait données. Simon Fergusen était bien porté manquant sur l'île de Jersey, où une mère et une sœur le pleuraient encore. Il n'avait encore fait aucune démarche pour signaler sa réapparition, comme je le lui avais fait promettre, et m'attendait toujours pour une nuit de débauche dans les quartiers chauds de notre sinistre capitale.

Malgré des idées rendues floues par l'abus d'alcool, je rédigeai un compte rendu sur ma rencontre avec Harry, consignai les informations récoltées les jours derniers et l'expédiai sur mon serveur habituel – un vieux réflexe de journaliste.

Puis je filai au lit. La journée du lendemain risquait d'être sportive, si je pouvais me fier à Harry, qui n'avait su estimer la distance à parcourir qu'en gestes désordonnés.

# Comment Harry m'a enseigné l'utilité des bidons ramassés sur la plage…

## 11

Quand, vers huit heures du matin, nous nous élançâmes à l'assaut du nord de l'Inde, Harry affichait un sourire béat. Je fermais la marche tandis que nous empruntions l'un des passages qu'il avait ouvert dans un fouillis d'arbres et de végétaux envahissants, puis je le rejoignis sur l'espace dégagé de la plage. L'idée d'une longue balade le long du littoral me prodiguait un sentiment de liberté comme je n'en avais pas éprouvé depuis l'enfance.

Et je m'en satisfis pleinement les deux premières heures. Mais à rouler à la vitesse moyenne de quinze kilomètres-heure, en deux heures on est déjà loin.

Au cours de la nuit, Harry avait fabriqué une sorte de carriole brinquebalante, utilisant pour cela les éléments épars de son ancien vélo. La carriole couinait à fendre l'âme sur ses roues voilées privées de pneus et de chambre à air. Mais elle roulait. Il y avait entassé des boîtes de conserve, des barres chocolatées que je lui avais offertes et de vieilles choses parfaitement inutiles, même si j'admettais que cette bâche de récupération et ces piquets pour la ficher dans le sol nous protégeraient des pluies qui crevaient le ciel sans prévenir.

De mon côté, je ne portais qu'un sac de trek léger contenant les barres chocolatées que je ne lui avais pas données, mon téléphone, son chargeur solaire, deux bouteilles d'eau et des sous-vêtements de rechange. J'eus beau lui répéter au moment de partir que nous n'allions pas rouler pendant des jours, Harry s'était entêté jusqu'à se ranger derrière l'étonnante barrière d'un mutisme inaccoutumé.

À midi, ou peu s'en faut, nous mangeâmes. Et le soir venu, nous préparâmes de quoi passer la nuit. En clair, nous avions accompli une centaine de kilomètres, traversé trois villages-rue, emprunté des ponts de fortune sur lesquels se croisaient des camions chargés jusqu'à la garde, des ribambelles de gamins à vélo et des vaches malingres. Et Harry avait pédalé sans faiblir, son bras tendu vers le nord quand il s'agissait de préciser la direction dans laquelle nous devions poursuivre nos efforts.

Le bois chargé dans la carriole servit à allumer un feu et je me mis à observer Harry avec un regard différent. Un événement survenu en milieu de journée continuait de m'intriguer. Alors que nous enfourchions nos bicyclettes après une pause, Harry avait repéré un porte-conteneurs à mille mètres des côtes. Et cela l'avait mis dans un drôle d'état. Je suis incapable, aujourd'hui encore, de dire ce que cette apparition posée sur l'horizon évoquait exactement en lui, mais il hurla, jura, éructa un long moment. Tout cela après avoir reposé pied à terre, évidemment. Je ne fis aucun commentaire pendant cette crise. Mais je notai avec satisfaction que ma théorie du cargo-sauveteur n'était pas si stupide.

Je dormis mal, fourbu par des exercices que mon corps, à en croire la raideur de mes jambes, jugeait irrecevables. Harry parla cette nuit-là, dans son sommeil, car il dormait à poings fermés. Sa voix de somnambule différait de celle, aiguë et assez désagréable, avec laquelle il me rebattait les oreilles à longueur de temps.

Pour la première fois depuis notre rencontre, il prononça plusieurs fois le mot « Narcisse » et sembla revivre un épisode effroyable. J'hésitais à le réveiller, conscient que si je laissais ce cauchemar aboutir, j'obtiendrais peut-être des informations, même si elles risquaient d'être tronquées par le prisme de l'inconscient.

J'imaginai donc à partir de cet instant qu'en compagnie de ce ou cette Narcisse, Harry avait croisé la mort, et qu'il ne portait pas cet individu dans son cœur. Ce Narcisse était-il (elle) à l'origine du naufrage d'Harry ? Un patron irascible, un collègue jaloux, une maîtresse éconduite ? Tout était possible, et quelle que fût la vérité, elle dégageait un parfum de plus en plus intriguant.

La nuit se dissipa sur ces événements et il fut temps de reprendre les vélos. Dire qu'une douleur irradia mon entrejambe est une façon polie de décrire la sensation que je ressentis alors. Mais il paraît que l'habitude vient en pédalant. Tout se banalise, tout, et finalement, ce ne fut pas si difficile.

« T'as des oursins sous les couilles, hein copain Jan ! » me lança Harry en grimaçant. Finalement, il résumait la situation mieux que moi. Mais il s'aperçut de la justesse de ses mots et en fit une ritournelle une partie de la journée.

« Les oursins sous les couilles, c'est bon pour les fripouilles, les coussins dans les fouilles, y a pas mieux pour s'la couler douce. Viens copain Jan, on va s'becqueter des oursins de la mer qui pue ! Gaffe, mon Jan, ça colle et c'est piquant comme tes couilles ! »

Résultat navrant, je sais. Mais c'était Harry, et ses âneries me faisaient sourire, sinon rire.

Tout au long du jour, mon compagnon de route avait récupéré les bidons qu'il trouvait échoués sur le sable, des morceaux de polystyrène, ce genre de choses. Harry aimait tout ce qui n'était pas naturel, particulièrement les plastiques. De mon côté, je l'observais d'un œil distrait, occupé que j'étais à imaginer les retrouvailles avec sa famille. Ses cauchemars confirmaient mes doutes et encourageaient ma prudence. Je me voyais difficilement arracher Harry à son arbre pour le jeter dans les griffes d'une ex-fiancée mariée avec le responsable de son naufrage. Ou enceinte du meilleur ami de la famille. Non, Harry était certes un peu débile, mais je ne pouvais envisager de le faire souffrir inutilement. Pourquoi l'aurais-je fait ? Quoi qu'on puisse penser de Jan Craven, je n'étais pas méchant, en tout cas jamais intentionnellement.

Et puis il y avait autre chose. J'avais pris Harry sous mon aile. À moi de l'amener à bon port.

Je ne ramassai ni bidons ni autres extravagances mais continuai mon chemin, l'esprit plein d'interrogations, un œil souvent goguenard rivé sur mon cher Harry et sa carriole surchargée, jusqu'à ce que l'utilité de cette surcharge prenne enfin tout son sens.

## 12

Cela arriva vers le milieu de la deuxième journée de voyage. Nous avions parcouru une distance considérable dans la matinée qui, faute d'un vrai confort de sommeil sur le bivouac, avait commencé très tôt. Harry s'était emballé à chaque passage de navire et je me doutais, à en voir de plus en plus près de la côte, que nous approchions d'un port d'importance. Je dois admettre que la perspective de ne plus pédaler m'apporta un grand soulagement.

L'estuaire arriva sans prévenir, simplement parce que sa berge septentrionale se trouvait deux ou trois mètres au-dessus de la surface de l'onde. Je n'y avais vu qu'une dune. Posément, Harry dénoua le fil de fer qui lui servait d'attache-remorque.

« On bouffe de l'autre côté ! me lança-t-il très content. Et pis, on fait la course. Le dernier arrivé paye l'apéro. T'es partant ? »

Mon manque d'enthousiasme le contraria d'autant plus que je lui suggérai de remonter le fleuve à la recherche d'un pont, comme nous avions fait précédemment devant de plus humbles cours d'eau.

« T'es pas fou ! Y a pas de pont là-bas, je te dis.

— Comment peux-tu l'affirmer ?

— Pfft ! Harry a déjà cherché. Y en a pas, c'est tout. »

C'est vrai que les environs étaient couverts d'une forêt dense. Je n'avais, quoi qu'il en soit, pas d'autre choix que celui de le suivre.

Le temps de ma réflexion assorti de mon refus de faire la course agaça Harry, qui se jeta à l'eau pour prendre la température, comme il se plaisait à le dire, ayant au préalable réuni ses vêtements en tas. Têtu, je me laissai tomber sur la dune et le regardai faire, évitant du regard son entrejambe à l'épiderme bruni par le soleil, où se balançait un sexe d'allure honnête.

Alors que son projet progressait, je blêmissais à vue d'œil. Les bidons, planches et substances légères dérivées du pétrole récoltées durant notre voyage furent assemblés au moyen du fil de fer qui avait servi d'attache-remorque, puis coincés sous la carriole, comme une guirlande. Le radeau-remorque venait d'être inventé ! Harry le tira jusqu'à l'eau, l'y accompagna jusqu'à ce que les roues ne touchent plus le sol. Et là, miracle, le bois prévu pour le feu, ses vêtements amassés en baluchon, ses précieuses affaires réunies dans un vieux bidon d'huile récuré par l'océan, tout cela fut épargné de la ruine et de l'humidité par son ingénieux système. Il nagea une dizaine de minutes pour rallier la rive opposée, luttant contre un courant de faible importance, mais tout de même ralenti par l'inertie de sa charge. En ressortant de l'eau, il me fit penser à ces chiens, penauds d'être trempés, qui s'ébrouent toujours à côté de la table de pique-nique. Mais au lieu de ça, Harry détacha ses flotteurs de la carriole et retourna à l'eau en prenant appui dessus.

« Y en a là-dedans ! me cria-t-il en désignant son crâne. Harry a plus d'un tour dans son sac. Faut pas croire ! Bientôt, je vais retrouver ma niche et mon Jan pourra voir si j'ai dit des conneries. Y va bien, copain Jan ? »

Harry se moquait pas mal de ma réponse. Il me rejoignit, emberlificota son fil de fer à bidons autour de son vélo et jeta le tout dans la rivière.

« T'as pas de bidons, mon Jan ? Fallait écouter Harry. C'est bon les bidons de la mer qui pue. Ça sert bien quand on en a besoin. Hein, mon coquin, t'es comme un con sans tes bidons. »

Son rire se perdit dans les flots. Il avait plongé.

Je l'observai tandis qu'il traversait, assez perturbé de m'apercevoir que j'avais besoin de lui et de son savoir-faire. Ce deuxième passage fut beaucoup plus rapide que le premier. Mon chien bizarre sortit de l'eau, toujours sans s'ébrouer. Il m'épargna cette vision, mais il m'en offrit une autre, tout aussi étrange. Il posa son vélo à côté de la carriole, puis il se tourna vers moi. Il me fit alors de grands bras d'honneur en hurlant de rire, puis il pissa dans le fleuve.

Je dois admettre que ma vexation première s'évanouit aussitôt, tant le rire d'Harry était communicatif. Je me retrouvai en un rien de temps plié en deux sur la rive opposée, à en avoir mal au ventre. Mais en même temps aussi coincé sur cette berge qu'un nourrisson privé de sa maman.

Harry se laissa sécher au soleil, après quoi il se rhabilla et bricola sa carriole sans plus se préoccuper de moi. Si Dieu avait voulu m'envoyer une épreuve, il n'aurait pu trouver mieux. D'ailleurs, alors que je demeurais assis sur le sable, l'attention autant tournée vers le manège d'Harry que vers la recherche discrète de bidons, je dois aujourd'hui avouer que j'eus une pensée qui ressemblait vaguement à une prière.

Sa carriole de nouveau solidarisée, Harry enfourcha son vélo et avança le long de la berge, ne disparaissant jamais complètement mais s'éloignant considérablement.

Je pensai faire demi-tour. En fournissant l'effort nécessaire, je pourrais rallier le monastère au milieu de la nuit. Après tout, je ne risquais rien, la plage était plate, sans danger, en tout cas n'en avais-je remarqué aucun. Renoncer à suivre Harry était encore possible. D'autant plus qu'à ce moment précis, le premier commentaire de Doyle ressurgit à mon oreille : *Tu as trouvé un idiot en Inde et tu comptes passer tes vacances avec lui !* Il me restait à ménager mon orgueil. Pas question d'admettre que j'avais été imprudent de ne pas suivre l'exemple donné par Harry en ne ramassant pas de bidons échoués. J'en avais croisé des dizaines, peut-être des centaines au cours des deux derniers jours.

Cet instant d'abattement passé, ma volonté reprit le dessus. Je décidai que j'étais le plus fort et que les pneus gonflés d'air de ma bicyclette m'aideraient à traverser. Mais je pris soin de laisser mon sac à dos sur la rive. Heureusement ! Le courant me parut plus violent et le vélo terriblement lourd. Je ne fis pas dix mètres en sa compagnie et dus plonger à trois reprises pour le récupérer. Quelques minutes après ma tentative de coup d'éclat, je ressortis de l'eau, minable.

Harry, lui, monta tranquillement sa tente, alluma un feu et ne montra le bout de son nez qu'après une bonne heure. Il se posta alors face à moi, ses mains en porte-voix. Mais je ne compris rien de plus que « copain Jan » et peut-être « t'as faim ? ». Comme je ne réagissais pas, il se mit à l'eau, toujours accompagné de ses fichus bidons, et vint enfin me tirer d'affaire.

La nuit tomba vers dix-neuf heures, comme tous les soirs. Harry avait pêché notre dîner et mis mes affaires à sécher. Je regrettais de n'avoir pas emporté un cigare et me promis d'en acheter à la première occasion. Comme le feu accaparait nos regards, alors que nos ventres remplis de poisson lançaient d'agréables signaux et que nous nous contentions du bruit du ressac, la voix de mon collègue de randonnée s'éleva :

« Tu sais… tu sais, copain Jan, je… je… »

Allons bon, gardai-je pour moi, toujours vexé par l'histoire des bidons. Voilà qu'il se met à bégayer à présent. Ça va être coton s'il associe ça à sa logorrhée habituelle.

Mais je n'y étais pas.

« Je… je… reprit-il. Je t'aime bien, mon Jan. »

Harry était ému, simplement. Pour ma part, j'étais incapable d'apprécier le compliment. Ce genre d'effusion me paralysait de trouille. J'ai toujours détesté qu'on m'avoue ce genre de chose, et pour être honnête, jusqu'à cet instant, il s'était toujours agi de femmes, sottes, saoules ou intéressées. J'avais perdu ma mère trop tôt pour en garder un souvenir et mon père était suffisamment avare en paroles pour s'éviter ce genre de démonstration. Ce qui me perturbait le plus, c'était ne pas savoir quoi répondre. Au cours de la journée, j'avais ri avec mon drôle de compagnon de route, passé de bons moments. Mais j'avais aussi été ridiculisé. Et le soir venu, j'essuyais son sentimentalisme déstabilisant.

« Ne raconte pas de conneries, Harry, tu ne sais même pas qui je suis et pourquoi je reste avec toi », répondis-je sèchement, incapable d'autres mots.

Son visage se figea. Il avait senti que je ne plaisantais pas. Aussi me couina-t-il un « m'en fous » avant de me tourner le dos.

Je sentis grandir en moi une forte colère. Contre lui, contre moi, contre le monde entier, mais surtout contre lui, victime idéale puisque la seule à des kilomètres à la ronde.

« Eh bien, je vais te le dire quand même. Je suis avec toi parce que tu es drôle. Tu m'occupes, tes conneries m'amusent ! Mais ce qui m'intéresse encore plus, c'est te ramener à Jersey pour voir la gueule de ta famille ! Finie la vie de baltringue à pieuter dans les arbres et à bouffer du poisson à longueur d'année. Il va falloir dire au revoir à la mer qui pue et aux gentils moines, parce que bientôt, on rentre à la maison ! Compris ? Et pas la peine de tirer une gueule de six pieds de long. On n'échappe pas à son destin, c'est comme ça. »

Harry ne me répondit pas. Il se gratta le dos, longuement, lentement, comme le paresseux désœuvré d'un zoo. Et puis, tout à coup, sans aucune explication, me récita une tirade en anglais – où il était question des modalités de paiement des dentistes britanniques par le système de santé, le National Health Service –, tout ça avec un pur accent d'Oxford. Je ne sais quelle mouche le piquait, ni ce qui précisément, dans mes propos, avait provoqué cette réaction. Je restai interloqué.

« T'as beau me faire des vers, rétorquai-je enfin, c'est terminé, les vacances ! Parce que figure-toi que tu ne t'appelles pas Harry, mais Simon Fergusen, et que tu es marin pêcheur ! Faut t'y faire. Tâche de rassembler tes souvenirs, mon vieux, parce que le moment venu, tu devras embrasser ta mère, ta sœur, tes potes de lycée ou de chalut aussi. Et ta gonzesse et tes gosses, si tu en as et qu'ils t'ont attendu ! »

Je m'arrêtai là, pas très fier de moi, mais le sac à rancœur vidé. J'hésitai une seconde encore. Devais-je m'excuser, revenir sur mes propos idiots ? Mais je n'ai jamais été doué pour le mea culpa. Je tournai le dos à mon tour et tentai de m'endormir.

## 13

La nuit fut longue et difficile. Muré dans le silence, Harry était inaccessible. Pourtant, je crois que mes paroles pénétraient peu à peu son esprit. Il se balançait lentement d'avant en arrière, les bras entourant ses jambes, les yeux perdus dans les flammes de notre âtre provisoire que j'alimentais régulièrement. Il psalmodiait de temps à autre, mais j'avais beau m'approcher de lui, je ne comprenais pas un traître mot de ses confidences.

J'en profitai pour ordonner mes idées. Je me surprenais presque à me retrouver sous ce coin de tente de fortune et je tentai d'établir une passerelle entre le Jan qui avait, des années durant, fréquenté les théâtres de guerre, aimé la rive gauche plus que de raison, travaillé d'arrache-pied du soir au matin, et celui qui rêvait d'un simple cigare cubain, dormait à la belle étoile et traversait des estuaires juché sur des bidons.

Je me rendais compte que le retour d'Harry en terre anglo-normande allait faire la une des journaux de part et d'autre de la Manche. Oh, pas très longtemps, mais suffisamment pour que je puisse rebondir et retrouver un poste à la hauteur de mes compétences. Mais je ne voyais pas comment le donner en pâture aux médias sans lui faire de mal.

Car enfin, je devais admettre que chaque instant passé à ses côtés était une sacrée aventure et que mon débile d'Harry avait réussi là où j'aurais lamentablement échoué. J'apprenais à son contact et, même si ça déstabilisait l'orgueilleux que j'étais – après tout, j'avais pendant des années distribué des autographes à tous les coins de rues –, j'oubliais peu à peu mes malheurs. Notre rencontre était peut-être une chance pour chacun de nous.

« J'aime bien ma niche, murmura soudain Harry. Pis, va savoir, copain Jan. Y aura peut-être encore mon trésor dedans, comme ça t'en auras, des sous. Parce que c'est ce que tu veux, hein ? Des sous ! Après, tu pourras rester avec moi sans me ramener là-bas. Et pis je sais même pas où c'est moi, Jersey. »

Je me retournai, intrigué par le ton sérieux qu'il venait d'employer. Harry avait fait quelques phrases, pas très longues certes, mais posées, correctes. Les conséquences de mon coup de gueule ?

« Avant, je bouffais tout ce que je voulais, poursuivit-il. Que des bonnes choses, plus jolies que le petit Jésus. Des vertes et des pas mûres à s'en croquer la pomme d'Adam. Et pis, le soir, j'allais péter sous ma niche. Tu vois le tableau ? La Joconde et le petit Jésus pour moi tout seul ! »

La hache de guerre semblait enterrée. Je m'approchai.

« Tu parles de quoi, Harry ? L'Angleterre ?

— Pfft, tu comprends rien. Faut pas que tu t'emballes, j'ai sommeil.

— Tu ne vas pas t'en tirer aussi facilement, rouspétai-je. C'est quoi cette histoire de niche ?

— Ta gueule ! Je dors. »

Un deuxième effet de ma colère ? Mais un effet pervers alors. J'en restai à cette demande discourtoise de fermer mon clapet et consentis à m'endormir également.

Le lendemain matin, deux heures après notre départ, nous entrâmes dans les faubourgs d'une petite ville. Harry était redevenu Harry. Sans doute sa nuit de repos avait-elle remis les compteurs à zéro. Nous traversâmes sans encombre une plage privée bordée d'hôtels et de demeures pour touristes. Les gardes qui en contrôlaient les accès ne nous interceptèrent même pas. Privilège de notre couleur de peau sans doute. Et pourtant, Harry enfila un tel chapelet d'âneries en traversant cette plage que, de mon point de vue, ça reste un miracle. Avantages et inconvénients de la décolonisation, le français est une langue en voie de disparition. Mais alors, en quel moulin à paroles il se transforma dès que nous fûmes entrés dans le quartier résidentiel du littoral !

« Harry va te montrer. Ma niche et les cons qui vont avec. Pas dedans bien sûr, mais autour. Les cons qui font tomber les mouches. Tu vas voir, copain Jan. Et pis, pas dans deux heures, mais là. Tomber sur le cul, ça va t'arriver. Harry va t'inviter au bal et tu arrêteras de me traiter d'orpailleur. »

Il se tut pour s'extasier devant chaque changement survenu dans ce quartier qui, à l'entendre, aurait été le sien pendant une longue période. Et quand je l'interrompais pour lui demander d'apprécier cette longueur, il me répondait par un :

« Je sais pas moi, j'ai beaucoup bouffé, ça c'est sûr. »

Puis il me décrivait une maison de type colonial. Enfin, c'est ainsi que je l'imaginais, parce que affublée de colonnes et de terrasses couvertes, d'un parc piqué de palmiers, d'une roseraie, d'allées finement entretenues et de sa fichue niche. Je restai sur ses talons et attendis, patiemment, que la promise se manifeste dans la vraie vie.

Pour magnifique, elle l'était. D'autant plus qu'elle se trouvait en partie livrée à elle-même. Nous la découvrîmes – je la découvris – au détour d'une allée, nichée au cœur d'un quartier de riches, tout près d'un nouveau secteur hôtelier. Harry était parti comme une flèche, menant la vie dure à sa carriole, tournant sans hésiter aux carrefours qu'il rencontrait, jusqu'à s'arrêter devant une palissade.

« T'es pas sur le cul, copain Jan ? On y est. C'est chez moi, ça. J'ai pas les clés, mais il y a un trou derrière. Tu vas voir, gars. Tu vas voir si Harry, il dit que des conneries ! »

J'étais intrigué, certes. Mais je me positionnais en saint Thomas : sur ce point, je ne changerai jamais.

« Vas-y, Harry, englue-toi dans tes délires ou montre-moi ton trou dans le mur ! »

Eh bien, il était là, le trou dans le mur. Une brèche dans la palissade, à la jonction de celle-ci avec un arbre divisé en deux troncs. C'est entre ces troncs que le passage se faisait.

« Qu'est-ce qui me prouve que tu as vécu ici ? demandai-je à Harry, très excité de se retrouver là. On ne va pas entrer dans cette maison et risquer de se faire bouffer le cul par un clébard, tout de même ! »

Là, j'en faisais un peu trop. Pénétrer chez des étrangers ne m'avait jamais fait peur. J'attendais juste de la part d'Harry un peu plus que de simples allégations. Il me regarda comme si, de nous deux, le débile, c'était l'autre.

« Bah, il y aura personne, puisque je suis là. »

C'était limpide. Mes lèvres tremblèrent un instant, puis j'éclatai de rire.

« Mais tu es vraiment con, Harry ! »

C'est là qu'il se livra pour la première fois, devant ce trou de rien du tout par lequel on apercevait la façade de cette splendide demeure, là qu'il jeta en vrac des souvenirs que je dus reconstituer, comme un puzzle. Et encore celui-ci contenait-il une dimension supplémentaire, car il fallut bien que je sépare le réel des délires d'Harry pour que tout prenne enfin un sens. Un début de sens, car c'est à partir de ce moment que je ne fus plus vraiment certain d'avoir eu de la chance en rencontrant Simon Fergusen.

# … Et raconté
# une incroyable histoire
# devant la brèche d'une palissade

# 14

Le camion fit une embardée sur la droite avant de virer brutalement pour présenter ses feux arrière à l'obscurité piquée par le halo blanchâtre des lampadaires d'une allée privative. Au bout du V inversé formé par les points lumineux, un double portail en bois de palissandre, balayé par l'ombre de grandes feuilles de palmes, maintenait close l'enceinte d'une maison de maître.

Dans les environs, plusieurs chiens de garde unirent leurs aboiements, brisant le silence de ce quartier cossu où il ne se passait jamais rien après vingt-deux heures. Une ambiance paisible, si lointaine de l'effervescence du centre-ville tout proche, où coups de freins et klaxons, hurlements de moteur et invectives semblaient ne jamais vouloir s'arrêter. Ici, même les odeurs d'épices et de chairs brûlées, de pots d'échappements, d'urine et de fèces étaient chassées par les effluves des essences judicieusement choisies par les jardiniers pour préserver les narines et les prunelles de leurs riches employeurs.

Une sirène de warning couvrit un instant les aboiements, tandis que le véhicule reculait, puis cessa aussi brutalement qu'elle s'était élevée. Une portière claqua et le chauffeur, dont le visage était dissimulé par la visière d'une casquette, fit jouer les charnières de la remorque à l'instant même où le portail de la propriété s'ouvrait sur un vieux majordome à la peau d'un beau cuivre parcheminé par le temps et dont la livrée luisait faiblement dans la nuit.

Il fit un signe de tête, ses lèvres sombres pincées dans un rictus sévère.

Les portes du conteneur posé sur la remorque grincèrent et les camélias et les orchidées restèrent impuissants face aux relents de sueur et d'excréments qui se déversèrent alors dans l'allée.

Impassible, le vieil Indien braqua sa lampe torche.

Le rayon lumineux accrocha le visage blafard d'un homme dont la silhouette décharnée rappelait celle d'un mourant. Harry. Il était allongé sur un lit boulonné au sol et fixait un écran d'ordinateur éteint, les mains sur les tempes pour éviter la morsure trop crue de la lumière.

« Dis brin d'zingue, t'as pas cent balles ? répéta-t-il d'une voix brisée, après plusieurs secondes d'hésitation. T'es qui, t'es qui ? Faut pas allumer la luz, mon gars ! Va faire venir les coyotes, ce con. Non mais sacrebleu… »

Il pleurait.

## 15

À la suite de cette mystérieuse arrivée, Harry garda le lit pendant plusieurs jours. Il se plaignit souvent de l'abominable nourriture qu'on l'avait obligé à ingérer dans le conteneur où il clamait avoir passé des semaines, avec pour seule compagnie une guerrière aux seins mobiles et des boîtes de conserve bosselées par les caprices du tangage.

Sushila, la cuisinière aux aisselles qui sentaient bon le lait caillé et le henné, rivalisa de talent et d'imagination pour le satisfaire. C'est ainsi qu'Harry, inconditionnel mangeur de viande, évolua peu à peu vers des mets plus raffinés, éduquant son palais et ses papilles aux délicatesses du poisson et des plats végétariens du Kerala. Il avait droit à de l'agneau une fois par semaine, et il réclamait invariablement de ce délicieux ragoût au curry qu'elle cuisinait comme personne.

Quand Harry en eut assez de fainéanter, il quitta le lit à baldaquin qui trônait au milieu de sa chambre et enfila l'ensemble en lin couleur cuivre plié sur une chaise. Il visita ainsi chacune des douze pièces de la résidence. Toutes étaient vastes, décorées avec un goût sûr et agrémentées de larges balcons où s'épanouissaient des dizaines de fleurs multicolores.

« Oh, la vache ! » déclara Harry en découvrant le salon.

L'immense salle, autour de laquelle circulait une coursive en bois massif desservant les chambres de l'étage, était coiffée d'une splendide verrière.

Puis il détala vers le parc clos, arboré, où une roseraie offrait, quelle que soit la saison, mille fleurs à celui qui jouissait du temps nécessaire pour les dénombrer. Ce que fit Harry.

Cibal, le majordome, comprenait le français mais ne s'exprimait que dans un anglais très pur. Sushila parlait parfaitement trois idiomes indiens, baragouinait un peu l'anglais et excellait dans la pratique du langage du corps. Quant à Harry, il ne s'étonnait pas d'être parfaitement bilingue, certain de partager ce talent avec le monde entier. En revanche, il n'utilisa que le français tout au long de son séjour, jugeant très amusants les efforts de Cibal pour contrarier cet entêtement linguistique.

Après le dîner, le majordome demanda à Harry de l'accompagner dans la pièce que le précédent propriétaire utilisait en qualité de bureau. Harry rechigna, tenta une diversion pour retourner dans le jardin qui exhalait de captivants parfums à la nuit tombée. Mais Cibal insista, utilisant pour parvenir à ses fins un ton plus autoritaire qu'à l'accoutumée. Harry, qui se demandait pourquoi Cibal l'appelait Simon, se retrouva ainsi au garde-à-vous dans le bureau, prêt à subir la sentence qui ne manquerait pas de tomber.

Mais au lieu de cela, Harry fut obligé de s'asseoir, hébété par ce que lui révéla Cibal. Car en quelques mots, il devint le propriétaire de la maison, de ses abords, de ses domestiques et du contenu d'un grand coffre-fort encastré dans le mur derrière un Gauguin. Le code, qui se trouvait dans une enveloppe, passa de la main de Cibal à la sienne. Et ce fut tout.

Le majordome quitta la pièce, laissant Harry, les

doigts occupés à ouvrir l'enveloppe, totalement incrédule. Correctement entré à la troisième reprise, le code permit l'ouverture de la lourde porte et le coffre livra ses merveilles. De l'or, des dollars et des papiers soigneusement rangés dans deux porte-documents à l'épreuve du feu et de la corrosion.

C'est là qu'il dénicha un passeport au nom de Simon Fergusen et comprit pourquoi Cibal le nommait ainsi. Il fut attristé de découvrir cette identité, qu'il jugea désastreuse. Il trouva aussi une médaille représentant une mère et son enfant et une chaîne en or. Ce qui lui plut, c'est qu'en faisant tournoyer la médaille au bout de la chaîne, la mère semblait bercer l'enfant qui souriait.

Il fourra le passeport et la médaille dans sa poche de pyjama, referma la porte blindée comme si elle lui brûlait les doigts et sortit du bureau sur la pointe des pieds. Il aviserait plus tard de ce qu'il pourrait faire de ce trésor.

## 16

La réponse mit des jours à crever la surface de sa conscience. Pendant ce temps, Harry avait arpenté le parc, recoin par recoin, brin d'herbe par brin d'herbe et avait décidé, contre l'avis épouvanté de Cibal, de s'installer dans une niche en teck, bâtie pour les chiens de l'ancien résident. Il la repeignit lui-même, y apporta quelques améliorations, en particulier un plancher et un plafonnier relié à la maison par une ligne enterrée, et décida qu'à compter du moment où la peinture serait sèche, il y dormirait chaque nuit. Il en interdit l'accès à Cibal et à Sushila, déclarant, sur le ton approprié, « c'est pa-t-à-vous ici ! », sans autre forme d'explication.

La niche, maladroitement estampillée *« Harry's home »*, devint en quelque temps la résidence principale du propriétaire des lieux, et la maison une sorte de dépendance pour les domestiques. C'est ainsi qu'une partie de l'argent liquide mais aussi et surtout les six lingots d'or, trésor fabuleux qui, dans l'esprit d'Harry, aurait appartenu à un pirate, furent enterrés sous le plancher de la niche, sous quatre-vingts centimètres de bonne terre indienne.

Les jours qui suivirent ce placement à risque, Harry pensa beaucoup à son magot. Il s'en fit même un souci suffisamment important pour contrarier son sommeil, ou tout au moins son endormissement. Car comme toute personne au cœur simple, Harry avait l'habitude de plonger dans les bras de Morphée sitôt qu'il était allongé.

Harry vécut de cette façon pendant quatre mois, entouré des attentions de Cibal et gavé par les recettes de Sushila. Harry apprécia beaucoup de n'avoir qu'à demander pour être satisfait, jouissant pleinement de cette période paradisiaque, trop brutalement interrompue. Harry ne vit rien venir, comment l'aurait-il pu ? C'est tout juste si, de temps à autre, il s'arrêtait un instant sur ce passé dont il ne distinguait pas grand-chose, quelques images troubles où se mélangeaient bien des visages.

Malgré son imbécillité flagrante, Harry était parfois capable de réflexion, moments délicats où il ne pouvait ignorer qu'il venait de quelque part, qu'il n'était pas apparu en ce monde à la sortie de ce conteneur et qu'il avait dû se passer quelque chose avant l'ère bénie de sa niche. Oui, mais quoi ?

Peu intéressé, voire terrifié par ce que pourraient lui révéler certaines réponses, Harry retournait à ses occupations, repoussant aux jours de pluie les questions embarrassantes. Mais les jours de pluie vinrent et apportèrent d'autres jeux, tout aussi amusants et très salissants, qui consistaient à remporter chaque jour le concours du plus crasseux.

Cibal fut obligé de sévir en une occasion. Depuis quelque temps déjà, Harry avait pris l'habitude de s'absenter des après-midi entières. Or Cibal avait expressément reçu pour consigne de garder un œil appuyé sur son protégé. Et pour Cibal, un contrat était un contrat, quelles que puissent être les exigences de ses patrons, en dehors bien sûr de toute atteinte à sa propre intégrité.

Il dut donc passer de plus en plus de temps en dehors de la propriété et la qualité de ses prestations s'en ressentit. Il tenta d'abord de parlementer avec Harry pour le dissuader de partir en goguette, chaque jour, jusqu'à ce que celui-ci décide de passer une nuit à l'extérieur, auprès d'un feu qui devait, à ses dires, détourner les navires marchands de leur route et les perdre sur les rochers.

Vingt-quatre heures plus tard, Cibal équipait Harry

d'un bien nommé Trace Dog, idéale appellation pour pister un homme qui dormait dans une niche.

Au début, Harry conserva le traceur, jugeant très amusant de voir son propre déplacement sur un écran à cristaux liquides. Puis il s'en lassa, comme un enfant écarte les nouveaux jouets dont il n'a pas besoin. Rassuré, Cibal rattrapa son retard et combla sa fatigue, tout en laissant Harry se balader entre la propriété et le littoral. Pour permettre à Harry de rentrer quand bon lui semblait dans la maison, Cibal fit une minuscule encoche dans le protocole de sécurité établi par ses patrons et grava les numéros du code d'entrée sur le bois de la palissade, à trente centimètres du sol, hauteur que seuls les chiens affectionnaient, juste derrière un épais massif d'épineux odoriférants. Lorsqu'il l'oubliait, ce qui était presque toujours le cas, Harry n'avait ainsi qu'à aller fouiner de ce côté pour entrer sans réveiller toute la maisonnée. Quant à la clé, elle attendait au fond d'une amphore placée entre deux rosiers grimpants et dissimulée par une vigne vierge.

Grâce au Trace Dog, Cibal se rendit compte que son protégé fréquentait toujours les mêmes lieux, où la plupart du temps il se retrouvait seul. Ses inquiétudes furent dissipées et tout rentra dans l'ordre. Jusqu'à ce soir de juillet où le paradis sombra définitivement dans l'abîme.

# 17

De fortes précipitations avaient, en fin d'après-midi, créé des étangs dans la forêt le long de la plage. Harry s'y était ébattu un moment puis il était rentré à la nuit tombée, grelottant et fiévreux. Pour la première fois depuis qu'il avait élu domicile dans sa niche, Harry faillit dormir dans son lit. Et c'est bien ce qu'il fit, pour commencer. Un bouillon brûlant déposé sur la table de nuit, la télévision allumée sur un programme musical, il somnola une partie de la soirée. Mais la faim le réveilla. Minuit n'avait pas encore sonné que le lit se vidait au profit de la cuisine, et plus particulièrement du réfrigérateur. Et comme les antipyrétiques avaient eu le temps de produire leurs effets, Harry décida d'emporter à manger dans sa niche.

Il se déplaça sans allumer de lumière, hormis celle du frigo, décidant que ce soir, il serait voleur dans sa propre maison. À vrai dire, il ricanait d'avance en imaginant la tête de Sushila, le lendemain matin, quand elle viendrait prendre sa température. Mais la belle et ronde cuisinière ne connut jamais cette déconvenue.

Harry emporta pour l'occasion une couverture supplémentaire, une bouteille d'eau et un tube d'aspirine. Son repas englouti, il s'endormit en quelques minutes. Aux alentours de trois heures du matin, alors que le deuxième quartier de lune éclairait chichement la pelouse, des pas furtifs l'extirpèrent de sa tranquillité. À vivre essentiellement dehors, l'oreille d'Harry s'était habituée aux bruits ordinaires, ceux que le cerveau accepte, et aux autres, inattendus, rares, qui réveillent et alarment, même furtifs. Comme, chose exceptionnelle, il avait ce soir-là refermé la porte de la niche, Harry ne put distinguer l'origine des bruits.

Mais on marchait près de lui, homme, djinn ou animal, il n'en savait rien, et il sentait ses entrailles se serrer et ses membres trembler. Sa main se dirigea vers le loquet dont les parties métalliques crissaient et, lentement, si lentement que le temps sembla suspendu, fit jouer le verrou et libéra la porte. Harry distingua à peine une silhouette fugitive dans la nuit. À tel point qu'il douta l'avoir vue. Et il se serait ainsi persuadé qu'il ne s'était rien passé, que le vent seul portait l'entière responsabilité de ses fantasmes nocturnes, si des ombres chinoises, animées de gestes violents et désespérés, n'avaient été projetées sur le mur du salon au cours de la minute suivante.

Harry geignit dans sa niche. Il aimait Cibal et le destin sinistre du majordome augurait celui de Sushila. Bien sûr, Harry ne s'avoua pas les choses de cette façon, dans son esprit, la perte de Sushila signifiait la privation de ses plaisirs essentiels. Et cela, il ne se sentait pas capable de le supporter. C'est pourquoi il finit par se lever, par opposer à cette peur qui le tétanisait une volonté suffisante pour réagir. Sur l'étagère, il saisit son passeport et sa médaille et glissa le tout dans la poche de sa veste de pyjama. Son dos se redressa et son visage rencontra la caresse revigorante d'un vent frais, porteur d'espoir. Au-dessus de sa tête, trois palmiers se balançaient doucement, indifférents au sort des hommes, des majordomes et même des cuisinières, et la brume qui montait de la terre plongeait la pelouse dans un flou étrange.

Harry décida qu'il s'introduirait dans la maison pour se cacher dans le four, comme il le faisait souvent pour espionner Sushila, et que tout ne serait que jeu. Mais il sentait bien que ses poings se serraient et qu'un sentiment étrange s'emparait de sa poitrine. Se courbant pour ne pas être repéré, il avança jusqu'à la façade et se posta sur le côté d'une fenêtre. Il vit alors l'impensable : Sushila gisait sur le sol de la cuisine, le cou ouvert d'une entaille rouge, la tête horriblement renversée. Harry pensa aux poissons qu'il s'était amusé à pêcher au cours des semaines écoulées et à leurs drôles d'oreilles rougissantes. Il avait trouvé ça « moche à voir » et encore pire à sentir.

Agenouillé près du corps de Sushila, Cibal agitait ses mains devant ses yeux. Son visage couvert d'un bâillon trahissait une peur plus grande encore que celle d'Harry, qui se demandait pourquoi les agresseurs du majordome avaient déposé au sol une grande bâche. Tandis que d'autres creusaient un trou au milieu des rosiers. L'un d'eux tenait au creux de sa main le traceur à cristaux liquides. Il le regarda longtemps, l'agita et le jeta brusquement à terre. Puis il fit des signes à ses comparses, qui se dispersèrent dans toutes les directions.

Conscient qu'il avait peut-être une chance – Cibal lui avait interdit de se baigner avec le bracelet –, Harry déguerpit et se terra dans l'ombre de la terrasse couverte. Là, invisible derrière un cache-pot gigantesque qui recevait les racines d'une variété de glycine, il put assister à l'agonie de Cibal. Incrédule. Son esprit simplifié par une obscure raison ne pouvait imaginer qu'on put s'en prendre à des personnes si gentilles. La gorge du majordome éclata comme un fruit mûr. Pas un son ne s'échappa de sa bouche, empêchée par une bande d'adhésif, mais des bulles de sang se formèrent à la base de son nez.

Harry vit son grand corps s'affaisser sur lui-même, puis rouler vers celui de la cuisinière.

C'en était trop.

Il détourna le regard vers la terrasse, prêt à détaler le plus loin possible, quand son regard brouillé de larmes croisa l'ombre d'un de leurs assaillants devant les quelques marches qui descendaient vers la roseraie où d'autres ombres creusaient la tombe de ses amis.

Les poings d'Harry se crispèrent un peu plus. Dans sa poitrine se mêlaient une furieuse envie de tout casser et celle de pleurer. Mais il se leva sans un bruit, se plaça derrière cette silhouette mauvaise, les bras levés, puis frappa de toutes ses forces. L'homme s'écroula lourdement et sa tête heurta le plateau d'une table. Des photophores se brisèrent sur le plancher en teck.

Le fracas du verre terrorisa Harry.

Il fonça vers la palissade, qu'il escalada au niveau de l'arbre à deux troncs. Il ne comprit pas ce qu'étaient ces petits impacts dans le bois à côté de lui, ni ces échardes qui sautaient seules en l'air, tandis qu'il basculait par-dessus l'enceinte, ni pourquoi des feuilles tombaient sur sa tête quand il se redressa après être tombé dans la ruelle. Il savait juste qu'il devait courir, emporté par l'ombre de la forêt et la panique de voir sa gorge s'ouvrir sous le fil d'un couteau.

## 18

Quand après deux nuits et un jour de frayeur Harry sortit enfin des bois et posa le pied sur cette portion de plage qu'il ne connaissait pas, il sut qu'un répit allait lui être accordé. Devant lui, sur des kilomètres, d'immenses bateaux étaient échoués, droits sur leur étrave, donnant aux quelques âmes égarées là un spectacle inouï et dramatique à la fois. Certains n'offraient que de fantomatiques carcasses au regard, patiemment décortiquées par des armées d'ouvriers en haillons et acheminées par trains entiers vers les hauts-fourneaux situés plus loin à l'intérieur des terres. Funeste fin de vie pour d'authentiques seigneurs des océans.

Harry négligea la première épave – un cargo amputé d'un bon tiers qui affichait une triste mine, ses ponts ouverts aux quatre vents ou éventrés et ses poutrelles tordues, brandies en tous sens – pour lui préférer son voisin immédiat, un paquebot gigantesque qui avait dû être le fleuron de la modernité en son temps, révolu. Des dizaines de cordages tendus depuis sa proue l'empêchaient de glisser sur l'épaisse couche de vase qui recouvrait l'horizon lorsque, comme c'était le cas, la mer se retirait.

Impressionné par la hauteur du navire, Harry s'en approcha avec prudence. Il remarqua très vite des brèches dans la coque, six à sept mètres au-dessus du sol, assez larges pour laisser passer quatre hommes de front et hautes de deux. Des échafaudages faits de bois et de ferraille permettaient de les atteindre, ce que fit Harry aussitôt. Il s'engouffra dans le ventre obscur, surpris de constater qu'une maigre luminosité s'y infiltrait par d'autres ouvertures, pratiquées elles aussi pour faciliter le travail des ouvriers. Le sommet de l'échafaudage débouchait sur une coursive de maintenance. Les échelons tintèrent comme dans un film de guerre et Harry recommença à sourire. Ici, il allait être dans son élément, même si le danger rôdait encore autour, même si la mort pouvait emprunter bien des visages, les heures écoulées plaidaient en ce sens.

De coursive en escalier, Harry franchit plusieurs ponts, cheminant assez rapidement dans sa remontée vers la lumière. Il ne savait pas vraiment quoi chercher, mais intuitivement, il préféra se trouver au-dessus de la ligne virtuelle de flottaison plutôt qu'en dessous. C'est ainsi qu'à peine vingt minutes plus tard, il pénétra dans le salon de gala qui avait connu les heures de gloire de trente années de croisière autour du globe. De cette époque flamboyante, il ne restait rien. Les tables, les chaises, les lustres, les appliques, les bacs contenant des expositions vivantes, aquarium ou autre, tout avait été retiré. Même la moquette au sol et les dalles de plexiglas qui avaient un jour recouvert le plafond s'étaient volatilisées. Harry fut impressionné par l'épaisseur du silence que renvoyait ce parallélépipède de métal recouvert d'amiante. Et il ne s'y sentit pas à son aise. La poussière enfermée pendant des décennies s'échappait peu à peu des parois, au gré des courants d'air favorisés par des portes qui ne se refermeraient plus jamais.

Il traversa le hall désert et marcha d'un pas vif jusqu'aux cuisines. Il salivait déjà. La déception fut à la hauteur de son appétit. Là non plus, il ne restait rien. Tout avait été bradé, en Europe pour commencer, où ce navire avait eu son port d'attache, puis en Inde. Le mobilier de cuisine était parti équiper des restaurants ou des collectivités. L'espace vide noua la gorge d'Harry. Et il eut beau fouiller des yeux cet endroit où des centaines de tonnes de victuailles avaient été transformées en de succulents plats, il ne trouva pas même la carcasse d'une boîte de conserve cachée derrière un placard. Il ne restait pas un placard.

Harry eut soudain besoin d'air. Il s'accouda au bastingage, erra sur la promenade, les yeux fixés sur la tache scintillante du sable en contrebas, jusqu'à ce que deux petits points brouillent une vision qu'il trouvait idéale pour réfléchir. Les points devenaient de plus en plus gros. Il plissa les yeux. Deux jeeps roulaient à vive allure dans la direction de son navire. Le cœur serré par un mauvais pressentiment, Harry courut jusqu'à la proue, « Putain, putain, putain ! » au bord des lèvres, juste à temps pour voir six hommes gravir les échelons de l'échafaudage. Harry fut saisi d'effroi. Il recula jusqu'à la plage avant et se pelotonna contre des bâches laissées là par les ouvriers du chantier de démolition. Sa peur était si grande qu'il se mit à claquer des dents.

# 19

C'est ainsi que le trouvèrent les enfants. Une ribambelle de petits Indiens à la peau cuivrée et aux cheveux d'un noir de jais, riant et criant, montés sur des bicyclettes au nom du bateau. Ils étaient arrivés en pluie, survenant d'on ne sait où, et ils fondirent sur lui comme des sauterelles sur un champ de blé. Abasourdi, les dents toujours vibrantes et le regard perdu, Harry fut soulagé du contenu de ses poches, dans lesquelles se trouvaient, en plus de quelques bricoles, son passeport et sa médaille. C'est sans aucun doute ce qui le tira de son état. Inutile de rappeler combien il appréciait cette médaille, la façon dont la maman couvait son enfant du regard et de la protection de ses bras, et tenait à ce passeport qui affichait pourtant un nom qu'il détestait. Harry était fait de nombreuses contradictions. Il se secoua comme pour réprimer un long frisson et tendit ses mains vers l'aîné des enfants. Celui-ci portait ses quinze ans comme seuls les gosses du tiers-monde savent le faire. Il avait la musculature d'un homme et l'insolence d'un collège entier. Aussi ne recula-t-il que d'un pas pour ricaner et prendre ses compagnons à témoin, à grands renforts de gestes plutôt obscènes.

Mais Harry se moquait pas mal du nombre et de l'âge de ces gamins. Tout ce qu'il voyait, c'était ses biens dans les mains brunes, et rien n'aurait pu l'empêcher de tout tenter pour les récupérer. En un bond, malgré les cris menaçants des petits et les tentatives de le retenir des plus vieux, Harry saisit le voleur par le col de sa chemise et le tira jusqu'au garde-corps, par-dessus lequel il le fit basculer.

C'est ainsi que le gamin se retrouva suspendu à vingt-cinq mètres au-dessus du sable, ses cheveux et le pan de son short entre les grosses mains d'Harry, qui n'avait pas émis le moindre son. Ce gosse, comme tous les autres rassemblés autour d'eux, avait survécu dans un cimetière de tôles, au milieu de déchets et de produits toxiques, et il était doté d'un sens de la conservation assez développé pour deviner la détermination sans faille de son adversaire. Aussi tendit-il sa main par-dessus sa tête pour rendre l'objet de son larcin, les lèvres scellées sur un sourire grimaçant et les yeux remplis de larmes de rage.

Quand l'enfant, libéré de la poigne d'Harry, roula sur le sol et bondit sur ses pieds, les cris des autres s'apaisèrent. Mais le calme ne s'installa que le temps d'une courte trêve et les hurlements reprirent de plus belle.

Harry comprit qu'il devait fuir.

Les petits bras bruns s'agitaient en direction de trois hommes qui couraient vers eux. Plusieurs corps furent fauchés sans que retentisse une seule détonation. Harry ne put s'empêcher d'observer le sang s'écouler de trous apparus sur les torses dénudés. Un sourire timide se figea sur son visage. Il venait de se souvenir de Cibal et de Sushila. Eux aussi avaient de curieuses expressions au moment de…

Le gamin qu'il venait de molester hurla. Sa voix éraillée sortit Harry de sa torpeur. Il semblait donner des ordres au reste de la bande. Sa voix claire lançait quelques mots brefs, sur un ton où perçaient la colère et la peur. Imitant les autres, Harry attrapa alors le vélo d'un des gosses et s'élança vers la poupe, par la passerelle bâbord. Puis, de plan incliné en plan incliné, la ribambelle sur deux roues, ponctuée par la grande silhouette d'Harry, gagna sans encombre la plage arrière, puis les ponts inférieurs.

Les vélos basculèrent par les ouvertures destinées à donner de la lumière aux ouvriers et tournoyèrent dans le vide avant de s'écraser dans la vase. La désescalade de l'immense épave s'acheva par la brèche béante à tribord. Chacun des fuyards récupéra un vélo et la nuée se dispersa sur le sable pour s'enfoncer en quelques minutes à peine sous le couvert de la forêt.

# Comment Harry m'a fait les honneurs de sa niche…

# 20

Dire que je me méfiais des confessions d'Harry est très en dessous de la réalité. Car si je résumais correctement ses élucubrations, il serait parvenu jusqu'à cette maison dans un conteneur aménagé et chargé sur un camion, accueilli par un majordome, traité comme un prince et couvert d'or et d'argent. Impossible ! Il restait donc à démontrer que mon protégé inventait cette histoire au fur et à mesure, inspiré par la propriété qui se dressait devant nous.

Je supposai d'abord que, repêché par un cargo porte-conteneurs, il avait été débarqué à Kochi et avait su profiter des nombreux va-et-vient de poids lourds sur les quais pour s'éclipser. Le camion l'avait ensuite déposé dans les parages, et certainement pas de la manière décrite par Harry. Non, il avait tout simplement ouvert la porte du côté passager et était descendu dans le quartier, peut-être même dans l'allée. Je me plaisais à imaginer qu'en quelques kilomètres, il avait réussi à saouler le chauffeur de paroles, ou peut-être avait-il tenu à conduire, ou pourquoi pas à monter sur le toit en route. Harry était capable de bien des choses et je gage qu'il avait beaucoup plus d'imagination que moi.

Quoi qu'il en soit, et par un hasard qui m'échappait encore, cette demeure splendide s'était ouverte à Harry – je connais sa propension à faire pitié, avec ses yeux de chien battu, s'il peut en tirer avantage – et il y avait apparemment séjourné plusieurs mois, jusqu'à ce que des hommes envahissent la demeure, assassinent le majordome et la cuisinière et ensevelissent les corps sous les rosiers. Difficile à croire. Évidemment, je considérais également le coffre-fort, les richesses, la niche, comme des extravagances, sans perdre de vue qu'il s'agissait peut-être de souvenirs plus anciens, datant de sa vie à Jersey, qu'il mélangeait sans s'en rendre compte pour me tisser ce conte de Noël.

Comment un marin anglais pouvait-il tomber d'un bateau au large de Terre-Neuve et trouver le chemin d'une propriété en Inde ? Comment ce collier pour chien, dont Harry m'avait juré ses grands dieux qu'il l'avait porté fixé à la cheville durant son séjour dans cette demeure, s'était-il retrouvé là ? Pourquoi mettre un marin anglais sous surveillance électronique ? Que craignait-on ? Qui avait intérêt à tuer le majordome et la cuisinière ? Était-il lui aussi une cible et, si c'était le cas, comment Harry avait-il procédé pour ne plus être pisté par le Trace Dog qu'il portait à la cheville ?

Je n'appris la vérité à ce sujet que bien plus tard, au détour d'un repas un peu trop arrosé. Harry avait échangé les piles de son mouchard contre son vélo, celui dont il se servit pour gagner le sud du Kerala où je l'ai rencontré. Oh, bien sûr, je doute que l'idée soit venue de lui. Il est certain que cet adolescent rencontré sur l'épave avait été l'instigateur de cette brillante idée. Toujours est-il qu'à compter de ce moment, le signal cessa et les meurtriers de Cibal et de Sushila en furent pour leurs frais.

La suite, je ne peux que l'imaginer, mon Harry sur sa bicyclette, dévalant les plages de l'Inde, du nord vers le sud, selon un itinéraire gravé au fond de son esprit. Je ne peux que l'imaginer, car jamais il n'a voulu me dire un mot sur ce voyage-là, précisément. Comme il m'a toujours caché ce qu'il avait fait durant les deux jours passés dans les bois, après l'attaque de la maison. Pourquoi ? Je l'ignore et cela n'a guère d'importance. Peut-être a-t-il oublié, tout simplement. Ça lui ressemblerait assez. Avec Harry, il n'est nul besoin d'aller chercher midi à quatorze heures. D'ailleurs, avec Harry, il serait plutôt toujours midi, l'heure de s'attabler, ou de s'apprêter à le faire.

Dans un certain sens, je lui sais gré de ne pas m'avoir tout raconté. Ainsi garde-t-il sa part de mystère, et c'est de cette façon que je peux l'imaginer dans son voyage perpétuel, laissant sa trace, ses traces, dans le sable humide des plages du Kerala, modestes empreintes aussitôt effacées par le sempiternel ressac de la mer d'Oman, par les marées de l'océan Indien et celles, plus redoutables encore, du temps.

En revanche, j'aurais aimé qu'il m'en dise un peu plus long sur certaines choses dont les conséquences survinrent peu après la découverte de cette maison cossue où il était censé avoir vécu. J'ignore ce qu'il gardait intentionnellement pour lui-même et ce dont il ne se rendait pas compte. Les actes, les agissements, les dits et les non-dits d'Harry sont des continents d'interrogations pour quiconque s'y arrête un instant.

Avait-il au fond de lui-même suffisamment de souvenirs de son autre moi pour en jouer, par ses confidences et ses silences, auprès des autres ? Ou n'était-il, comme je l'ai souvent cru, qu'un enfant trop grand et doué d'une force physique supérieure à la moyenne des adultes ? Je ne le saurai pas. Jamais.

C'est aussi pourquoi je l'imagine encore, mon Harry sur sa bicyclette, les cheveux aux vents, la banane pour tout bagage et les mains brandies au-dessus de la tête. Au concours du plus long lâché de guidon, il se serait trouvé dans le trio de tête, sans aucune hésitation.

Il faut bien combler ses lacunes par quelques rêveries, parfois.

Avant de retourner à une réalité bien plus cruelle.

Et pour l'heure à présent tardive où la luminosité nous plongeait entre chien et loup, à une niche prétendument aménagée en paradis terrestre.

## 21

Dès que je prononçai le sésame, « Va pour la niche ! », Harry s'engouffra par le trou de la palissade, riant de mes hésitations à le suivre.

« T'as les foies, copain Jan ! ricanait-il. Jan a les foies, Jan a les foies ! Et moi, je vais dans ma niche. T'auras qu'à m'y rejoindre quand t'auras fini de te mâcher le cul. »

Et il disparut. Nous n'avions pas observé de mouvement en provenance de cette maison, mais cela ne prouvait pas qu'elle était inoccupée. Et puis, le jardin paraissait entretenu, même si les arbustes étaient aussi chevelus que dans un jardin à l'anglaise et leurs branches alourdies de fleurs fanées.

Pourtant, je me jetai par ce fichu trou au moment même où retentissait une plainte à fendre l'âme.

« Elle est pas là ! disait la voix d'Harry. Elle est où ma niche ? Hein, elle est où, ma niche ! Et où qu'il est mon trésor ? »

Je le rejoignis en quelques secondes, avec dans le ventre la sourde menace d'une angoisse à naître. Harry était tombé à genoux au beau milieu de la pelouse. J'eus besoin de plusieurs minutes pour le calmer et le persuader de me laisser faire le tour de la propriété pour m'assurer que nous étions bien seuls. Harry me jura qu'il habitait là, qu'il ne connaissait personne en Inde, que personne ne le connaissait, en dehors de *copain Jan*, et je dois avouer qu'une grande lassitude m'envahit.

« Pourquoi tu me crois pas, c'est chez moi je te dis, la clé est dans le vase là, et pour le code, Cibal il l'a écrit sur la palissade ! Je t'ai déjà tout raconté ! »

Abasourdi par l'aplomb avec lequel il prononça ces paroles, je l'abandonnai dans le jardin et m'approchai prudemment du large perron couvert. La lumière des réverbères qui filtrait à travers les feuilles de palmes et les parfums exhalés par la magnifique roseraie ne parvenaient pas à apaiser les battements de mon cœur.

Certes, je n'étais pas un ange, mais je n'étais jamais entré dans une propriété en pleine nuit, accompagné d'un hurluberlu qui, je l'avais compris, avait la ferme intention de faire des trous dans le jardin pour trouver un trésor.

Je m'armai d'une branche et d'un peu de courage pour grimper les marches. Je longeai la vaste terrasse aménagée avec un mobilier en teck et rotin impeccablement entretenu. De nombreux photophores et d'énormes pots de fleurs ornaient les balustrades. J'avançai lentement jusqu'à l'amphore posée à côté de la porte de service qui se trouvait de l'autre côté de la maison et y glissai la main, certain que les crochets d'un naja ne tarderaient pas à m'envoyer en enfer.

Il y avait effectivement une clé. Et cette clé glissa parfaitement dans la serrure. La porte pivota sur ses gonds et me dévoila une immense cuisine plongée dans la pénombre.

J'avais trouvé le code gravé sur la palissade en suivant les indications d'Harry. Heureusement, la nuit était claire et j'avais réussi à le déchiffrer sans mal. Cependant, je dus m'y prendre à deux fois pour composer les cinq chiffres et lettres sur le boîtier d'alarme tant mes mains tremblaient. Je n'avais qu'une crainte : que les lumières de la demeure s'illuminent et qu'une sirène ameute les gens du quartier.

Rien de tout cela n'arriva.

Incapable de faire un pas de plus, je restai longtemps sur le palier, les bras ballants et la gorge serrée. Puis je m'aventurai dans la grande pièce, et les mots d'Harry résonnèrent à mes oreilles. Mes yeux habitués à l'obscurité reconnurent sans mal le four dans lequel il aimait espionner sa cuisinière, je l'imaginai glisser dans la flaque de sang laissée là par les meurtriers de Cibal et Sushila et je m'ébrouai.

D'accord, Harry avait apparemment vécu là, ou tout au moins connaissait-il la maison. Mais cela ne prouvait pas qu'il l'ait quittée précipitamment à cause d'une bande de tueurs. Il ne fallait pas exagérer. Où donc étaient ces hommes, pourquoi voudraient-ils du mal à Harry ? Pour une histoire de trésor enterré dans le jardin ?

Je ne pus m'empêcher de sourire devant la bizarrerie de la situation. J'étais debout, les bras armés d'une branche de je ne sais quel arbre, dans une immense maison du Kerala, avec Harry, un type étrange et attachant qui m'avait pissé dessus quelques jours plus tôt. Très drôle et merveilleux remède contre la dépression qui me guettait.

Je m'enhardis et décidai de vérifier si la maison était déserte.

Un rapide tour du propriétaire m'informa que nous étions les seuls invités. Je traversai une magistrale entrée couverte d'une verrière, visitai chacune des douze pièces de la demeure, toutes inoccupées. Je repérai la chambre d'Harry, où trônait un lit à baldaquin prêt à recevoir son hôte, les armoires étaient pleines de vêtements et de chaussures à sa taille, des jardinières s'épanouissaient au balcon. Décidément, cette splendide demeure était telle qu'il me l'avait décrite dans ses moindres détails.

Cinq minutes plus tard, affalé sur le canapé du salon, le nez levé vers un cadre, je contemplais à la lueur de la lune le portrait de ce cher Harry qui me fixait, un sourire benoît sur les lèvres, les joues rasées et le cheveu court, figé – pour une éternité toute relative – par un artiste qu'on pouvait aisément qualifier de talentueux. Figé, je l'étais aussi. Le corps penché vers l'avant, la tête calée entre mes mains, je réfléchissais, les yeux rivés sur cet Harry prisonnier de la toile, pendant que le vrai, beaucoup plus remuant, passait et repassait sous les fenêtres, excité comme un gosse à qui on aurait promis une soirée au cirque.

Il frappa plusieurs fois au carreau, ce qui me décida à le rejoindre. Quand je le retrouvai, Harry furetait entre les massifs de fleurs. Mais il évitait soigneusement le joli parterre de roses aux couleurs criardes où, selon lui, les meurtriers avaient enterré ses amis.

« Tu n'aimes pas les roses ? lui demandai-je subitement.

— Tu m'as fait tromper ! se plaignit-il sans répondre à ma question. Faut tout recommencer.

— Recommencer quoi ? Tu comptes les pâquerettes ?

— Très drôle, copain Jan, vraiment très drôle. Qui c'est qui dira merci dans cinq minutes ? Qui c'est, hein ? »

Il n'acheva pas son commentaire, chose dont je lui sus gré sur l'instant. Je le vis s'éloigner jusqu'à l'arbre au trou dans la palissade, revenir vers moi en calibrant ses enjambées et en comptant à voix haute. Ses cheveux bruns, longs et bouclés, emmêlés par mèches comme des dreadlocks, pendouillaient sur son front. Sa barbe en broussaille cachait les fossettes que je lui avais découvertes sur le tableau et ses lèvres pleines, relevées sur des dents fortes et bien alignées, jaunes de tartre, lui donnaient vraiment l'air d'un fou sorti de l'asile. Pourtant, malgré son allure étrange, sa gestuelle saccadée et maladroite, je ne pouvais m'empêcher d'imaginer l'homme qu'il avait été avant de devenir Harry. Bien bâti, le regard transparent et vif, de grandes mains fortes, capables de barrer dans la tempête et de relever les filets. Des mains douces qui avaient probablement caressé, frappé peut-être. Je l'imaginai en mari, en père de famille, travailleur et volontaire. Qui donc était ce Simon Fergusen ? Comment avait-il atterri ici ? Pourquoi sa demeure avait-elle été attaquée ? Pourquoi l'avait-on traqué jusque sur l'épave où il s'était réfugié ?

La réalité me ramena vite à la raison et je retins un éclat de rire en découvrant Harry, tel qu'il était devant moi, comptant à voix haute, les yeux rivés au sol, un sourire idiot sur les lèvres. À 38, il s'arrêta et piqua en terre un petit bout de bois. Là, il me lança un regard plein de malice, posa un doigt sur sa tempe et déclara :

« Y en a dans la cougourde, mon gars ! C'est ça qui sauve Harry, la cougourde ! »

Sur quoi il s'éloigna vers le portail et accomplit le même manège, ainsi que depuis la porte principale de la demeure.

« 180, 38 et 45, énonça-t-il, énigmatique.

— Ne me dis pas que c'est ton histoire de trésor ! dis-je, agacé. On a d'autres chats à fouetter, figure-toi. Et pas des petits, en plus. »

Je m'aperçus, un peu contrit, que je commençais à parler comme lui. Une inquiétude m'effleura, mais elle fut rapidement chassée par les gesticulations d'Harry, qui planta son troisième morceau de bois dans la pelouse et estima d'un œil expert les quatre mètres carrés de terre ainsi délimités. Puis il se rua derrière la maison – je le perdis de vue une quinzaine de secondes – et réapparut, une pelle de jardinier en main. Je ne songeai même pas à l'arrêter. Quiconque a croisé Harry une fois sait qu'il est inutile de le contrer. Quand une idée a germé dans sa cervelle, elle y trouve un solide terreau. Harry est un insubmersible.

## 22

J'eus beaucoup de peine à réaliser que la boîte en métal émaillé à peine attaquée par la rouille posée devant moi contenait des liasses de billets de mille dollars, six lingots d'or et quelques documents bien protégés par une housse en plastique. Comptable j'ai toujours été, comptable je restai en cette occasion. Aussi, pendant que ce diable d'Harry me vantait les mérites d'une bonne mémoire – ce qui était un peu énorme de sa part –, pendant qu'il m'expliquait que sa maison n'avait absolument pas changé, en dehors de sa niche, disparue, je faisais des tas de vingt-cinq mille dollars, raide comme un automate. J'obtins huit tas que je rangeai avec les six lingots. La fortune en liquide d'Harry se montait à trois cent cinquante mille dollars US. Quant aux documents sous plastique, il s'agissait, je le compris au premier coup d'œil, de relevés de comptes bancaires domiciliés au Costa Rica, copieusement garnis eux aussi.

Mon farfelu ne m'avait pas menti au sujet de la

maison et du trésor. Mais alors, que penser du reste ? Qu'étaient devenus Cibal et Sushila ? Je sais, pour les avoir côtoyés, parfois d'un peu trop près, que certains hommes n'hésitent pas à prendre des vies, mais il y a toujours une raison, un appétit à satisfaire. Or, dans la version que m'avait proposée Harry, il n'en était rien. Pas d'appétit, pas de mobile. Et sans mobile, pas de meurtre.

Pourtant, son histoire prenait de plus en plus corps et je ne pouvais me permettre – même si cela ne m'arrangeait pas – de négliger ces meurtres dont il m'avait parlé. Je devais nous prémunir contre d'éventuels dangers.

Malgré cette menace encore toute virtuelle, pas une fois je n'envisageai de laisser Harry en plan et de rentrer en France. Même si aujourd'hui, je peux affirmer que c'eût été plus raisonnable. Je me sentais en quelque sorte coupable de l'avoir extrait de sa cabane sur la plage et entraîné sur les routes.

Je lui proposai donc de prendre un peu de repos et de réfléchir à ce que nous allions pouvoir faire de tout cet argent. Il fourmillait déjà de projets pour nous deux, il voulait visiter le monde, nous aménager un arbre sur une jolie plage, loin de cette maison et de ce massif de roses qui lui faisait peur.

J'avais choisi de passer la nuit sur place parce que nous méritions un peu de repos avant de reprendre la route. Une bonne douche, des habits propres, un lit confortable, rien de tout cela ne semblait le décider à quitter le trou qu'il venait de creuser. Je finis par le convaincre en détournant son attention vers le placard, que je lui décrivis rempli de victuailles, et l'entraînai à l'intérieur.

Je verrouillai soigneusement les lourds volets en palissandre des portes et des fenêtres, réactivai l'alarme et nous confinai entre la cuisine et le petit salon, que j'avais pris soin d'équiper de matelas.

Les abords du parc étaient bien éclairés et des patrouilles de la police locale faisaient des rondes régulières dans le quartier.

Après un copieux repas à base de biscuits et de fruits confits, Harry s'endormit comme une souche, à son habitude, insouciant des noirceurs de ce monde autant que des fortunes.

Je sortis quelques heures plus tard, au cœur de cette nuit surprenante, bien décidé à saccager le parterre de jolies roses aux couleurs criardes. Puisque l'histoire du trésor était réelle, qu'en était-il des cadavres de ses amis ?

Je me munis d'une bonne bêche et d'une pelle et me dirigeai vers le massif de fleurs. Le sol était défoncé à cet endroit. Il ne me restait plus qu'à creuser, ce que je fis. Jusqu'à ce que ma pelle éclate une boîte crânienne.

Une demi-heure plus tard, j'avais comblé la fosse et disposé les ossements sur la table de l'appentis qui servait de remise au jardinier. Je reconstituai patiemment les squelettes, non par bonté d'âme, mais pour m'assurer qu'il y avait bien deux corps. Ce qui était le cas.

Un drame avait donc bien eu lieu ici, j'en avais dorénavant la preuve. Harry portait un mystère plus grand encore que je ne l'avais envisagé. Il m'était impossible d'attribuer ce massacre au hasard. Il y avait trop d'argent dans cette histoire, trop d'or, trop de sang versé et trop de terre replacée sur les cadavres.

Mais en même temps que mes doutes grandissaient, une question, plus inquiétante encore, dessinait une ombre impénétrable : qui avait été Harry ? Ou plutôt, qui avait été Simon Fergusen ? L'histoire du marin pêcheur commençait à trembler sur ses bases. Comment un simple marin porté disparu dans l'Atlantique pouvait-il s'offrir une telle demeure en Inde, avec en surplus un gros paquet d'argent ?

L'excitation me gagna, tandis que je fourrais les os dans un grand sac en plastique et les dissimulais sous des paquets d'engrais.

À force d'envisager le pire et son contraire, et parce que je ne possédais pas assez d'éléments pour trancher, je décidai de prendre une assurance et contactai un type rencontré en Irak que je comptais au nombre de mes débiteurs.

« Tu as bien fait de rester sur place, me rassura-t-il aussitôt, ta forteresse sera bien plus sûre que les rues de Kochi ! Je connais de bons soldats en Inde, ajouta-t-il quand je lui eus résumé une partie de mon histoire. Laisse-moi passer quelques coups de fil. Je te recontacte dans une heure. »

Ce qu'il fit – il était près de quatre heures du matin – pour m'annoncer que je recevrais de l'aide dès l'aube.

« Son nom est Sundeep Dhillon. Tu te souviens de ce que tu as transporté pour moi, il y a quelques années ? poursuivit-il. Ne dis rien et dis-moi si tu t'en souviens. »

J'acquiesçai.

« Alors ce sera le mot de passe. On n'est jamais assez prudent. »

Je le remerciai avec chaleur, me félicitai d'avoir su garder quelques relations dans ce vaste monde hostile et m'apprêtai à me coucher quand Harry, réveillé, demanda soudain à me parler.

Je l'écoutai, heureux qu'il décide de se confier encore, attentif, accroupi à côté de lui, la tête penchée vers la sienne pour ne pas en perdre une miette. Il était question d'un conteneur où il avait vécu, épisode de sa vie dont je ne savais pas grand-chose alors que je brûlais de tout savoir.

# … Et raconté l'histoire d'un voyage en conteneur

# 23

La pièce aveugle ne possédait qu'une ouverture sur un de ses petits côtés : une porte verrouillée par un mécanisme identique à celui d'une chambre froide. Les murs, le plafond et le sol étaient uniformément recouverts d'un matériau blanc, arrondi dans les angles, mais seul le sol était balafré d'une multitude de traces noires laissées là par des semelles. Un lit ressemblant davantage à un caisson, fait dans la même matière que le reste, hébergeait un matelas et une couette et à l'opposé se trouvait un bloc douche-WC, toujours moulé dans ce blanc lisse. Une bonde d'évacuation des eaux usées marquait le sol d'un éclat bleuté et les bouches d'aération s'ouvraient sur le haut des murs. Fixées à un mètre au-dessus du plancher, un peu partout dans la pièce, des poignées en acier piquaient cet univers monotone. Face au couchage, un écran plat protégé par du verre trempé, une manette de jeu vidéo reliée à une console murale, juste en dessous. Et c'était tout.

Tout, en dehors d'Harry qui végétait depuis plusieurs jours, indifférent au temps, faute de repères. Sa forme, jusque-là immobile, remua sous la couette qui glissa jusqu'au sol, révélant sa tête ébouriffée. Encore englué dans le sommeil, il tâtonna autour de lui à la recherche de son oreiller. L'agacement de ne pas le trouver lui fit ouvrir les yeux et s'étirer bruyamment.

Comme toujours lorsqu'il se réveillait, Harry avait faim. Il se leva, gagna en trois pas les toilettes où il se soulagea avec un long soupir de contentement et se dirigea à l'autre extrémité de la pièce, vers le placard caché dans la cloison. Il grognait déjà, imaginant d'avance le plaisir qu'allaient lui procurer les cannellonis bolognaise. Harry raffolait des plats cuisinés en conserve. Et qu'il n'ait aucun moyen de les réchauffer ne constituait pas un problème majeur. Avec deux doigts, il fit sauter l'opercule en métal et mangea rapidement, avalant sans les mâcher les tubes remplis de viande molle. Il rinça la cuillère, jeta la boîte dans le réceptacle prévu à cet effet, puis il s'accroupit devant la console de jeu, appuya sur les boutons de la manette et se mit à geindre. Il ne se passait rien, l'image demeurait figée sur son héroïne virtuelle et aucun son ne faisait vibrer les enceintes. Il se releva, toucha l'écran de la paume et caressa les seins froids et plats de l'image. Habituellement, quand il jouait, ils remuaient d'une façon si réaliste qu'il en avait le bas-ventre ému. Mais depuis quelque temps, il n'aurait su dire s'il s'agissait d'heures ou de jours, sa belle guerrière restait désespérément inerte, glaciale. Inaccessible. Alors, pour noyer son ennui, Harry se remit au lit, les yeux rivés sur ces minuscules LED qui ne s'éteignaient jamais, l'esprit tourné vers des contrées plus hospitalières.

Harry possédait des bribes, des restes de ce qu'il avait été. Il se souvenait de cette maison blanche et haute, dont la façade était grisée par les gaz d'échappement, de cette contre-allée bordée d'arbres à pince-nez. Il y avait eu des choses bonnes autour de lui, avant, dans cet avant qu'il avait à maintes reprises tenté de faire ressurgir.

Un visage, une femme, attendrie, présente, un ovale aux cheveux blanchissants, mais aux traits trop imprécis pour qu'il les saisisse vraiment. Des odeurs de rhum à cuisiner, de vanille et de cumin. De la viande grillée et des toasts chauds. Des parfums de fleurs sur ses vêtements, sur sa peau. Il parvenait encore à revisiter certains lieux de son enfance, et tous étaient tournés vers le soleil, la mer, l'iode, la salicorne sur l'aiglefin, le jaune de l'immortelle des sables et son parfum de curry, le vent et le sel sur sa peau, le fracas des vagues contre les rochers, comme si sa psyché ne voulait retenir que le meilleur.

Mais rien n'expliquait sa présence dans cet environnement si particulier. Harry était enfermé dans une boîte, privé de l'alternance des jours et des nuits, contraint à la solitude et à l'angoisse et pourtant, il ne se posait pas de question. Dans les rangements intégrés dans les murs, il y avait à manger à profusion et c'était ce qui comptait le plus. Harry ne se projetait pas dans l'avenir. Avec la console de jeux, il avait eu de quoi s'occuper. Maintenant qu'elle avait bogué, il lui restait ce continent imaginaire à revisiter, ces souvenirs flous qui lui procuraient d'agréables sensations.

Mais cet endroit de sa psyché avait aussi un versant

plus sombre, où Harry redoutait de s'aventurer. Un endroit où le sang coulait sans retenue, un endroit où des corps-à-corps étouffants l'empêchaient de respirer. Alors, il serrait les poings et hurlait, le visage écrasé dans son oreiller, pour ne pas fâcher le monsieur qui lui avait ordonné de ne pas faire de bruit.

Quand il se réveilla, des minutes ou des heures plus tard, Harry se rendit aussitôt compte qu'il se tramait quelque chose d'étrange. Son monde ne le balançait plus. Et Harry n'aimait pas que les choses changent. Il se leva d'un bond et attrapa sa boulette de pain. Depuis le temps, la mie avait séché, allégeant l'objet qui roulait ainsi de mieux en mieux. Il la déposa au milieu de la pièce, ne sachant dans quelle direction elle allait partir. Harry attendit plusieurs secondes, impatient. La boulette ne bougea pas. Cette déconvenue lui fut quasi insupportable. Après le dysfonctionnement de la console, si sa boulette refusait de s'amuser avec lui, il ne voyait vraiment pas à quoi il allait s'occuper. Rêvasser ne l'amusait pas longtemps et ses cauchemars l'effrayaient au point qu'il craignait de les affronter.

Il se releva et crut souffrir d'un léger malaise. Son corps fut déporté contre une paroi, où il se rattrapa à l'une des poignées. Quand il se fut stabilisé, il constata que sa boulette avait disparu. Harry sourit de toutes ses dents. Les choses rentraient dans l'ordre. Il préférait ça. Sauf qu'une nouvelle secousse ébranla son univers, très violente celle-là, suffisamment pour qu'il lâche prise et que sa tête heurte le mur opposé. La douleur lui transperça le crâne. Ses jambes se plièrent sous son poids et Harry perdit connaissance.

Lorsqu'il recouvra ses esprits, sa boîte était parcourue de petites vibrations, des cahots infimes qui s'espacèrent avant de cesser complètement.

Entra alors dans son habitacle un vent nouveau. Jamais Harry ne se souvenait d'avoir senti une pareille merveille. C'était frais, presque sec en comparaison avec ce qu'il respirait depuis des jours, et l'air charriait les parfums de mille fleurs.

# Comment j'ai rencontré Sundeep Dhillon…

# 24

Quand Harry se confiait à moi, il utilisait une voix inhabituelle, pesant ses mots, hésitant sur certaines intonations, appuyant sur d'autres. Et ce qui me faisait enrager, c'est que les bribes de souvenirs qu'il me livrait ne me faisaient pas avancer, bien au contraire. Cette voix différente, cette élocution, ces détails jetés en vrac sur sa vie semaient le trouble dans mon esprit. Si je pouvais me référer à ses souvenirs, qu'il exprimait avec force, et à ses délires verbaux incessants d'alors, il avait effectivement fait le voyage dans un conteneur aménagé avec le minimum vital.

À l'entendre, il était tantôt victime d'horribles individus qui lui avaient fait traverser des océans dans une boîte, tantôt capitaine d'un navire bien à lui et d'une grande niche aménagée avec tout le confort, les cannellonis et la belle Lara pour toute compagne. Oh ! J'allais le cuisiner, ce cachottier ! Dès que j'aurais un psychiatre raisonnablement francophone à portée de main, je le soudoierais pour qu'il m'ouvre les portes de l'inconscient d'Harry. D'autant plus qu'un détail me chiffonnait dans toute cette histoire et je ne parvenais pas à mettre le doigt dessus.

Incapable de trouver le sommeil, le cerveau en ébullition, je passai ce qu'il restait de la nuit installé dans un fauteuil, les doigts fermés sur un long couteau de cuisine, à côté d'Harry, qui lui n'avait éprouvé aucune difficulté à se rendormir. J'étais préoccupé par les confidences d'Harry et la découverte des deux squelettes, mais incapable d'élaborer une stratégie. Nos ennemis étaient invisibles, peut-être même n'existaient-ils pas. Pourtant, il y avait bien eu meurtre dans cette maison, Harry en avait été le témoin et ces événements l'avaient jeté, fou de peur, sur les routes du Kerala.

La sonnette de la maison retentit sans crier gare, nous faisant rater à chacun au moins un battement de cœur. Je sautai sur mes pieds et déverrouillai un chemin d'accès vers l'extérieur. Avec le retour de la lumière du jour, j'admets que mes craintes nocturnes s'étaient atténuées, aussi marchai-je jusqu'au portail, abandonnant mes délires de couteaux de cuisine à leur juste place. Un énorme pick-up noir aux vitres teintées, le plateau recouvert d'une bâche sombre, était garé dans l'allée. Je m'engageai plus près, curieux et impatient de recevoir notre visiteur.

C'est à cet instant qu'une voix retentit derrière moi. Le ton employé pour me conseiller d'être plus prudent était un brin sarcastique et péremptoire – j'apprendrais à m'y faire, avec le temps – et chacune des phrases se finissait en traînant. Le temps d'une volte-face et le sang déserta mon visage.

« … À moins que vous n'ayez plus besoin de mes services ! » ajouta la voix en riant.

J'estimai l'âge de la femme qui se tenait devant moi à une trentaine d'années, bien que je n'en eus jamais aucune certitude et aussitôt, je regrettai mes quelques rides, le haut de mon front qui se dégarnissait à vue d'œil – pour gommer cette infamie je me rasais le crâne – et cette brioche naissante qui alourdissait mes hanches.

Elle était vêtue d'un sari rouge, jaune orange et or. Ses longs cheveux ébène étaient tressés, une paire de simples sandales en cuir enlaçait ses pieds et, détail hallucinant, elle était armée d'un pointeur laser qu'elle dirigeait sur mon torse.

Mon premier réflexe fut de refuser de croire que cette Indienne pût porter un nom d'homme et faire partie d'une bande de mercenaires… Puis je repensai à ces femmes dont j'avais relaté les exploits, au Proche et Moyen-Orient, mais aussi en Amérique du Sud. Je revoyais ces corps démembrés par les bombes, ces faces blanchies, ces soldats vidés comme des cochons à l'abattoir, ces kilos de plastic passés sous les vêtements, cette détermination que seuls les ignorants attribuent aux hommes. Oui, en un instant très court, ces images enfouies rejaillirent et je tuai dans l'œuf ce réflexe masculin aussi ancien qu'imbécile.

« Vous devez donc connaître le mot de passe, hasardai-je, me sentant stupide et vulnérable.

— Un godemiché assyrien en ébène, datant du VIIe siècle avant Jésus-Christ. »

C'est ainsi que je fis la connaissance de Sundeep Dhillon.

# 25

« Oh ! dit Harry quand il aperçut Sundeep Dhillon pour la première fois. Oh ! Aaaah !!!!!!!!!!!

— Eh bien quoi, oh ? lui dis-je en souriant. Ça ne va pas, Harry ? »

Nous l'avions rejoint dans la cuisine où il engloutissait un copieux petit déjeuner. Il répéta plusieurs « oh ! » et des « ah ! » puis, geste qui ne lui ressemblait pas, servit une tasse de café à notre invitée et poussa devant elle un paquet de gâteaux secs avant de disparaître en direction de sa chambre, en couinant, visiblement perturbé. Il avait à cœur de faire plaisir à Sundeep. Était-ce parce qu'il voulait lui plaire ? Jusque-là, il s'était contenté de se laisser chouchouter par moi ! Le bougre !

Ce fut avant tout un bon moment. Harry s'était réfugié dans sa chambre avec un stock conséquent de barres chocolatées et de raviolis en boîte. Nous mîmes, Sundeep et moi, ce temps à profit pour régler quelques détails. À commencer par le montant de ses honoraires, qui s'élevaient à dix mille dollars par semaine – toute semaine entamée étant due et la première payable d'avance, merci.

J'exposai alors rapidement la situation à Sundeep, épiant sur ses traits la moindre réaction d'incrédulité ou de suspicion. Mais son visage restait impassible, et je me demandai si elle était polie, idiote ou particulièrement indifférente, car jamais elle ne tiqua, même lorsque je lui avouai que l'intégralité de mes craintes reposait sur les confidences d'Harry. Je compris bien plus tard qu'elle avait décidé de ne jamais douter du bien-fondé de son travail ni de juger la motivation de ses clients, et comme la première liasse se trouvait d'ores et déjà dans sa poche, quoi qu'il advienne, elle nous protégerait durant les sept jours à venir.

Je lui racontai tout, de ma rencontre avec Harry, une dizaine de jours plus tôt, jusqu'à notre arrivée dans cette demeure qui lui appartenait. Je me plantai d'ailleurs devant le portrait pour ponctuer mes dires. Lorsque j'eus terminé, Sundeep me suggéra de vérifier le contenu du coffre-fort. La porte blindée ne résista pas aux bracelets colorés de Sundeep, constitués de cordeau détonnant, et nous eûmes bientôt la preuve que Simon Fergusen était locataire de la maison le temps d'un bail emphytéotique d'une durée de soixante ans, autant dire qu'il y était chez lui jusqu'au jour de sa mort.

Nous découvrîmes plus tard, après quelques coups de fil, que le bail avait été signé dix ans auparavant, au printemps (à la période même où Harry semblait être arrivé au Kerala), avec une société immobilière indienne de Bombay spécialisée dans ce type de transaction. Les versements s'effectuaient par l'intermédiaire d'un de ses comptes domicilié au Costa Rica, sans que personne n'ait jamais eu à se plaindre de la moindre anomalie.

En revanche, nous ne trouvâmes jamais la trace des premiers domestiques d'Harry, Sushila et Cibal, dont les dossiers avaient été détruits dans l'incendie de l'immeuble de l'agence, quelques mois auparavant.

Sundeep ne cilla pas devant les squelettes lorsque je l'entraînai dans l'appentis. Elle examina calmement les ossements, me confirma qu'il y avait bien un homme et une femme, puis elle me laissa sur place pour faire de nombreux allers-retours entre son pick-up et le salon, où elle avait décidé d'installer un camp retranché. Contre mon avis, je dois le dire. La découverte des squelettes me faisait penser qu'il était plus prudent de quitter cette demeure, où les assassins risquaient de revenir pour achever leur mission. Ce que je lui dis. Mais ce n'était pas l'avis de Sundeep.

« S'il y a menace, on se défendra mieux dans un endroit préparé pour ça. »

Péremptoire elle était, péremptoire elle restait.

« Mais enfin, vous nous demandez de rester dans la propriété pour jouer les appâts vivants ! risquai-je, vous êtes cinglée ! Pourquoi ne pas tout expliquer aux autorités et demander la protection de la police ?

— Pourquoi m'avez-vous engagée, si ce n'est pour vous couvrir et veiller sur vos carcasses ? asséna-t-elle, tandis qu'elle installait un peu partout de ces petits machins kaki qui explosent sous le pied ou quand on casse le fil piège. Nous n'irons pas voir la police indienne avec un ressortissant des îles Anglo-Normandes sans papiers en règle, hirsute et débile ! Vous voulez finir en tôle ? De plus, tant que je n'ai pas une idée de l'ampleur de la menace, je ne peux vous protéger efficacement. Voyons si ces types qui en veulent à votre ami se manifestent. Après, nous bougerons. »

Je ne fis aucun commentaire, si ce n'est qu'Harry était loin d'être le débile dont elle parlait, mais elle ne m'écouta pas.

« Dernière chose, ajouta-t-elle. Pas d'arme à Harry. »

Je n'avais évidemment pas l'intention de lui en confier une, mais comme le ton restait autoritaire, je ne pus m'empêcher de la contrer.

« Et pourquoi ? Nous sommes tous dans la même galère.

— Parce qu'il semble aussi con qu'un chasseur, et que vous oubliez un détail : comment pouvez-vous affirmer qu'il n'est pas responsable de la mort de ces deux personnes ? Vous vous fondez sur sa bonne bouille d'idiot ! Vous préférez croire aux contes de fées plutôt que de vous intéresser aux preuves matérielles ! Il avait l'occasion, il savait où étaient les corps. Reste à trouver le mobile ou à comprendre la situation. Ce genre de type peut devenir dangereux en une fraction de seconde. »

Je cherchai vainement dans mes souvenirs un éclat de méchanceté ou de violence dans les prunelles d'Harry, mais je n'y trouvai que gaieté, imbécillité, tristesse ou peur, naïveté, malice et fourberie. Et beaucoup de gentillesse. Ce que je lui dis. Mais elle se mit à rire.

« Vous êtes en train de vous faire mener par le bout du nez par ce débile. Vous serez moins fier quand il vous plantera un couteau dans le dos ! »

Je haussai les épaules. Elle était belle, pourtant quand elle parlait ainsi d'Harry, je la trouvais laide. Laide et stupide. Et quand elle m'envoya chercher Harry pour le briefer, je lui lançai :

« Vous allez voir qu'il est loin d'être idiot ! »

Avec Harry, rien ne valait l'expérience. Con comme un chasseur ? Débile ? C'est ce qu'elle avait dit ! Eh bien, elle n'allait pas tarder à regretter d'avoir été aussi péremptoire. Harry n'était ni con ni débile, ce que j'avais cru moi aussi au début. Il était juste… différent.

Je le trouvai du reste devant un film de Bollywood, les larmes aux yeux, la bouche pleine de chocolat, et j'eus toutes les peines du monde à interrompre sa séance télé.

Je dois admettre, même si cela m'est difficile, que Sundeep s'en sortit bien avec Harry. Je crois qu'il avait envie de lui faire plaisir. Il l'écouta avec toute l'attention dont il était capable et pour le récompenser, elle lui confia un petit automatique sans chargeur.

J'étais fier d'Harry, ce que je dis, et lui, fou de joie, glissa l'arme dans son pantalon.

Après, j'ignore ce qui lui passa par la tête. Il s'approcha subitement de Sundeep, bras tendus et paumes ouvertes, comme s'il voulait saisir quelque chose.

« Oh ! Des bobs ! »

Et ses mains se refermèrent sur les seins de la jeune femme.

J'étais à la fois déçu qu'Harry se comporte ainsi, car il me faisait mentir, et estomaqué, certain qu'il allait passer un sale quart d'heure. Mais Sundeep ne réagit pas comme je m'y attendais. C'est avec son regard d'un noir sans fond qu'elle se défendit. Paniqué, Harry déguerpit sans demander son reste.

… Et admiré son art
du jardinage au C4

# 26

L'après-midi fut studieuse. Sundeep se prépara à une attaque massive tout en donnant l'illusion qu'elle jardinait. J'observais son manège, un peu sceptique. Je ne lui fis en revanche pas la moindre réflexion, c'eût été inutile.

Privé de promenade sous peine de se voir transformé en chair à pâté, Harry passa sa journée à ingurgiter une quantité impressionnante de Bollywoods et de nans fourrés au fromage (recette qu'il prétendait tenir de Sushila, sa regrettée cuisinière) qui, je dois le préciser, étaient succulents.

Quant à moi, lorsque je n'observais pas le travail de Sundeep, je téléphonais en France. Alan Doyle nous obtint une prolongation de passeport au nom de Simon Fergusen et me tuyauta également sur un neurologue que je contactai aussitôt. Le cas d'Harry me donnait du fil à retordre. Pour ma part, je le pensais de bonne foi, contrairement à Sundeep. Mais Sundeep se méfiait du monde entier, sa mère comprise – on ne devient pas mercenaire sans raison.

Le toubib m'affirma qu'Harry souffrait d'amnésie rétrograde. Il avait oublié une partie des événements antérieurs à un *épisode traumatisant* et son comportement naïf, insouciant, voire un peu idiot était le bouclier psychologique qu'il aurait levé pour se protéger. Certains événements de son passé pouvaient ressurgir à tout moment, il faudrait être vigilant, car en revenant à la surface, ils pouvaient très bien provoquer chez lui un stress post-traumatique qu'il nous serait difficile de gérer sans assistance médicale.

Je n'étais pas très avancé, mais cet échange m'avait au moins rassuré sur la bonne foi de mon protégé. Harry ne se souvenait pas. Quelque chose, dix ans plus tôt, lui avait volé sa vie et vrillé la cervelle. Peu importait qu'il en ait été l'instigateur ou la victime. Je crois qu'à l'époque, je m'en fichais.

La nuit tombait déjà. Sundeep avait plastiqué les environs et était en train de planquer sa voiture dans le quartier. Cette femme restait réservée sur sa vie personnelle, et moi, aussi curieux qu'à mon habitude. J'apprendrais, bien plus tard, qu'elle devait son nom à la nationalité britannique de sa mère – issue de l'immigration en provenance d'Asie – et sa maîtrise de la langue française au métier de son père. Un papa légionnaire, une fille mercenaire. Jusque-là, rien de choquant. Son curriculum vitae, en revanche, l'était davantage. Sundeep n'était pas à proprement parler un soldat. Jamais elle n'avait connu de champ de bataille ou d'horreurs de ce genre. Son travail déclinait des pratiques plus insidieuses encore. Elle assassinait pour le compte de clients anonymes, dans tous les milieux, mais avec une nette préférence pour les castes possédantes. Je crois qu'elle avait une revanche à prendre sur la vie et sur les autres. Faute de la connaître plus intimement, je n'ai jamais saisi la cause de cette inclinaison si particulière. Splendide, intelligente, multilingue, le monde lui ouvrait les bras. Quelque chose, sans doute un drame là encore, avait pourri ses racines et l'avait menée là.

Après une heure passée à trier mes mails et à rédiger quelques lignes sur les récents événements, je me trouvais debout sur la terrasse, les yeux fixés sur le parterre de roses saccagé, illuminé par le soleil couchant, quand un vieil Indien au visage d'abord courroucé puis, à mesure qu'il s'approchait de moi, surpris et enfin incrédule, déverrouilla le portail et s'avança le long de l'allée.

Je fourbis mes arguments, projetant cette fois, lâchement je l'avoue, d'utiliser l'esprit dérangé d'Harry à mon avantage. Mais, contre toute attente, alors que je m'apprêtais à servir mon boniment, je vis les traits olivâtres du nouveau venu s'illuminer d'un franc sourire, sa bouche s'ouvrir sur plusieurs *« Welcome, sir, welcome at home »* – auxquels Harry, qui venait de me rejoindre, répondit par son habituel : « Hey brin d'zingue, t'as pas cent balles ? »

# 27

L'homme s'appelait Satia. Il se présenta comme le majordome de la maison et, avant que je n'aie eu le temps de réagir, il s'engouffrait dans l'entrée et composait un numéro sur le téléphone mural du corridor. En garçon bien élevé, j'attendis, l'oreille tendue vers le couloir. Satia se contenta de se présenter et d'informer quelqu'un que monsieur était rentré à la propriété. Mon sang ne fit qu'un tour. Dès qu'il eut raccroché, je le pressai de questions. Le pauvre m'enseigna promptement, impressionné je crois par la détermination qui m'animait alors.

Le jour de son engagement pour surveiller cette maison vide, des années auparavant, il avait reçu l'ordre de composer un numéro sitôt qu'un étranger se présentait, même s'il s'agissait d'un simple représentant, et a fortiori si c'était le maître des lieux. À chacun de ses appels, Satia recevait un nouveau numéro par coursier, le précédent étant aussitôt désactivé. Il était également prévu au contrat que le majordome devait quitter la demeure le jour où le propriétaire rentrait. Le moment était arrivé, tout simplement.

D'abord sceptique, j'appuyai sur la touche rappel du combiné et attendis. Un message des télécommunications indiennes m'informa d'une voix nasillarde que le numéro demandé n'était plus attribué. Déjà ? Impossible. Je testai à nouveau le numéro, cette fois directement énuméré par Satia. J'entendis le même message. Bizarre. La maison d'Harry était donc sous surveillance.

Le majordome emballa les quelques affaires qu'il avait laissées sur place, m'avouant que depuis près de trois ans, il ne passait plus qu'une ou deux fois par semaine, histoire d'entretenir le jardin et de relever le courrier. À présent, il travaillait dans une propriété voisine, habitée par des Anglais, et ses deux salaires lui permettaient d'offrir à sa famille un train de vie dont ils n'auraient jamais osé rêver. En neuf ans, il n'avait vu personne dans les environs et franchement, il ne s'attendait pas au retour de Simon Fergusen.

Un dispositif de surveillance maintenu sur une décennie, le majordome qui nous quittait précipitamment après un simple coup de fil, c'était certain, des hommes suffisamment riches pour se permettre de payer du personnel pendant dix ans s'intéressaient de près à mon Harry. Tout cela me semblait de plus en plus étrange. Et inquiétant. Pourtant, j'étais loin de me douter de ce qui allait se produire.

Ajoutée à l'appréhension naturelle de la tombée du jour, la paranoïa de Sundeep sembla nous envahir et nous étouffer dès que l'obscurité s'abattit sur la maison. Elle rentra dans une colère froide quand j'évoquai l'épisode du majordome et me reprocha de n'avoir su le retenir plus longtemps, à quoi je rétorquai que son boulot était de nous protéger, pas de se promener dans le quartier.

Il est incroyablement compliqué, quand on tient une tueuse dans son entourage immédiat, de ne pas penser que chaque ombre au-dehors est un sniper embusqué. C'est pourquoi je verrouillai les volets, alors qu'elle m'avait demandé de ne pas le faire. Si des tueurs devaient nous exécuter, ils se montreraient aussi discrets que la première fois. Il ne fallait donc pas manifester de comportement extraordinaire. Propos faciles à tenir en plein jour, mais résolutions impossibles à respecter sitôt le soleil couché.

« Je ne vous rassure pas, me dit-elle, un demi-sourire aux lèvres. Pourtant vous penserez différemment quand mes Claymore se déchaîneront. Parce qu'elles vont se déchaîner. »

J'ignore si j'en doutais sincèrement ou si je priais pour que nous n'en arrivions pas là. Mais je ne sus lui renvoyer qu'une ironie de circonstance.

Nous dînâmes, comme en famille, dans une économie de paroles proche du silence. Harry ponctuait notre gêne de bruits de succion écœurants. Son amnésie semblait le priver aussi d'une partie de l'éducation qu'il avait sans doute reçue. D'une partie seulement, car il se montra plein d'attentions pour Sundeep, alors qu'elle le regardait toujours comme un taré, et j'en étais malheureux.

Pour la nuit, nous nous installâmes dans le petit salon où Sundeep avait concentré les récepteurs de son matériel disséminé dans le jardin et sur la façade. Cinq minutes plus tard, Harry ronflait.

La jeune femme me présenta enfin son plan de défense à voix basse. Toutes les ouvertures de la maison étaient sous surveillance électronique. Celles de l'étage, moins nombreuses, abritaient des dispositifs explosifs qui se déclencheraient si un intrus tentait de forcer le passage.

Nous étions parés. De mon côté, je ne fis pas de commentaire, préférant la compagnie d'un alcool fort à celle de Sundeep et à ses remarques sarcastiques sur Harry. Si elle n'avait pas été un redoutable tueur chargé de nous protéger, je crois bien que j'aurais fini par lui clouer le bec d'un coup de poing bien senti.

Je gagnai mon matelas, équipé d'une bouteille de Southern Comfort, constatai qu'Harry avait quitté le sien et migré vers le placard où il s'était pelotonné – je crois que son arbre lui manquait – et m'enveloppai dans le duvet. Le sommeil finirait bien par me tomber dessus.

## 28

La porte claqua avec douceur. Quelques bruits de meubles remués s'échappèrent encore du petit salon, puis le silence s'installa durablement.

Sundeep soupira. Pour le moment, elle n'était pas certaine du danger qui guettait la vaste demeure, même si son intuition lui soufflait qu'elle devait se préparer au pire. Aussi se glissa-t-elle jusqu'au vestibule où elle avait rangé ses armes de poing, ses munitions et les récepteurs haute fréquence de son matériel de détection. Elle vérifia sur les écrans le retour des différentes caméras thermiques braquées sur le jardin. Tout semblait parfaitement normal.

Vers deux heures du matin, les paupières de Sundeep se firent lourdes. La rue, le jardin, l'allée bordée de palétuviers, tout baignait dans un brouillard numérique. Elle quitta son poste d'observation, étira ses muscles endoloris et s'installa dans un des fauteuils du vestibule. Elle se saisit de deux cartouches qu'elle enferma dans sa paume et se lova comme elle put, la main bien au-dessus du sol.

Quand le tintement du laiton sur le carrelage la réveilla, un quart d'heure s'était écoulé. Sundeep bâilla, se frotta les yeux, ramassa les cartouches et bondit sur ses pieds. Dans la rue, deux véhicules s'étaient ajoutés aux quelques voitures dont elle avait noté les emplacements. De gros 4 × 4 flambant neufs, sombres, anonymes dans ce quartier de nantis. Sundeep sentit pourtant ses bras se couvrir de frissons. Et quand son instinct lui dictait de réagir, la jeune femme l'écoutait toujours.

La caméra arrière enregistrait nettement deux silhouettes humaines qui progressaient parallèlement, courbées en avant, le long de l'allée de gravier qui longeait la roseraie. Sundeep changea de moniteur, commutant les caméras qui croisaient leurs axes sur l'arrière du domaine. Là encore, des traces de chaleur rougissaient l'écran, quatre au total. Sundeep sut ainsi qu'elle aurait à faire à six individus, sans compter ceux qui patientaient au volant.

Elle attendit le déclenchement de sa première mine, mais il ne se passa rien. Soit sa Claymore était défectueuse – ce dont elle doutait –, soit les agresseurs étaient des professionnels. Elle pria un court instant pour que la seconde fonctionne correctement, mais elle repoussa vite cette idée. Le hasard ne faisait pas partie de son plan. L'explosion qui déchira le silence la rassura au bon moment. Sur l'écran, deux silhouettes gisaient sur le sol.

*« And then there were four ! »* hurla-t-elle dans un anglais parfait.

Nous l'entendîmes crier, et cela me glaça le sang. Elle comptait les morts, ou plutôt ceux qu'il lui restait à tuer, avec les phrases d'une comptine anglaise qu'avait dû lui chanter sa mère. Et c'était terrifiant.

Les forces de police, alertées par le voisinage, n'arriveraient pas avant un bon quart d'heure, comme Sundeep l'avait prévu. Il fallait donc tenir jusque-là, et disparaître juste avant.

Une rafale de tirs étouffés par les silencieux cribla les murs du salon, à un mètre de hauteur. Les unes après les autres, les caméras cessèrent de fonctionner.

Sundeep était à présent aussi aveugle que ses assaillants, qui se déplaçaient rapidement. Elle se rua dans le salon où, la langue épaisse, je cherchais encore à comprendre quel était ce bruit. Quant à Harry, il était toujours dans le placard, enroulé dans sa couverture.

Sundeep s'approcha rapidement de lui et retira les mains qu'il plaquait sur ses oreilles. D'un geste, elle nous fit signe de la suivre dans le petit salon qui communiquait avec la cuisine. Là, elle avait prévu une issue vers la haie où nous pourrions nous abriter.

Harry la collait comme si elle avait été sa nourrice. Agrippé à sa main, il gémissait de peur.

Plus pataud dans la marche à quatre pattes, je les suivais, le cœur au bord des lèvres. Cette fois, pas de doute, j'y étais. Ce n'était pas la ligne de front, c'était pire, et je sentais les balles siffler autour de moi.

Sundeep retira la plaque du système d'aération et replaça la goupille de la grenade qui en piégeait l'entrée. Personne n'était passé par là. Elle se glissa la première dans l'étroite lucarne, vérifia que l'issue ne comportait pas de risque, puis elle fit passer Harry devant moi et repositionna la plaque dans son logement.

Lorsque nous fûmes tous les deux sous l'abri relatif de la haie, Sundeep rebroussa chemin et se précipita vers la brèche de la palissade pour envoyer une grenade sous la voiture des tueurs. Le véhicule bougea à peine, sans doute la carrosserie était-elle blindée.

En revanche, les alarmes d'une dizaine de voitures alentour se déclenchèrent en même temps et les maisons du voisinage s'illuminèrent les unes après les autres. Notre garde du corps remplissait son objectif secondaire. L'ennemi battrait en retraite dès que la situation lui échapperait, ce qui était sur le point de se produire. Mais auparavant, Sundeep voulait atteindre le troisième but qu'elle s'était fixé : identifier l'assaillant.

Alors elle louvoya à travers la végétation, armes à viseur laser au poing, repéra les deux masses sombres près de la palissade et attendit que la première franchisse le passage pour tirer une balle dans chaque jambe de la seconde.

*« And then there were three ! »*

L'homme fauché en plein élan s'écroula sans un cri. L'ombre de Sundeep avait déjà fondu sur lui pour le neutraliser d'un coup de crosse sur la tempe. Après quoi, elle vida son chargeur dans la direction empruntée par l'autre homme, tout cela en courant vers nous, puis elle rechargea et toucha les deux 4 × 4 à plusieurs reprises.

« *And then there were two !* »

Le temps d'essuyer quelques ripostes, aplatie dans le gazon ou derrière un massif de roseaux qu'elle gagna d'une roulade, et Sundeep atteignait la haie où Harry et moi avions trouvé refuge.

« Allez près du portail, murmura-t-elle, tandis que des pneus crissaient au démarrage. Je nettoie les lieux et on disparaît. »

Je fus le seul à sortir du couvert des feuilles. Harry s'était recroquevillé, les paumes sur les oreilles et les paupières crispées. Son visage réfléchissait une pâleur lunaire.

« Affolez-vous, bande de débiles ! » me cria-t-elle en passant nos bagages par la fenêtre.

Je ramassai nos affaires et m'approchai d'Harry, désireux de le ramener à la raison. À mon grand étonnement, il m'obéit comme un garçonnet apeuré et partit la tête basse en direction du portail. Je le regardai longer les buissons, agile comme un chat puis, rassuré, je rejoignis Sundeep, certain qu'elle ne refuserait pas un coup de main. Je la trouvai dans le jardin, occupée à traîner un cadavre par les pieds.

« Qu'est-ce que vous trafiquez, nom de Dieu ? » lui criai-je.

Sundeep me fit comprendre en termes peu châtiés qu'elle avait plus besoin d'aide que de paroles inutiles.

J'attrapai alors les mains noircies du mort, évitant de regarder son visage criblé d'impacts. Une minute plus tard, les deux victimes de l'explosion de la mine antipersonnel, deux Indiens, gisaient dans le salon, chacun vautré sur un fauteuil.

Sundeep fit quelques clichés des cadavres, pour l'identification, m'expliqua-t-elle, puis ramassa son lourd sac TAP dans lequel elle avait rangé son matériel et s'éloigna vers la cuisine. Incapable de comprendre pourquoi elle avait déplacé les corps, je restai interdit quelques secondes.

« Puisque vous cherchez visiblement à vous rendre utile, lâcha Sundeep en se tournant vers moi, allez donc vous occuper de celui qui ne tardera pas à reprendre ses esprits, là-bas, près du portail où vous étiez censé m'attendre. »

Je manquai protester, mais je préférai finalement m'abstenir et exécutai la demande.

« Semer le doute dans les rangs adverses est nécessaire et sain pour les affaires, ajouta-t-elle dans mon dos. Vous avez beaucoup de choses à apprendre sur l'art de la guerre. »

Le type, un Indien lui aussi, baignait dans son sang, son artère fémorale avait été touchée. Je confectionnais un garrot pour stopper l'hémorragie, pas ravi à l'idée de trimballer un cadavre ensanglanté dans le coffre, lorsque je m'aperçus de l'absence d'Harry.

Je lui avais demandé de m'attendre près du portail, il était affolé, certes, mais il avait compris ma demande, j'en étais certain.

Une angoisse me saisit, doublée d'une pointe de rage. Pourquoi les choses ne pouvaient-elles pas être simples ?

Je posai rapidement le garrot à notre futur otage, que je devais garder en vie car Sundeep voulait l'interroger, et je fouillai les environs du regard en appelant Harry.

C'est à ce moment que Sundeep arriva en courant.

« Harry a disparu ! Il faut le retrouver ! lui dis-je en tentant de garder mon calme.

— Pas le temps. »

Elle me lança un regard noir, m'ordonna de l'aider à charger le type inconscient sur le plateau de la camionnette, ce que je fis en serrant les dents.

Alors que nous achevions de charger l'arrière du pick-up, le bruit de sirènes de police monta des rues voisines. Sundeep sauta derrière le volant et démarra, non sans avoir encore écrasé un coup de crosse sur la tempe de notre malheureux prisonnier.

## 29

Sundeep éloigna le pick-up jusqu'au bout de la rue, tourna à faible vitesse dans une perpendiculaire, puis s'immobilisa. Là, elle attrapa un petit boîtier électronique qu'elle pointa en direction de la demeure d'Harry. Son doigt enfonça une commande et le quartier s'embrasa de couleurs rouges et jaunes, dans un vacarme épouvantable.

« Un peu de répit nous permettra peut-être de comprendre quel est cet inconnu qui a la rancune suffisamment tenace pour faire surveiller cette maison pendant dix ans, murmura-t-elle à mon intention. Je dois avouer que je n'y croyais pas vraiment. »

Je ne réagis pas.

Elle appuya sur la pédale d'accélérateur. Le GMC quitta le quartier dans un nuage de poussière.

L'incendie qui faisait rage derrière nous illuminait le ciel.

Je venais enfin de comprendre qu'on ne fait pas appel à un mercenaire sans semer des morts derrière soi.

« Il faut absolument retrouver Harry », répétai-je.

Mon ton n'était pas très assuré et je dois admettre que je ne maîtrisais plus rien.

À mes côtés, impassible, Sundeep scrutait la nuit. Elle n'avait pas encore allumé les phares.

Trois minutes plus tard, elle se rangea de nouveau, éteignit le moteur et se tourna vers moi.

« Vous êtes sûr de vouloir traîner ce boulet ? Alors les prix vont grimper. Je veux dix mille de plus par semaine.

— On retrouve Harry d'abord, on discutera plus tard », m'entêtai-je.

Sundeep m'offrit son plus joli sourire.

« Pour un taré, c'est double tarif, et ce n'est pas la peine de discuter.

— Harry n'est pas taré. Il est juste… »

Je ne trouvai pas les mots et elle se mit à rire.

« … incontrôlable, ajouta-t-elle. Vous devriez vous en débarrasser, sans quoi, je ne donne pas cher de votre peau !

— Aidez-moi à le trouver au lieu de l'insulter ! »

J'avais hurlé en lui envoyant une liasse de dix mille au visage et bondis hors du pick-up. Pour la première fois, je m'aperçus que je m'inquiétais vraiment pour Harry. Il avait eu peur, très peur, comme un gosse, et je refusais l'éventualité qu'il ait pu lui arriver quelque chose. Non. Il s'était sans doute mis à courir, droit devant lui dans la nuit, pour échapper à la folie des hommes. Oui, mais où ? Il fallait que je me mette à sa place, que je me glisse dans sa tête et…

« Il doit être sur la plage ! »

Harry avait ses habitudes, ses rituels. Il ne faisait que des choses connues, ne repassait que par des chemins déjà empruntés. En quittant la maison, il s'était forcément élancé dans une direction qu'il connaissait, là où dix ans plus tôt il avait fui une première fois.

Je me mis à courir vers le littoral.

Quelques mètres derrière moi, le GMC redémarra et Sundeep alluma les phares. Les ombres projetées sur le sable prirent des dimensions effrayantes et je priai pour que la lumière n'affole pas Harry. En peu de temps, nous gagnâmes le bord de mer, moi au pas de course et Sundeep toujours au volant de sa camionnette, dont je ne distinguais qu'une masse sombre derrière moi.

Les puissants faisceaux du 4 × 4 accrochèrent presque aussitôt la silhouette d'Harry. Il courait toujours, comme si le diable lui grignotait les talons, et appuyait sur la détente de son petit automatique sans chargeur, brandi devant lui.

Sundeep le dépassa et pila, l'obligeant à venir buter sur la carrosserie. Le malheureux avait le visage couvert de larmes. Il voulut contourner la voiture pour reprendre sa course, mais j'attrapai son poignet, lui ôtai l'arme des mains et le pris dans mes bras. Son corps secoué de gros sanglots pesait lourd.

« Copain Jan, hoquetait-il, viens, on retourne dans

ma cabane. Tu verras, on mangera du bon poisson de la mer et on fera rien pour toujours. Hein, qu'est-ce t'en dis ? J'ai plus mes bidons, mais on s'en fout, y en a plein d'autres… »

La responsabilité, voilà que cette fichue notion s'enracinait plus loin encore dans mon esprit que je ne l'avais imaginé. Son désarroi me serrait le cœur. C'est à moi qu'il appartenait de prendre les bonnes décisions, pour nous deux.

« Plus tard peut-être, lui mentis-je. Pour le moment, nous devons penser à nous planquer, Harry. Tu verras, ce sera comme dans un film. On se cache un moment pour que les méchants nous oublient, et puis après, on verra bien ce qu'on aura envie de faire. »

Harry se laissa convaincre. Je lui offris un mouchoir en papier qui traînait dans ma poche. Il se moucha bruyamment et me rendit mon présent, gluant de morve. Je n'eus pas le cœur de refuser, malgré le dégoût immédiat que provoqua le contact de cette boule de ouate molle.

Puis nous rejoignîmes Sundeep. Harry s'installa entre nous deux, les yeux ouverts comme ceux de Bambi devant le cadavre de sa mère. Il enroulait des mèches de ses cheveux crasseux entre ses doigts et secouait la tête avec une régularité de métronome.

# Pourquoi je me suis saoulé dans une mine de potasse…

# 30

Les balles qui sifflent, j'avais déjà entendu. Mais toujours de l'autre côté du blindage.

Des explosions à moins de trente mètres, pas encore.

Des cadavres, nombreux, toujours laids, j'en avais vu, mais jamais touché. Celui que j'avais tenu par les mains dans le jardin de la demeure d'Harry était encore chaud. La mort venait de le faucher et il me renvoyait à ce jour honni où moi aussi je cesserais de respirer.

La situation stressante que nous venions de subir m'avait empêché de caresser le réel. Le choc. Idéale fonction de la psyché humaine qui se dédouane en faisant mine de ne pas comprendre. Mais tout cela n'était rien en comparaison de ce qui allait bientôt se produire. Car il fallait bien que les choses empirent. Et c'est probablement parce que je le pressentais que j'exigeai de Sundeep qu'elle me fournisse un pistolet.

« Je n'arme jamais un homme qui ne sait pas tirer.

— Alors apprenez-moi !

— Je n'ai pas de temps à perdre. »

Vexé, je m'enfermai dans le silence. Harry, qui avait déjà oublié sa frayeur, comme s'il disposait d'un effaceur dans le crâne, ricanait dans mon dos.

Quand nous sortîmes de la ville et longeâmes le littoral, le soleil se levait sur la mer d'Oman. Quelques minutes plus tard, Sundeep se faufilait sur d'invraisemblables routes de campagne, qu'elle quitta pour emprunter un chemin défoncé, succession de trous assez espacés pour que son 4 × 4 y rebondisse à loisir.

Je me retournais de temps à autre, lorsque mon estomac révolté me le permettait, pour observer le crâne de notre prisonnier taper contre la tôle.

Sundeep nous conduisait à une ancienne mine de potasse, située à quelques dizaines de kilomètres de la plage.

« Nous avons deux solutions, me prévint-elle en se garant derrière les ruines de plusieurs bâtiments désossés par les paysans du coin après la fermeture du site. Soit je lui colle un mouchard et on l'abandonne là, à nous ensuite de le pister pour remonter à son employeur, soit on le réveille et on l'interroge. Vous décidez quoi ? »

Surpris d'être consulté, j'optai – sans réfléchir aux conséquences – pour la deuxième solution. L'idée d'en savoir plus sur cette histoire me paraissait indispensable à notre survie, même si je n'avais pas l'intention de me salir les mains.

« On l'interroge », dis-je sur un ton ferme, certain que je trouverais bien un moyen de me défiler.

Sundeep avait décidé de ne pas perdre une seconde. Elle fit quelques clichés du type et le laissa tomber, sans ménagement, du plateau du 4 × 4 sur le sol. Puis elle s'équipa de liens et de matériels divers que je m'empressai d'ignorer.

De mon côté, je récupérai la bouteille de Southern Comfort que j'avais eu la présence d'esprit de glisser dans mes affaires et m'éloignai de quelques pas pour m'installer à l'écart.

Jamais je n'avais assisté à un interrogatoire – j'ignorais le sort que Sundeep réservait à sa victime, mais j'étais sans illusion. Pour faire parler un soldat ennemi, il n'y avait qu'une option, et j'étais incapable de torturer quelqu'un, si vil soit-il, avec autre chose que des mots. Or, dans ce cas précis, les mots étaient de bien piètres moyens de pression.

Harry demeura à mes côtés pendant quelques minutes avant de retourner auprès de Sundeep. Selon lui, elle avait besoin de son aide pour interroger le type. Je crois surtout que l'alcool ne l'intéressait pas, mes scrupules naissants encore moins, les agissements de notre garde du corps, beaucoup plus.

Je m'éloignai encore, ma bouteille à la main, l'esprit tourné vers ce qu'avait murmuré Sundeep alors que nous quittions la propriété en flammes. L'irruption de ces hommes en armes prouvait que pour quelqu'un, retrouver Harry relevait de l'obsession. Dix ans après la nuit où Cibal et Sushila avaient trouvé la mort, la veille continuait. Le nouveau majordome avait donné l'alerte – je le croyais quand il prétendait ne pas savoir auprès de qui – et cet appel avait déclenché une procédure préparée de longue date pour activer ce dispositif meurtrier. Les événements prouvaient que nous ne pouvions faire confiance à personne.

J'en étais à ce point de mes pensées quand Harry me rejoignit.

« Notre gars ! sursautait-il, survolté, notre gars, l'a parlé, copain Jan. Comme je te le dis. L'a pas *marmousé*. Sundeep elle est belle, non ? Pas *marmousé* ! Viens voir. »

Comprendre tout ce que raconte Harry est une chose, deviner ses intentions en est une autre. Mais lutter contre une de ses lubies s'apparente plutôt à une cause perdue. Et puis, jeter un coup d'œil ne me coûterait pas grand-chose, en dehors d'un petit effort sur mes jambes qui, déjà, flageolaient.

Notre garde du corps avait installé son témoin contre une butte de terre mêlée de potasse. Sous le soleil, ce monticule était ocre marron, strié de zones qui tiraient vers le violet, comme les joues et les paupières de l'homme avachi tout contre. Apparemment, Sundeep n'y était pas allée de main morte.

Quand elle m'aperçut, elle se redressa et s'approcha de moi, avec dans les mains un chiffon rougi de sang dont elle se servait pour essuyer un coup de poing américain.

« Vous n'avez aucune chance de vous en sortir, voilà ce qu'il a dit », m'informa-t-elle, un charmant sourire sur les lèvres.

Sa petite phrase me donna la chair de poule. Je ne crois pas me tromper beaucoup si je dis qu'elle jouissait de cet instant.

« Vous savez qui c'est et pour qui il travaille ?

— Cet homme n'est qu'un pion, il ne possède aucune information primordiale.

— Comment pouvez-vous en être si sûre ?

— Question d'habitude. De toute façon, je n'apprendrai rien de plus, pas sans le matériel adéquat. »

Je ne souhaitais pas savoir comment faire parler un homme. Le petit manuel de la torture, très peu pour moi.

« Alors quoi ? Qu'est-ce que ça veut dire ?

— Que vous n'avez aucune chance, ça me semble clair, non ? Il a aussi ajouté qu'ils étaient partout.

— Qui ça, *ils* ? »

Sundeep haussa les épaules. Elle sortit son PDA et expédia par liaison satellite les quelques clichés qu'elle avait faits de l'homme.

« Ces types n'ont pas d'identité. Les photos que j'ai envoyées hier soir n'ont rien donné. Ce sont des ombres. Payées pour exécuter les ordres et mourir s'il le faut. »

Elle planta son regard noir dans le mien quelques secondes, puis fit volte-face pour retourner à son poste.

Je vis alors la haute silhouette d'Harry s'approcher en courant.

Il portait une pierre à bout de bras et son visage grimaçait de rage.

« Tu vas dire, oui, qui c'est qu'a fait péter ma niche ! hurla-t-il, ou je t'écrase ta gueule ! »

Bien campée sur ses jambes, ses yeux plissés de colère contenue, Sundeep pivota vers lui et pointa son arme dans sa direction.

« Ne le touche pas ! »

Elle hurla plusieurs fois.

Harry ralentit sa course au moment où il passait devant elle.

Sans lâcher la pierre, il dévia avec fermeté la gueule du canon braqué sur lui d'un mouvement des avant-bras

– on aurait dit qu'il savait qu'en toute logique son garde du corps n'allait pas le tuer – et fondit sur le type entravé, dont les yeux écarquillés traduisaient la frayeur.

Je vis, comme dans un film au ralenti, Harry, *mon Harry*, abattre la pierre à plusieurs reprises sur la tête de notre ennemi.

Je me souviens du bruit désagréable des os qui se brisent et du sang qui s'écoule par la bouche et le nez, pour s'échouer sur les lèvres.

Je me souviens aussi des mains libérées du tueur, détail qui expliquait peut-être le geste d'Harry, des mains qui touchaient sans comprendre les enfoncements du crâne fracassé.

Je me souviens aussi des râles du mourant, des cris de colère de Sundeep et de la couleur abyssale des yeux d'Harry.

## 31

« Nous fera plus de problème, celui-là ! constata Harry avec un brin de philosophie dans la voix. Il te fera pas de mal, mon Jan, ajouta-t-il, ni à toi, jolie Sundeep. »

Il passa devant nous en bombant son torse maculé de sang. Oubliés sa niche, sa maison dans les arbres, le bon « fish » de la mer qui pue, tout ce qui avait depuis dix ans composé sa vie pleine de félicité toute simple.

Nous étions là tous les trois. Et je ne sais pour quelle raison, Harry avait décidé d'ignorer le rôle de Sundeep et de nous protéger. Peut-être ne pouvait-il admettre de confier sa vie à une femme ? Un peu machiste, Harry ?

Sundeep le suivit du regard, les doigts tellement serrés autour de la crosse de son arme que ses jointures étaient blanches. Pourtant, je ne crois pas qu'elle lui en voulait, puisqu'elle aurait, tôt ou tard, dû s'occuper elle-même de ce type. Mais elle n'appréciait pas qu'on marche sur ses plates-bandes.

Je ne restai pas auprès d'elle quand elle s'agenouilla pour constater le décès. Ni quand le cadavre roula le long d'une pente abrupte et sombra dans les eaux violines de l'étang installé dans la fosse de l'ancienne mine à ciel ouvert.

J'étais remonté dans le pick-up et sirotais un godet, l'esprit tourné vers ce que j'avais vu dans les yeux d'Harry. L'abîme.

Lui boudait non loin de là, déçu de ne pas avoir été félicité après son coup d'éclat. Il nous rejoignit pourtant au pas de course au moment même où Sundeep faisait rugir le moteur de son GMC, direction l'aéroport le plus proche. Il nous était impossible de demeurer un jour de plus en Inde, où toutes les légions d'exécuteurs semblaient pressées de nous filer le train.

Alan Doyle avait bien fait son travail. Sur présentation de son passeport périmé, Simon Fergusen avait obtenu une prolongation de visa. Passé ce détour par le consulat britannique de Kochi, Sundeep nous avait conduits à l'aéroport de Nedumbassery, puis abandonnés dans la voiture, le temps pour elle d'effectuer une reconnaissance des lieux.

Je demeurai seul avec Harry, pour la première fois depuis les événements de la mine de potasse. Ses lèvres bougeaient de temps à autre sans qu'aucun son ne s'en échappe, et son regard restait rivé sur ses mains. Son silence me soulageait. Jamais je n'avais été ainsi impliqué dans l'action de mort. Jamais je n'avais entendu de façon si palpable le bruit que produisent les os d'un visage et d'un crâne en se disloquant. J'étais complice d'un meurtre.

Aurais-je pu arrêter Harry ? Difficile. Alors pourquoi me sentais-je si mal ? Mon compagnon d'infortune ne me faisait pas peur, non. J'avais la certitude qu'il ne s'en prendrait pas à moi.

Il avait massacré un homme sous mes yeux mais ce type était venu pour nous tuer, il avait défait ses liens, il était dangereux. Voilà tout.

Je suppose que pour Harry, c'était comme couper la tête d'un serpent qui va vous mordre. Ça peut paraître étrange, mais je lui étais reconnaissant d'avoir agi ainsi. Il avait pris une part active à l'aventure.

Étais-je en train de me justifier ?

Peut-être. Mais Sundeep ne cessait de répéter que ce n'était pas le premier cadavre que nous abandonnions derrière nous et que le destin des uns faisait le profit des autres. Elle montrait une telle capacité à s'adapter aux situations nouvelles que je l'enviais, même si un vague malaise persistait au fond de mon estomac.

Sundeep Dhillon était redoutable et j'avais beaucoup de peine à l'accepter. Qu'une femme puisse aussi incarner le mal, être ce bras actif de la mort dont nous avions besoin, me troublait. Peut-être étais-je encore plus machiste qu'Harry…

C'est un sentiment difficile à définir, mais je crois que plus nous avancions dans l'ignorance de ce qui nous arrivait, plus j'y prenais goût. Les balles sifflantes et les grenades qui explosent continueraient à me faire peur, l'idée que la mort pouvait nous faucher à n'importe quel moment, aussi. Mais je me sentais vivant, terriblement plus vivant que quelques jours plus tôt, quand j'avais posé le pied sur le sol indien, prêt à cocher des cases pour ne pas sombrer.

Sundeep revint une demi-heure après nous avoir laissés sur ce parking surchauffé de l'aéroport où l'odeur de caoutchouc brûlé nous piquait la gorge et les yeux.

Je me rappelle l'avoir vue évoluant à trente centimètres au-dessus du sol : le macadam surchauffé rejetait l'humidité, en suspens dans l'air. Féerique, c'est le mot qui me vint pour décrire cette image. Elle s'était changée pour se mêler à la foule. Quoi de plus banal qu'une Indienne en sari au milieu d'une multitude d'Indiennes en sari ?

Ma vision toucha terre à quelques mètres du parechocs de son pick-up, juste avant qu'elle s'engouffre dans l'habitacle, précédée du parfum de ses cheveux.

« Changement de programme ! » nous informa-t-elle.

Son arme pointée en direction des bâtiments, Sundeep mit un coup de démarreur, enclencha la première et quitta le parking pour s'engager dans la circulation dense et bruyante.

Je descendis brutalement de mon nuage.

La chaleur, l'alcool, l'idée nouvelle que la vie pouvait reprendre du sens, tout cela s'embrouilla et mes illusions s'envolèrent. Je retrouvai le plancher des vaches avec un vif sentiment de peur.

« C'est truffé de sales gueules là-dedans, précisa-t-elle. Vous ne feriez pas trois pas sans être repérés. Je ne sais pas qui vous attend, mais ils ont employé les grands moyens. »

Harry grommela tout en continuant d'examiner ses paumes.

« Y a qu'à leur péter la gueule ! »

Ben voyons ! Je commençais à penser que l'influence de Sundeep sur Harry n'allait pas faciliter la suite des événements.

« En êtes-vous certaine ? » dis-je pour recentrer le débat.

Harry pouffa dans ses mains, après m'avoir déclaré que décidément, j'avais des questions à la noix. Puis il descendit la vitre, passa la tête à l'extérieur et brailla dans le vent chaud.

Mais je n'en sus pas davantage, la petite vitre qui donnait sur le plateau explosa sous l'impact d'une balle.

« Fermez ça ! s'écria Sundeep, dites-lui de fermer ça et planquez-vous derrière ! »

Je tirai Harry de toutes mes forces pour l'obliger à passer sur la banquette, le 4 × 4 tanguait, Sundeep conduisait d'une main, son arme braquée sur une voiture qui nous avait pris en chasse.

Elle louvoyait entre les véhicules de toutes sortes qui envahissaient le macadam surchauffé, évita je ne sais combien de collisions, en provoqua d'autres, puis s'engagea sur l'autoroute en direction du sud, emprunta des échangeurs qui nous expédièrent vers le nord d'abord, puis vers l'est.

Un deuxième impact fit voler le pare-brise en éclats. Le pick-up effectua une embardée, Sundeep hurla et brisa les éclats de verre restants avec la crosse de son arme.

« On va où ? demanda Harry en se redressant, inquiet de ne pas me voir le rejoindre.

— Baisse-toi ! hurlai-je, accroupi entre la banquette avant et le moteur. Reste tranquille !

— Jan ! Mon Jan ! »

Harry paniquait, nos poursuivants gagnaient du terrain, Sundeep laissait derrière elle des véhicules accidentés et des passants affolés. J'entendais les sirènes, les klaxons, tout se mélangeait dans ma tête.

Je réussis à rejoindre Harry et me couchai sur lui, faisant de mon corps un rempart. Ma tête cogna la portière à plusieurs reprises, chacun de mes muscles semblait traversé par des épées. D'autres impacts de balles transpercèrent la carrosserie.

Sundeep freina brutalement et fit demi-tour. La tête enfouie dans les cheveux d'Harry, je m'accrochais de toutes mes forces aux poignées de la portière.

J'entendis plusieurs coups de feu, je devinai qu'elle venait d'abattre les tueurs car elle vociférait sa comptine de mort, *and then there were none* – voire les flics qui nous avaient également pris en chasse, je ne le saurais jamais.

Puis elle redémarra dans un hurlement de pneus et l'odeur de la gomme brûlée, fracassa la glissière de sécurité et quitta l'autoroute par la première bretelle accessible.

C'est alors qu'Harry, qui s'était redressé à mes côtés, se mit à hurler. Il tendit ses mains rouges de sang devant ses yeux pendant que je m'efforçais de rester assis sans me cogner.

Sundeep conduisait toujours aussi vite, le vent s'engouffrait par le pare-brise éclaté, les cheveux d'Harry volaient, je crus qu'il était blessé.

Mais il me prit dans ses bras et caressa mon crâne avec ses doigts tout poisseux.

« Copain Jan, tu es plein de sang, tu es plein de sang ! Je ne veux pas que tu sois mort ! »

# … Et comment Sundeep a convaincu Harry d'embarquer pour le Sri Lanka

## 32

Sundeep s'arrêta dès qu'elle le put, pour nous soigner. Elle dénicha je ne sais comment une grosse exploitation agricole du côté de Kochi où nous pûmes reprendre notre souffle.

Une balle m'avait perforé le gras du bras et avait fini sa course dans le plancher du 4 × 4, non sans égratigner sérieusement le flanc d'Harry. Nos paumes présentaient de multiples coupures, ainsi que nos joues. Sundeep désinfecta nos blessures et referma les berges de ma plaie avec de l'alcool et des agrafes issus de la trousse de secours de sa camionnette. Puis nous reprîmes la route avec un autre pick-up, échangé dans une casse.

Kochi, Muvattupuzha, Maduraï, Tiruppuvanam, Marramaduraï, Partibamiyur, j'en passe, et des plus imprononçables. J'eus le sentiment que l'Inde entière défilait devant mes yeux, tout au long de ces heures interminables où nous traversâmes la pointe du sous-continent en direction du pays d'où était originaire Sundeep. Notre garde du corps nous avait affirmé qu'il serait suicidaire de gagner l'Europe par des voies normales, ce dont je ne doutais pas. Aussi me proposait-elle de rallier le Sri Lanka, et la protection de son « maître ». J'accueillis sa décision avec un certain soulagement. Tout au long de l'attente à l'aéroport, je m'étais demandé comment passer six kilos d'or et des liasses de dollars à la barbe des douaniers, et surtout, comment sortir sains et saufs de ce fichu pays.

Alors pourquoi pas le Sri Lanka, tant qu'on ne traînait pas à Colombo. C'est à ce moment que je réitérai mon désir de posséder une arme. Après tout, nos poursuivants ne se gênaient pas pour tirer dans le tas, et je pourrais en faire de même. J'insistai en arguant que je me sentirais rassuré, que ça ne devait pas être si difficile que ça et que j'en avais assez de jouer les spectateurs impuissants dans une aventure où je risquais ma peau chaque seconde.

La réponse de Sundeep fut encore une fois sans appel.

« Vous aurez une arme lorsque vous saurez comment éviter de vous coller une balle dans le pied. En attendant, vous n'avez qu'à faire comme le débile. Utilisez des gros cailloux ! »

Nos corps purent se reposer, malgré l'inconfort de cet improbable véhicule qui devait remonter aux années 70. Nous traversâmes des forêts à n'en plus finir, belles, terriblement belles, mais on s'habitue à tout, même à ces villes chaotiques, où se mêlent dans un ciel orange et bleu les fils électriques, les panneaux publicitaires et le linge étendu aux fenêtres, ces cités où les rues grouillent d'hommes, de charrettes et d'animaux noyés dans les gaz d'échappement. On s'habitue à tout, même au pire, à l'odeur des cadavres, des lépreux et des infirmes, des excréments, de l'encens et de la nourriture avariée ou divine, à la circulation trépidante d'une Inde au bord de l'asphyxie. Circulation infernale, invraisemblable, bourdonnante de ses millions de motos, de scooters, de mobylettes, de… je ne sais trop quoi pourvu qu'il y ait un moteur, des roues, le tout monté dans le bon sens, et que ça avance.

L'Inde est ainsi faite. Combien de fois, au cours de ce voyage épique, ai-je fermé les yeux, abandonnant mon destin à l'habileté de Sundeep ? Tant et tant de fois que je me suis endormi à plusieurs reprises, fatigué, un peu fiévreux, agressé, l'esprit perclus de peurs justifiées. Parce qu'on s'habitue à tout. Même à la peur.

Le voyage nous occupa deux jours et se termina sur une bande de terre cernée d'eau, qui s'étirait sur des dizaines de kilomètres. Avec cette raréfaction de l'espace sur lequel poser le pied, la population se densifia de manière fulgurante et bientôt, nous n'avançâmes plus qu'au pas lent des caravanes, pour aboutir dans une zone de fret humain, un parking grand comme une ville, formidable endroit fait de tout et de rien. Sundeep fit passer quelques billets de mon escarcelle à celle, plutôt vorace, d'un militaire chargé d'organiser l'ordre de passage des véhicules, et nous avançâmes vers le bateau transbordeur.

Un sourire ironique au bord des lèvres, Sundeep démarra tandis qu'Harry réalisait qu'il allait embarquer sur un bateau.

Il s'agita, hurla qu'il voulait descendre de la voiture. Il paraissait réellement paniqué, et moi, je ne savais pas quoi faire.

Je tentai de le rassurer, « Harry ne t'en fais pas, c'est une petite traversée », mais il remuait comme un diable. Par deux fois, je retins sa portière, au risque de rouvrir ma blessure, quand Sundeep la verrouilla. J'eus beau opposer que ce n'était pas une bonne idée, notre garde du corps me fit taire d'un regard soutenu.

Comme je l'avais prévu, Harry se mit à beugler comme un veau mené à l'abattoir, prêt à ruer. On n'enferme pas un Robinson.

« Donne-moi la main ! » lui ordonna Sundeep.

Si cette simple injonction le calma, la suite le porta aux nues. Car Sundeep ne se contenta pas de garder cette main dans la sienne. Elle l'approcha de son buste et la déposa sur sa gorge, à la naissance de ses seins.

Incapable de bouger, Harry resta dans cette position. Sur son visage se télescopaient tant d'émotions qu'elles devenaient totalement illisibles.

« Vous voyez bien qu'il est complètement taré ! » me glissa Sundeep avec un petit sourire.

Je lui aurais bien fermé la bouche avec des agrafes. Mais je devais admettre que son stratagème allait nous permettre d'embarquer le pick-up sans encombre et d'attendre que les charrettes, dont certaines n'avaient rien à envier à la fameuse carriole de mon ami, les camions, le bétail, les voitures à bras, tout ce qui attendait sur cet embarcadère investisse les ponts, et qu'un mouvement ondulatoire nous enseigne qu'il n'était plus de retour possible.

## 33

Alors que les côtes de l'Inde s'éloignaient de nous et qu'apparaissaient les sommets du Sri Lanka, nous étions, Sundeep et moi, occupés à partager un verre, accoudés au bastingage du ferry.

Elle avait remisé sa panoplie de maître ès tortures pour devenir une femme ravissante. Pourtant, je suis certain que pas un mouvement alentour n'échappait à son regard. Elle ployait sa nuque, où batifolaient quelques boucles noires échappées de sa longue natte, en riant, croisait et décroisait ses chevilles d'une finesse exquise et laissait ses mains voleter autour du verre et de son visage. Pour la première fois, elle semblait abordable, disponible, alors que pour ma part, je me sentais plus seul et malheureux que jamais. Car ce n'est pas avec elle que j'aurais aimé partager ce moment. Et à mesure que nous approchions du Sri Lanka, mon cœur se serrait : celle qui y occupait une place teintée de nostalgie y travaillait comme envoyée spéciale depuis des années, pour un journal anglais.

Depuis combien de temps n'avais-je pas revu Peyton ? Dix ans, peut-être ? Non. Quatorze ans, trois mois et quelques jours. J'avoue que ma rencontre avec Harry m'avait fait perdre le compte exact. Et tandis que j'observais la magnifique Sundeep, je rêvais de Peyton, de son sourire, de ses joues pleines creusées de fossettes et de ses jolis yeux d'un bleu presque aussi bizarre que celui des yeux d'Harry.

Harry. Nous l'avions laissé dans la voiture où,

épuisé par la chaleur, il avait fini par s'effondrer comme un gamin trop excité.

Réveillé par le roulis et les éclats de voix des voyageurs – installés partout pour pique-niquer, même sur les capots des véhicules garés sur le pont –, Harry sortit pour gambader dans la foule et s'extasier sur la beauté du paysage. C'est alors qu'il remarqua le premier camion porte-conteneur.

Prendre le bateau le perturbait. La vue d'un conteneur l'affolait, c'est indéniable. Alors, que dire de ce rafiot sur lequel une vingtaine de camions avaient embarqué en même temps que nous ?

Harry ne se contrôlait plus. Lorsque nous arrivâmes sur place, essoufflés, il avait déjà ouvert trois conteneurs en brisant les cadenas à l'aide d'une hache dérobée au matériel de sécurité de la compagnie maritime et s'était hissé sur le toit d'un camion.

« Ouvrez la cage aux Harry ! » hurlait-il, le visage rougi de colère et les traits déformés par la peur. Il menaçait l'assemblée – chauffeurs, curieux, service d'ordre – en exécutant de grands moulinets avec sa hache. Le pire allait se produire et je ne voyais pas comment l'empêcher.

« Pas la peine de faire chier ! beuglait Harry en poursuivant son dangereux manège. On fait chier que les culs ! »

Désemparé, je me tournai vers Sundeep, vers l'endroit où je l'avais laissée dans mes souvenirs, et trouvai la place occupée par une vieille Indienne. Sa bouche emplie de chicots se tordit dans une parodie de sourire.

Je fouillai le pont du regard et vis la silhouette de notre garde du corps disparaître dans la voiture. Je la quittai de nouveau des yeux pour tenter de venir en aide à Harry. Mais cette hache ne me disait rien qui vaille, pas plus que les rictus mauvais qui enlaidissaient la face des chauffeurs. Agir, il me fallait agir. Oui, mais comment ?

Je n'eus pas à me poser la question longtemps. Alors que j'esquissais le premier pas vers cet incertain devenir, une détonation gronda, se répercutant sur le métal du navire.

Tout le monde se tut, Harry aussi.

Je devinai ce qui venait de se passer quand j'aperçus Sundeep, de l'autre côté du pont, appuyée sur le capot avant d'un camion, occupée à replier le trépied d'un fusil à lunette. Une légère traînée de fumée sortait du canon.

Dans mon crâne naquit alors une tempête. Qu'avait-elle fait ?

Le regard d'Harry s'arrondissait d'incrédulité, la hache semblait peser lourd dans ses mains et pendait au bout de ses bras. Je me précipitai vers lui, sautai sur le marchepied du camion et agrippai l'échelle soudée sur le conteneur.

« Tu vas arrêter de faire le con », lui dis-je, à court de conseils plus appropriés.

Mais Harry avait un air vraiment débile. Il vacilla sur ses jambes. Je vis passer dans ses yeux une incompréhension totale. Puis il tournoya sur lui-même et je compris en voyant la seringue hypodermique plantée dans sa fesse.

« Mon Jan, faut libérer les Harry », me confia-t-il dans un souffle.

Puis il capitula et s'écroula dans mes bras.

Il fallut alors le charger dans la camionnette et surtout, mettre la main à la poche pour indemniser les chauffeurs de camions ulcérés.

Sundeep s'occupa des négociations pendant que je veillais sur Harry, installé sur le siège avant tandis que lui bavait déjà sur la banquette arrière, cul par-dessus tête et le cheveu en bataille.

La dose de somnifère était suffisante pour le calmer mais ne l'avait pas complètement assommé. Quand il se redressa pour me parler, il avait l'air béat d'un enfant qui émerge d'un joli rêve et il me demanda pardon. Il avait conscience d'avoir mal agi.

« T'es pas trop fâché, mon Jan ? »

Je le rassurai d'un sourire, un œil braqué sur Sundeep, toujours aux prises avec de nombreuses mains tendues. La traversée s'achèverait bientôt mais, le temps de débarquer, il faudrait compter deux heures d'attente.

Je me tournai vers Harry et lui tendis une bouteille d'eau.

« Dis-moi, pourquoi est-ce que tu m'as demandé de libérer les Harry ? »

Et c'est ainsi que je pris connaissance d'une drôle d'histoire d'homme en chaise roulante qu'on enfermait dans un conteneur et que le sentiment de passer à côté d'un élément primordial ne me quitta plus.

## Comment les effets de l'anesthésiant ont délié la langue d'Harry… et m'en ont appris un peu plus sur sa mésaventure

## 34

La nuit, épaisse, étouffante de toutes ces scories qui traînaient partout, fut vaincue par le clignotement d'une rangée de néons. Une, puis une autre, et enfin la totalité des plafonniers s'alluma, rendant au hangar ses perspectives.

D'abord à une cabine vitrée, posée sur une rampe en caillebotis, comme suspendue au-dessus du vide, où un bureau suranné supportait une décennie de poussière et quelques pots à crayons vides, puis à un quai de chargement désert où venaient s'ancrer une demi-douzaine de piliers métalliques, et enfin à une ambulance de marque Ford, garée devant l'entrée arrière.

Plus loin, une porte s'ouvrit, allumant une nouvelle volée de néons. Une porte, un couloir, des bruits de pas, des crissements réguliers de métal frotté. Trois hommes.

« Une nouvelle fois, monsieur, je dois vous dire toute notre affliction. Nous avons revisité nos procédures pour que votre transfert se déroule au mieux de vos intérêts, vous pouvez nous faire confiance… »

L'homme qui prononça ces mots marchait à côté de celui qui aurait pu passer pour un paralytique – il était conduit dans un fauteuil roulant par un autre homme en blouse blanche – s'il n'avait porté un masque en cuir et métal qui coiffait entièrement sa tête. Ses poignets et ses chevilles étaient rivés au fauteuil par des bracelets en acier. Son corps entier paraissait sur le point d'exploser, tant ses muscles se tendaient pour se libérer de ses entraves. À travers ce masque barbare, le prisonnier émettait des grondements affreux.

« Sachez que je partage pleinement votre peine et que s'il m'était donné de changer le passé, je le ferais sans l'ombre d'un doute. Hélas, le monde ne tourne pas ainsi et vous serez seul pour le reste du voyage. »

Ainsi parla l'homme en costume tout en remontant le couloir illuminé de néons. Tenue impeccable, savant nœud de cravate, de ceux qu'on ne croise pas tous les jours, il portait les cheveux ras et un bouc grisonnant coupé court. Arrivé près de l'ambulance, l'homme élégant s'arrêta et se pencha vers le masque.

« Il ne faudra jamais revenir, ne jamais parler du transfert. J'espère que vous saisissez. Nous ne pourrions tolérer une seule désobéissance, malgré toute l'affliction que nous inspire votre cas. Jamais ! »

Sur son fauteuil, le prisonnier s'arc-bouta plus encore. Les veines de son cou saillaient et ses yeux trahissaient une panique absolue.

L'homme au costume impeccable tendit une main manucurée vers la sortie et celui qui poussait le fauteuil donna une impulsion dans ce sens.

« Je suis désolé, monsieur. Tout cela est si… regrettable. Vous pouvez y aller », ajouta-t-il à l'attention de l'homme en blouse blanche.

Le fauteuil fut poussé dans l'ambulance et les portes se refermèrent dans le même mouvement.

# 35

« Dans quelques instants, je vais retirer ton masque, puis libérer tes membres. Compris ? »

Le grand corps entravé sur le fauteuil roulant fut secoué de spasmes et un gémissement s'échappa du masque en cuir.

« Bien, je vais prendre ça pour un oui. Mais d'abord, écoute-moi bien et regarde ce que je fais. »

L'homme en blouse blanche fit pivoter le fauteuil pour que le prisonnier puisse observer ses gestes et l'ensemble du conteneur dans lequel il venait de le faire entrer.

« Cet endroit va devenir ta maison pour un bout de temps, alors sois concentré. Là, désigna-t-il avec un sourire, c'est ton pieu, tu pouvais t'en douter, et là, les chiottes et le lavabo. Fais gaffe à l'eau, tu n'en as pas à volonté. Va falloir changer tes habitudes de petit-bourgeois. Si tu veux un conseil, occupe-toi de tes ratiches tous les jours et de ton arrière-train une fois par semaine, voire un peu plus si ça gratte. Le reste, bois-le. »

L'homme se déplaça vers l'une des parois blanches et alluma l'écran plat qui y était fixé.

« Playstation, petit veinard ! Trappe d'accès aux manettes ici, et hop ! OK, y a qu'un jeu, mais comme tu sais pas lire, le barge, ça va être la fête ! Ils auraient mieux fait de te coller Mario. Pour reseter, tu appuies sur ce bouton, c'est pas compliqué, tu devrais t'en sortir. Côté électricité, t'as deux semaines d'autonomie à pleine puissance. Alors, si tu ne te sers pas trop de la console, tu pourras tenir plus longtemps. »

En trois enjambées, l'homme gagna la paroi opposée.

« Tu ne l'as sans doute pas remarqué, mais cette pièce est bien plus petite que le conteneur, pourquoi ? Eh bien c'est simple. Comme on sait que tu vas beugler comme un cochon, on a équipé la tôle de renfort, un peu façon camisole. Pas de problème de barouf dans un sens ou dans l'autre, tu piges ? Non, tu ne comprends rien. Bon, passons à l'essentiel dans ce cas. Là, c'est le placard, porte coulissante, boîtes pour chien – non, je rigole ! –, pain de mie, chocolat, soda et le reste. Cherche pas le four, y en a pas. On ne voudrait pas que tu te blesses. Oh ! Le taré, tu m'écoutes ? »

L'homme s'approcha du prisonnier en ricanant.

« Voilà, je crois que c'est tout. Ah, oui, une dernière chose. Quand cette porte s'ouvrira, évite de sauter à la gorge du type qui sera derrière. M'étonnerait que t'en sortes vivant, ajouta-t-il dans un murmure. Hein ? Pauvre cinglé, va ! »

Les mains de l'homme débloquèrent les serrures qui maintenaient le masque fermé. Celui-ci s'ouvrit en deux avec un léger bruit de succion, mais seule la partie arrière tomba au sol. Pour la face, l'homme dut forcer légèrement pour que le métal se désolidarise de la peau humide de transpiration.

« Tu mords pas, hein ? Sinon tu vas voir ce que tu vas prendre dans la gueule ! »

Il recula pourtant d'un pas, tandis que le masque tombait et que « le barge », comme on l'appelait dans le service, prenait une grande goulée d'air, la bouche soudain libre de s'ouvrir.

« Hey brin d'zingue, t'as pas cent balles ? ânonna-t-il en remuant la tête, les yeux roulant de droite et de gauche. Hey brin d'zingue, t'as pas cent balles ? T'as pas cent balles ?

— Tu vois, tu déconnes dès que t'ouvres le groin. Je n'ai pas le droit de te laisser cloué sur ton fauteuil, faut que je le récupère ! Mais ça tiendrait qu'à moi, je balancerais tout ça à la flotte, et toi avec ! »

L'homme en blouse blanche tendit une main, en se positionnant sur le côté et injecta un somnifère léger dans l'épaule du prisonnier. Il attendit que son menton repose sur sa poitrine et l'observa avec curiosité. Il devait avoir entre vingt-cinq et trente ans, guère plus. Des traits réguliers, des lèvres pleines et des pommettes hautes. Un beau gars, quoi. Dommage qu'il soit aussi cinglé. Depuis qu'il était dans le service, il ne l'avait jamais vu autrement qu'attaché à son lit et bâillonné.

Le bruit de son biper sortit l'homme de ses pensées. Il piqua plusieurs fois les joues du prisonnier pour s'assurer qu'il était bien endormi, puis il fit tomber les goupilles qui maintenaient ses bras et ses chevilles attachés au fauteuil.

« Je me casse, dit-il en reculant vivement vers la porte. Tchao, le barge, bon débarras. Et bonjour aux crabes, si t'en croises. »

L'homme fit rouler le fauteuil vers l'extérieur, le chargea dans l'ambulance et démarra aussitôt. Quelques minutes plus tard, le conteneur, verrouillé et scellé par les dockers, s'élevait vers un cargo pakistanais en partance pour Kochi.

Comment j'ai admiré
un magnifique coucher de soleil,
appris à manier une arme,
découvert une traîtrise…

# 36

« Nicolaï-Andreïev Gorovitch était le bras droit de mon père, lâcha soudain Sundeep, alors que nous roulions sur le sol cinghalais depuis au moins deux bonnes heures. C'est lui qui s'est occupé de moi quand il n'y a plus eu personne. »

Le ton subodorait une fin tragique des parents Dhillon. Ainsi, ce Gorovitch que j'allais bientôt rencontrer avait servi de nounou musclée à Sundeep. Drôle d'idée que celle de placer une fillette de douze ans entre les mains d'un ancien légionnaire tatoué et recyclé dans le tourisme élitiste. Je n'en savais pas plus, mais j'imaginais sans peine Sundeep vivant sa vie de gosse, alors qu'à deux pas de là, on entraînait des commandos. Pas étonnant qu'elle ait embrassé la carrière d'amazone du crime. On fait ce qu'on a vu faire. Ou l'exact contraire.

« Aimez-vous vraiment la vie que vous menez ? » lui demandai-je soudain.

Sundeep m'observa un moment (assez long pour que je m'inquiète d'une charrette qui arrivait vers nous à grande vitesse), et je pus lire de la surprise dans ses yeux, sentiment que je ne lui connaissais pas. Comme elle restait silencieuse, j'en déduisis que je me mêlais d'un carré d'oignons qui ne m'appartenait pas et me réfugiai moi aussi dans un mutisme salvateur. La charrette nous frôla, l'embardée pour l'éviter nous secoua et la route étira ses virages et ses kilomètres.

« Je vais vous accompagner jusqu'en Europe, me dit-elle quelques instants plus tard. Trois bras cassés et demi valent bien ce petit effort. »

Surpris ? Fus-je surpris ? Non, le mot est bien en deçà de la réalité. Je jubilais. Si aux yeux de notre garde du corps, il me restait à peine un demi-bras valide – elle n'avait pas vraiment tort, ma blessure me faisait encore souffrir et j'étais incapable de manipuler une arme –, son aide était évidemment plus que bienvenue.

« Je croyais que la compagnie d'Harry vous insupportait ?

— Il me rapporte deux fois plus d'argent que vous. Ça me suffit.

— Comment allons-nous faire ? demandai-je sans insister sur le sujet. Les aéroports sont sous contrôle…

— Nous allons prendre le chemin des braconniers. »

Harry eut un soubresaut à l'arrière. Sous sa tête, la banquette était maculée de salive, sur laquelle sa joue glissait. Il me fixait d'un œil, encore groggy. À le voir ainsi, alors qu'il venait de me raconter tout un pan de son histoire avec des phrases cohérentes, je m'interrogeai soudain sur la composition des fléchettes de Sundeep.

« Avion privé jusqu'à Tripoli, par exemple, m'expliqua-t-elle en interrompant ma réflexion, puis des Chris-Craft nous feront gagner l'espace européen. Nous y entrerons sans que personne ne le sache. Et là, plus de problème de passeport. C'est une hypothèse de départ dont je discuterai avec Nicolaï-Andreïev. Cet homme est plein de ressources.

— Je pense qu'Harry va vous en vouloir de lui avoir tiré dessus, dis-je en désignant mon compagnon qui, non content d'écouler des litres de bave, ronflait à présent. Que lui avez-vous injecté ? »

Sundeep haussa les épaules avec une moue espiègle.

« Nous sommes sur le point d'arriver, biaisa-t-elle et avec Nicolaï… comment dire ? Il vaut mieux qu'Harry soit neutralisé par un somnifère quelconque et pris en charge par le personnel du centre.

— Pourquoi ? Il déteste les débiles lui aussi ? »

J'étais amer et je ne tentai pas de le cacher.

« Faites-moi confiance. Nous avons tout intérêt à ménager notre hôte. Ici, vous serez en sécurité. Quoi qu'il en soit, dit-elle en désignant un point sur l'horizon, nous arrivons. »

Le point grossit rapidement pour se transformer en un monolithe qui émergeait au-dessus des arbres de la forêt et disparut derrière la frondaison lorsque nous parvînmes à son pied.

La route s'arrêtait là, sur un parking occupé par deux minibus et des dizaines de voitures de luxe. Parking qui me sembla aussi incongru que celui des ruines de Pompéi, avec ses vendeurs de sandwiches et de souvenirs pour touristes.

Quant à Harry, mon bienheureux, il dormait toujours.

## 37

Nicolaï-Andreïev Gorovitch était ainsi que je me l'étais imaginé. Un bonze occidental, tatoué – deux glaives croisés sur le bras droit et une scène de la guerre des Gaules dans le dos. Un crâne rond et lisse posé sur un mètre quatre-vingt-dix de muscles, si épais malgré sa grande taille qu'il paraissait râblé. Je le découvris au dernier moment, alors qu'avec Sundeep, nous venions de gravir les quatre cent six marches taillées dans le monolithe, dont le sommet inondé de lumière dominait la forêt.

Le visage exposé au soleil, les traits détendus, assis en tailleur sur un petit tapis usé jusqu'à la corde, le maître des lieux portait une ample chemise de coton écru. À ses côtés, deux molosses aux yeux mi-clos haletaient sous la chaleur.

L'apparition aurait pu m'amuser, mais le regard gourmand, peut-être même avide, que je lus sitôt qu'il ouvrit les paupières, me glaça.

Ses lèvres s'étirèrent en un sourire plein, donnant à son visage un charme vénéneux. Il émanait de lui une force animale et un raffinement extrême qui dérangeaient et fascinaient en même temps.

Il embrassa Sundeep comme un père et fixa son attention sur moi.

« Monsieur Craven, soyez le bienvenu sur le rocher de la béatitude. »

L'homme jouissait d'une voix grave, en harmonie avec sa corpulence, et qu'il modulait à merveille.

« Votre parcours a été semé d'embûches, mais tout cela est terminé. Je vous ouvre ma demeure pour les jours à venir. Ensuite, vous partirez avec ma bénédiction où bon vous semblera. »

Quelques jours de tranquillité. Je n'en demandais pas plus. Son accueil reflétait l'extrême assurance qui émanait de sa personne. Quant à sa bénédiction, j'ignorais de quoi il s'agissait, mais je préférais compter ce Gorovitch dans mon camp plutôt que dans celui de mes adversaires.

En attendant d'en savoir plus, je me laissai guider par un domestique à travers le domaine. Le monolithe, haut de soixante-dix mètres, large d'une centaine et profond de la moitié, était truffé de galeries, de chambres, de pièces biscornues où des milliers de moines avaient vécu à travers le temps. Gorovitch avait transformé ce joyau minéral en un lieu de séjour pour touristes fortunés en quête de spiritualité.

Et il est vrai que si les religieux avaient déserté l'endroit, il y régnait toujours une atmosphère empreinte de sérénité. Était-ce dû au granit, à l'enfermement relatif, à l'écho lointain d'anciennes prières, ou encore à la merveilleuse lumière qui pénétrait par toutes les ouvertures, je ne parvins pas à le définir.

Lorsque nous butâmes sur un cul-de-sac où nos silhouettes découpaient nettement les rayons de soleil dans un nuage de particules luisantes, mon guide silencieux s'effaça devant moi, me dévoilant une cellule grande comme un salon de ministre. Sur la paroi au-dessus de la porte, une phrase était gravée : « Ne sous-estime jamais ton adversaire, si tu veux vivre. »

Un parquet de bois précieux recouvrait le sol et deux baies vitrées dominaient la forêt. Orientée plein ouest, cette chambre était la loge idéale pour admirer le coucher du soleil.

Un large bassin creusé dans la roche bleutée faisait office de baignoire. Harry ronflait déjà sur un des lits jumeaux qui occupaient la partie la plus sombre de la pièce et un troisième, lui aussi taillé dans la roche à un mètre au-dessus du sol, disparaissait derrière des miroirs sans tain coulissants. Je supposai que ce serait l'endroit que choisirait Harry à son réveil. Il adorait s'endormir dans des cachettes de toutes sortes.

Je me fis couler un bain et me glissai dans l'eau délicieusement rafraîchissante. Les yeux perdus dans les couleurs du crépuscule, je ne pus m'empêcher de penser à Peyton. Elle vivait à quelques kilomètres de là, probablement occupée à me haïr. Ou peut-être m'avait-elle oublié. Pourtant je l'aurais aimée lovée contre moi, mes mains dans ses cheveux pendant que nous nous serions repus du spectacle donné juste pour nous par le cosmos.

Écrasé sur les côtés, le soleil semblait ployer sous son propre poids. Déjà, la cime des plus hauts arbres se fondait dans la lumière jaune ocre qui commençait à se teinter de rouge.

Je demeurai ainsi, captivé, persuadé que j'observais le premier soir du monde, ou le dernier, et j'abandonnai Peyton et ses grains de beauté dispersés comme la Grande Ourse sur ses reins pour songer à mon père.

J'allais prendre soin de lui, tenter de le connaître enfin, peut-être de le comprendre, avant qu'il ne disparaisse. Je pris à cet instant l'engagement de m'y employer avec ardeur, quand j'aurais mis Harry en sécurité et demandé pardon à Peyton, quand toute cette maudite histoire serait enfin terminée.

## 38

« Harry il a la trique ! Harry y bande comme un bouc, t'as vu copain Jan ? »

C'est avec ces termes que je fus extirpé de ce moment de calme idéal. Je vis passer Harry dans mon champ de vision, puis disparaître et repasser. Ce saligaud se baladait à travers la chambre, sa verge, qu'il dirigeait comme un gouvernail, à la main.

Mes soupirs n'y changèrent rien, mes protestations non plus. Je sortis en hâte de la baignoire et me glissai dans un peignoir d'un blanc immaculé.

« Approche ! lui proposai-je en désignant la baignoire. C'est plein de jolies petites sirènes par ici. »

Sans réfléchir, Harry s'approcha et se pencha au-dessus de la baignoire. D'une tape dans le dos, je le déséquilibrai et il tomba lourdement dans l'eau.

Je le laissai hurler de rage et déguerpis à l'autre bout de la chambre, pour enfiler des vêtements secs. Je me sentais comme un gamin ravi d'avoir joué un sale tour à son meilleur copain. Et rire après des journées de peur et de fuite à travers l'Inde, ça faisait du bien.

Quand Harry me rejoignit quelques minutes plus tard, une expression de honte butée déformait son visage. Il se laissa tomber au sol devant les baies vitrées, dégoulinant de la tête aux pieds, le pantalon trempé et la tignasse en boule, puis il regarda dans ma direction, les genoux remontés sous le menton, des reniflements plein le nez.

« Hey brin d'zingue, t'as pas cent balles ? » répéta-t-il d'une petite voix plaintive, le visage relevé vers moi, attendant entre chaque phrase une improbable réponse.

Je ne l'aurais pas connu, je me serais laissé apitoyer par sa misérable tristesse. Mais je savais que bientôt, il aurait oublié l'épisode de la baignoire, et sans doute aussi celui de la fléchette anesthésiante.

D'ailleurs, Harry sauta très vite sur ses pieds, se plaignant de son postérieur endolori par une mauvaise position.

« On mange quoi ? s'enquit-il. Y a du cochon ? Ou du poulet, j'aime bien le poulet grillé, ça sent un peu le poil du cul qu'a cramé, mais c'est bon. Oh putain, une côte de bœuf, tu crois qu'ils ont de la côte de bœuf ? Hein, copain Jan, dis, tu crois qui z'en ont ? »

Comme ses questions ne trouvaient pas d'écho, Harry fouina dans la pièce, sans doute à la recherche d'un jeu, et s'arrêta sur le lit encastré. Trois ou quatre fois de suite, il fit coulisser les miroirs, lâchant des « oh ! » et des « ah ! » lorsque son propre reflet apparaissait ou disparaissait. Puis il grimpa dans l'alcôve et s'y enferma. Les miroirs sans tain eurent l'effet escompté. Je l'entendis rire à s'en faire craquer les côtes.

« Hey, copain Jan, m'apostropha-t-il lorsqu'il put enfin parler, t'es pas comme un con ! Je suis devenu invisible, et on dirait que c'est toi le débile ! »

Puis le miroir de droite s'ouvrit d'un coup sec, laissant apparaître le visage d'Harry. L'hilarité s'en était allée.

« Où qu'il est mon sac ? »

Je le rassurai aussitôt en lui expliquant que je l'avais gardé avec moi et puis rangé dans le tiroir du bas de la commode. Harry vérifia qu'il n'y manquait rien, alignant les lingots sur le lit, à côté des liasses de dollars, puis il rangea le tout et se détendit.

« J'ai faim, reprit-il, tout sourire et parfaitement trempé.

— Alors change-toi si tu veux être prêt. Il y a des vêtements dans le placard. »

Harry se déshabilla en hâte, ronchonnant contre ces saletés d'affaires mouillées qui collaient.

Sundeep arriva alors qu'il se séchait. Il y eut un « oups ! » prononcé du côté de notre garde du corps, et de celui d'Harry, un sourire pour lequel je ne trouve encore aujourd'hui aucun qualificatif.

C'est ce qui me troublait souvent, chez lui. Cette capacité à manifester les expressions complexes d'un adulte parfaitement lucide. Ces moments-là me laissaient dubitatif sur la réalité de son idiotie, même si j'avais du mal à imaginer qu'il puisse simuler.

Imperturbable, comme à son habitude, Sundeep s'approcha de moi, ce qui lui permit de tourner le dos à Harry.

« Vous avez souvent émis le désir de posséder une arme, me dit-elle. Eh bien, le moment est venu. »

## 39

« C'est un colt Double Eagle. »

J'observai rapidement l'arme qu'elle me tendait. Un pistolet au canon massif, court, une crosse facile à prendre en main. Une arme apparemment maniable, pour moi qui n'y connaissais pas grand-chose.

« Vous relevez le cran de sûreté, vous éloignez la gueule du canon de vos pieds, voilà, comme ça, ensuite, vous positionnez l'arme à hauteur de vos yeux, vous montez un peu et laissez redescendre lentement pour aligner la ligne de mire sur la cible. Et quand vous êtes prêt, vous appuyez sur la détente. Compris ? »

J'acquiesçai et me préparai comme indiqué.

Quelque part dans ce dédale de couloirs et de recoins, Nicolaï-Andreïev Gorovitch avait fait installer un stand de tir. Vingt mètres de long sur six de large, coffré de panneaux absorbeurs de bruits, cibles à retour automatique, armoires à flingues et munitions en tout genre, une belle installation.

Je vidai quatre chargeurs sur la silhouette d'un homme, qui revint à quatre reprises sans le compte d'impacts. Sundeep fit la moue à chaque fois, mais elle s'en contenta.

« Vous n'avez pas ça dans le sang, commenta-t-elle. Mais maintenant, vous ne risquez plus de vous blesser. Faites quelques cibles tous les jours pendant que nous serons ici. Vous allez progresser, j'en suis sûre.

— Combien de temps vous faudra-t-il pour préparer notre retour ?

— Je l'ignore. Je dois en discuter avec Nicolaï ce soir. En attendant, je vous offre un verre ?

— Et moi ? s'excita Harry, la mine déconfite. Pourquoi tu me montres pas ?

— Harry, protestai-je.

— Allez, Sundeep, insista-t-il. Fais-moi essayer, allez, sois sympa. Je ferai comme tu as dit à copain Jan, hein ! Pareil !

— Pourquoi pas ? me lança-t-elle alors que je faisais encore non des yeux, des mains et de la tête, affolé à l'idée de voir Harry avec une arme chargée entre les mains. Ça pourrait se révéler utile à un moment ou à un autre. »

J'avais encore en tête l'image d'Harry en larmes, courant sur la plage, son petit automatique braqué devant lui.

« Fais pas le con, Harry, articulai-je tandis que Sundeep lui montrait comment remplir le chargeur et armer le pistolet. C'est dangereux ! »

Harry leva les yeux au ciel et soupira si fort qu'il parvint presque à me convaincre que j'avais dit une ânerie.

Attentive et patiente, Sundeep lui répéta les mesures de sécurité, me conseilla d'un mouvement de tête de me mettre à l'abri et demeura pour sa part derrière Harry, qu'elle coiffa, comme elle l'avait fait pour moi, d'un casque antibruit et de lunettes de protection.

Je le vis froncer les sourcils et tendre les bras devant lui avec des gestes lents. Son visage était figé dans une expression d'intense concentration que je ne lui connaissais pas.

L'automatique aboya neuf fois, puis le silence revint.

Le sourire d'Harry s'élargit encore quand la cible arriva jusqu'à lui. Les neuf impacts étaient centrés.

« T'as vu copain Jan, t'as vu !

— Tu as déjà utilisé une arme ! » s'exclama Sundeep en lui retirant le colt des mains.

Harry avait déjà éjecté le chargeur pour en placer un autre. Il avait opéré si vite que je n'avais même pas eu le temps de le voir.

« Oh, pfou… peut-être bien.

— Quand ? demandai-je en m'approchant. Et où, et avec qui ? Raconte, Harry, tu te souviens de quelque chose ? »

Le sourire s'effaça, rendant sa place à cette expression d'imbécile contrarié derrière laquelle Harry savait si bien se retrancher.

« J'sais plus.

— Harry ! grondai-je.

— Mais crie pas, mon Jan. C'est facile, tu vises, tu tires, tu touches.

— Harry !

— Je dois rejoindre Nicolaï tout de suite, m'interrompit Sundeep en agitant un biper sous notre nez. Il doit y avoir du nouveau pour notre départ. On se retrouve sur la terrasse pour faire le point. Disons dans un quart d'heure.

— Entendu, dis-je, sans quitter Harry des yeux. À tout à l'heure. »

J'attendis que la silhouette de Sundeep ait disparu pour attaquer mon Harry par sa face la plus ardue.

« Assez déconné, tu ne crois pas ? Si tu as quelque chose à me dire, c'est le moment. »

Il me regarda avec un air si malheureux que je faillis renoncer.

« Un coup, tu sais, un coup, tu ne sais plus, râlai-je. Un coup, tu ne sais rien faire d'autre que pêcher ou glander, et l'instant d'après, tu tires au pistolet comme James Bond. Alors, arrête de me prendre pour un con et dis-moi qui tu es !

— Eh ben… »

Il se passa bien une dizaine de secondes.

« … Harry. »

Je serrai les poings de rage. Pourtant, je savais qu'il était inutile de le braquer. Jamais il ne m'avait parlé sous la contrainte. En dehors de la dernière fois, où je soupçonnais les fléchettes de Sundeep d'avoir joué un rôle, il avait soigneusement choisi le moment de ses confidences.

C'est à cet instant que je mis le doigt sur ce qui me turlupinait depuis des jours. Harry m'avait raconté son histoire dans un ordre précis. Il remontait dans le temps. D'abord son arrivée dans la propriété du Kerala, son voyage en conteneur, puis dernièrement l'histoire de ce type à cravate qui donnait l'ordre de l'enfermer dans ce fameux conteneur.

Harry semblait parfaitement maîtriser ses souvenirs et les informations qu'il partageait. Pourquoi ? Se pouvait-il qu'il simule son amnésie ? Ou y avait-il eu, pour chacun des souvenirs, un événement déclencheur ?

Cette piste me semblait probable, bien qu'un peu tirée par les cheveux. Il m'avait parlé de la propriété alors que nous étions devant la palissade, ça, c'était logique. Il avait évoqué son voyage en conteneur alors que nous étions dans la maison, entourés des pièges de Sundeep. Possible. Enfin, il m'avait parlé de cette histoire de fauteuil roulant où il était ligoté et drogué alors qu'il venait de se prendre une flèche anesthésiante dans le derrière. Alors, hasard ? Manipulation ?

Je décidai de garder ces réflexions pour moi. Après tout, cela me donnait l'avantage, s'il se fichait de moi.

« Tu te souviens d'avoir pris des cours de tir ? »

Le visage d'Harry se plissa. Mais là encore, je ne sus s'il se payait ma tête ou si l'intention de se souvenir était réelle.

« Je sais plus.

— Et ça ne te remue pas plus que ça ? Tu sais faire des choses qui demandent des années d'entraînement, tu ne sais pas d'où un tel savoir-faire te vient, et tu t'en fous !

— Ben oui. »

Harry haussa les épaules.

« Tu ne veux pas apprendre comment tu es arrivé en Inde ? Qui tu étais avant ton naufrage ? D'où vient ton trésor ? Pourquoi des hommes te pourchassent ?

— Ben non. Je suis bien comme je suis.

— Mais on est en danger, tu en as conscience, au moins ? Pourquoi ne veux-tu pas te souvenir de tout ? Ça pourrait nous aider à comprendre !

— J'ai pas besoin, je t'ai, toi. »

C'était d'une simplicité enfantine.

Accablé mais incapable de lui en vouloir, je tournai les talons sans ajouter un mot et gagnai la terrasse pour y retrouver Sundeep.

Puis, comme le temps passait et qu'elle n'arrivait pas, je demandai à Harry, qui m'avait évidemment suivi, de m'attendre sagement, et entrepris de la trouver moi-même.

Elle était toujours dans le bureau de Gorovitch, dont la porte n'était pas fermée. Voilà ce que j'entendis alors.

## 40

« Regarde, ma chérie. »

Nicolaï-Andreïev Gorovitch venait de tendre sa main devant lui, paume tournée vers le ciel qui se parait de milliers d'étoiles.

« Je vois bien que tu ne me dis pas tout. Te méfierais-tu de moi ? »

Notre garde du corps secoua la tête. Sa longue natte ondula dans son dos.

« Tu sais bien que non !

— Quand ton père est mort, j'ai promis de prendre soin de toi. »

Sundeep, dont je distinguais parfaitement le profil, ne put réprimer un léger froncement de sourcils. Sans doute se serait-elle bien passée du couplet sur ses parents. Gorovitch devait le lui servir à l'envi.

« Je t'ai appris beaucoup, mais tu as encore du chemin à faire.

— Petit scarabée ouvre ses oreilles. Parle, maître et je t'obéirai. »

Gorovitch esquissa un sourire.

« As-tu été suffisamment payée ? Combien ?

— Nous y voilà. Alors, il s'agit d'argent !

— Pour toi, oui, n'est-ce pas ? Pourquoi courrais-tu, sinon ?

— Je ne te suis pas.

— Combien ? »

Sundeep rechignait manifestement à répondre. Dix mille dollars étaient-ils suffisants ? Lorsqu'elle avait accepté ce contrat, manifestement, oui. Deux Occidentaux en Inde, dont un journaliste fraîchement débarqué et un autre, abandonné sur les rives du Kerala par elle ne savait trop quelle ironie de la vie, l'aubaine était belle et alors, oui, dix mille dollars par semaine, c'était pratiquement du vol. Après l'attaque de la maison par des inconnus armés, le dispositif de surveillance repéré à l'aéroport et la nécessité de faire le ménage et de jouer la nounou, la plaisanterie n'était plus la même. Et elle avait fait monter les enchères.

« Laisse tomber ! gronda Gorovitch. Ces deux-là sentent la mort. Et tous ceux qui les approcheront d'un peu trop près connaîtront le même sort. »

Sundeep fronça de nouveau les sourcils.

« Y a-t-il quelque chose que je devrais savoir ? »

Gorovitch observa son poing, qu'il serra très fort, ce qui eut pour effet de faire saillir les muscles de son avant-bras, puis celui de son bras, sous les glaives tatoués.

« J'ai vu les cinq continents…

— Réponds-moi ! le brusqua Sundeep. S'il te plaît, va droit au but, je m'adapterai. »

Le sang s'était retiré des phalanges du poing de Gorovitch. Il observa d'un regard las les stries blanches sur sa peau bronzée et parut s'en étonner.

« Tout passe, murmura-t-il. Tout, ma belle. Tu devrais le savoir. Ta beauté s'en ira, même le monde sombrera un jour, et ce jour, peut-être sera-t-il aussi magnifique que celui-ci. »

Le crépuscule emportait la matière de la forêt qui s'étendait au pied du monolithe et rendait à la jungle son vert puissant.

« Ne sous-estime jamais ton adversaire si tu veux vivre. Sache que tes deux protégés ne passeront pas l'année. *Ils* ont les moyens. Le temps. *Ils* sont partout.

— Qui ça, *ils* ? Que sais-tu exactement ? Qu'ont donné les clichés que je t'ai envoyés depuis la mine de potasse ?

— Rien que je puisse te dire. Non que je l'ignore.

— Alors, quoi ?

— Ils sont réservés.

— Comment ça, "réservés" ? Tu veux dire, comme un gibier ? »

Gorovitch tendit son bras vers une canne qui traînait au sol. Il la saisit et se releva lentement.

« Tout passe, je te dis. Si tu m'avais connu à ton âge… Tu subiras le même sort qu'eux si je te révèle ce que je sais. Contente-toi de m'écouter. Laisse tomber l'affaire. Fais-le rapidement, Sundeep. Considère ces hommes comme des morts en sursis. Je te le dis, ils n'ont aucune chance de s'en sortir. *Aucune.* Il y a en ce monde des pouvoirs que tu ignores encore. Des pouvoirs nébuleux.

Nébuleux. J'ignorais alors à quel point Gorovitch avait raison d'employer ce terme.

— Qu'ont-ils fait de si grave ?

— Sundeep, ces hommes traînent leur cercueil derrière eux et je ne donne pas deux jours à leurs poursuivants pour les débusquer ici. J'ignore ce qu'ils ont fait et je ne chercherai pas à le savoir. En revanche, je sais qu'ils n'auront pas l'occasion de recommencer. »

Nicolaï-Andreïev Gorovitch s'inclina face à l'ouest, là où subsistait encore une pâle lueur reflétée par de fins nuages presque bleus.

« Ne m'en demande pas davantage. Tu joues avec ta vie en écoutant le peu que je te confie… Et tu as mis, sans le savoir, mon domaine en péril en les invitant ici. Personne ne peut les protéger, tu comprends ? Pas même moi ! Personne ! »

## 41

La conversation s'est achevée sans moi. Je suis retourné rapidement auprès d'Harry, avec dans le cœur un mélange de peur, de colère et d'incompréhension. Je ne savais pas vraiment comment interpréter les paroles de Gorovitch. *Il y a en ce monde des pouvoirs que tu ignores encore*. Qu'est-ce qui pouvait inquiéter ce mercenaire au point qu'il refuse de nous protéger ?

Ce qui était difficile à admettre, c'était l'absence d'un embryon de piste, de réponse. Nous étions menacés et cette menace ressemblait à un immense filet qui se resserrait sur nous chaque jour davantage. Si notre garde du corps refusait de nous aider à rallier l'Europe, qu'allions-nous devenir ?

Sundeep nous rejoignit moins de cinq minutes plus tard.

Harry et moi l'attendions un cocktail à la main, je tentai de donner le change en plaisantant alors que mon esprit bouillonnait de mille idées plus délirantes les unes que les autres.

« Nicolaï nous invite à partager son repas ! annonça Sundeep, l'air dégagé. Ensuite, ajouta-t-elle d'une voix feutrée en attrapant mon bras et en m'entraînant vers la sortie, je vous propose de border le petit et d'aller prendre un verre. »

Ainsi, c'est de cette façon qu'elle allait procéder. Elle voulait me séduire, me saouler et nous abandonner entre les griffes de ce gros couard qui ne bougerait pas le petit doigt pour nous, quoi qu'il arrive. Je le soupçonnais même d'être tenté de nous livrer pieds et poings liés à nos poursuivants. Réservés, nous étions réservés… Apparemment, nos chasseurs voulaient s'occuper personnellement de nous.

À cet instant, je réalisai que seul Harry était menacé. Moi, je n'avais rien à voir avec ces tueurs, je n'étais certainement pas la cible. La cible, c'était Harry.

Je lançai un coup d'œil à mon ami tandis que nous avancions vers la salle à manger. Il marchait d'un pas souple et se tenait bien droit, comme un gosse qui fait des efforts pour paraître bien élevé. J'eus un petit sourire à son encontre, sourire qu'il me rendit en plantant son regard clair dans le mien.

Au fil des jours, nous étions devenus indissociables. Comme deux naufragés sur une coquille de noix, perdus au milieu de l'océan. J'avais la certitude que nous ne pourrions nous en sortir qu'en restant ensemble.

Mais sans Sundeep, nous allions être bien seuls. Les « ils » dont avait parlé Gorovitch n'avaient visiblement pas l'intention de nous laisser une chance. Déjà, par deux fois, nous avions essuyé leur puissance de feu et n'avions dû notre survie qu'aux talents de Sundeep. Et si la belle nous lâchait, que pourrions-nous opposer ?

J'entraînai notre garde du corps à l'écart.

« Cent mille dollars tout de suite et la même chose quand nous serons en Europe, proposai-je sur un ton que je voulus ferme. À prendre ou à laisser. »

Une ombre passa sur le visage de Sundeep.

« Nous avons déjà un accord, Jan, répondit-elle en plissant les yeux. Pourquoi voudriez-vous vous faire rouler ?

— Allons, Sundeep, insistai-je. Vous aimez l'argent, n'est-ce pas ! On part maintenant, sans passer par la case dîner, et vous êtes une femme riche. Qu'en dites-vous ?

— Que j'aurais déjà pu tout vous prendre si je l'avais voulu, rétorqua-t-elle sèchement. Allons-y à présent. Nicolaï nous attend. »

Je ne la crus pas un instant et l'idée de nous soustraire sur-le-champ à la surveillance de Gorovitch et de Sundeep m'effleura – nous aurions pu emprunter un véhicule et disparaître dans la nuit –, mais je craignais une réaction violente de la part d'Harry, qui semblait rassuré de se trouver dans cet endroit. Je décidai donc de patienter et de prendre le temps de lui expliquer la situation avant de partir.

Je fis un de mes plus jolis sourires à Sundeep en me jurant de me méfier de chacune de ses paroles. De chacun de ses gestes.

Nous prendrions la poudre d'escampette dès que les autres seraient couchés.

Aussi pressai-je Harry de nous rejoindre. Ce qu'il fit en s'agrippant au bras de Sundeep avec beaucoup d'élégance. J'eus alors un pincement au cœur qui ressemblait à de la fierté. C'est vrai qu'il était beau, mon Harry, dans son ensemble d'un bleu profond. Avec sa tignasse domptée et sa barbe, ses yeux perçants et sa peau ridée par trop de soleil, on aurait dit un *saddhu*.

# … Et aidé Harry à planquer un cadavre

# 42

Sundeep jaillit dans le couloir, enfila l'escalier quatre à quatre et déboucha au grand air, loin au-dessus des vapeurs épaisses de la forêt. La fraîcheur de la nuit lui fit du bien. Le repas s'était éternisé, les hommes avaient fumé des cigares aux propriétés soporifiques et hallucinogènes, les préférés de Gorovitch. Il ne les offrait qu'en de rares occasions…

Après la conversation qu'elle avait eue avec Nicolaï, Sundeep s'était décidée. Puisque ses clients étaient condamnés, assurer coûte que coûte leur protection était inutile et risqué et surtout, leur trésor ne leur servait plus à rien. Et la meilleure escarcelle où cet argent pouvait tomber, c'était la sienne. Avec six lingots d'or, plusieurs centaines de milliers de dollars et l'accès à des comptes numérotés, elle allait pouvoir s'acheter une retraite bien avant l'heure. Il restait à mettre la main sur le magot, et pour cela il fallait trouver Harry, qui, évidemment, ne dormait pas dans son lit.

Sundeep scruta la nuit et finit par deviner une forme enroulée sur elle-même, au pied d'un arbre immense. Ses pas se firent légers, sa silhouette, un songe, ses mains, des griffes tendues vers sa convoitise. La lune rousse, haute dans le ciel, faisait luire les veines rosées du granit.

En quelques secondes, Sundeep rejoignit Harry. Elle se tint immobile, parfaitement silencieuse, une main prolongée par un long poignard, au cas où.

Harry respirait lentement, régulièrement. À côté de lui, Sundeep remarqua les reliefs d'un plat chapardé en cuisine et qu'il avait apparemment englouti en plus du repas qu'ils avaient partagé.

Elle resta longtemps immobile, aux aguets, puis elle tendit sa main libre vers la sacoche convoitée.

« Vilaine ! gronda la voix d'Harry qui n'avait pas encore bougé. Je suis plus ton copain. »

La jeune femme inspira lentement et dissimula son poignard sous les plis de son sari. Visiblement, Harry ne s'était pas laissé berner par les cigares de Gorovitch. Mais Sundeep ne se démonta pas. Il ne restait plus qu'une étape à franchir, mettre la main sur ce fichu sac, et ce n'était pas ce taré qui allait l'en empêcher.

« Qu'est-ce tu viens faire ici ? »

Harry semblait contrarié de voir Sundeep émerger des ténèbres. Et sa colère froide le rendait dangereux.

« Jan voudrait que je récupère ça ! mentit Sundeep en désignant le trésor.

— Pour quoi faire ? questionna Harry, le ton méfiant et le sourcil cabré. L'a qu'à venir lui-même.

— Je vais vous aider à rentrer en Europe, reprit la jeune femme sans se démonter. Ça va générer des frais supplémentaires et Jan veut faire le point. »

Harry parut ébranlé par les arguments de Sundeep. Mais ses hésitations furent brèves.

« Non », dit-il en attrapant le sac.

La main de Sundeep jaillit dans le même mouvement, si bien qu'elle parvint à saisir la bandoulière et à tirer dessus de toutes ses forces. Sans lâcher son précieux ballot, Harry sauta sur ses pieds et déstabilisa Sundeep dans son élan.

Le poignard rebondit sur le sol en tintant de façon sinistre.

Harry fixa le couteau, un air stupéfait sur les traits. C'est alors que son visage se modifia, ses mâchoires se crispèrent et tout son front se rida d'une volonté irraisonnable d'en découdre.

Il se jeta sur Sundeep, incapable d'esquiver l'assaut. Le bras droit d'Harry avait happé sa taille. Elle roula avec lui, une main toujours accrochée à la sangle, et fut éjectée jusqu'au bord de la falaise, où elle demeura pétrifiée.

Accroupi, son visage à quelques centimètres de celui de Sundeep, Harry la fixait sans bouger. Ses yeux habituellement espiègles et clairs avaient viré au bleu nuit.

L'espace d'un instant, Sundeep eut la sensation de croiser le regard d'un squale et elle sut qu'il ne lui laisserait aucune chance.

« Ne sous-estime jamais ton adversaire si tu veux vivre », lui glissa-t-il sans faire un geste.

Sundeep n'eut pas le temps de s'étonner de la soudaine clarté des propos d'Harry, qui répétait une des phrases préférées de Nicolaï.

Elle glissa et ses pieds, au bord du vide, pédalèrent sur une surface trop lisse pour qu'ils s'y accrochent.

Harry ne lui vint pas en aide.

Au contraire.

Il tendit lentement son bras et arracha brutalement la sangle. Cette simple impulsion suffit à déstabiliser Sundeep, qui bascula dans un cri.

## 43

Harry dut me secouer un bon moment pour que j'émerge de ce sommeil collant. La bouche sèche, la langue épaisse, pas fichu de comprendre pourquoi ce si beau rêve prenait le physique et l'haleine d'Harry, je refis difficilement surface. Le tempo assourdissant sous mon crâne m'infligeait un vrai supplice.

En une fraction de seconde, les derniers événements de la journée défilèrent dans ma mémoire. La trahison de Sundeep, le dîner, haut en couleur, où Gorovitch était sorti de sa réserve pour revenir sur les coups de feu et les opérations officieuses de la Légion étrangère, les exactions de l'époque suivante, mercantile et toujours tournée vers les armes, évoquer le père de Sundeep, un grand ami et un militaire de valeur trop vite disparu. Un dîner pimenté, délicieux, et terriblement lourd…

« Sundeep, elle est tombée, je la vois pus ! » répétait Harry en dansant d'un pied sur l'autre.

Son apparent désarroi m'agaça d'abord et me toucha ensuite. Il comptait sur moi, et je ne devais pas le décevoir. Que s'était-il passé ? Sundeep avait-elle tenté de s'en prendre à lui ?

Je sautai sur mes pieds et commandai à Harry de me mener sur les lieux. Je chancelais quand il nous fallut emprunter ce maudit escalier taillé dans la roche.

Lorsque nous parvînmes sur le toit du monde de Gorovitch, l'air frais de la nuit sri lankaise me ravigota. Mais l'effort et le roulis conjugués eurent raison de mon éducation et je vomis tripes et boyaux à l'endroit même où j'avais rencontré le maître des lieux.

Quand j'eus repris mes esprits et débarrassé mon menton des éclaboussures, je me redressai et suivis Harry jusqu'à l'endroit où le plateau rocheux se brisait.

Là, il passa sa tête au-dessus du vide et prononça, d'une voix lamentable :

« Elle a tombé. Je la vois pus.

— Il fallait descendre, pas monter, crétin ! »

J'exprimais là un agacement souvent contenu. Mais il était des occasions où l'illogisme d'Harry me conduisait à la frontière de l'incivilité. De plus, je sentais les ennuis s'amonceler au-dessus de nos têtes et je ne voyais pas comment nous allions nous sortir de ce bourbier.

Nous redescendîmes par une enfilade d'escaliers et de couloirs sommairement éclairés, vertigineux à donner le tournis.

Et là, au pied du monolithe, nous aperçûmes le corps.

Figée dans une position indécente que j'aurais préféré oublier, Sundeep avait la tête fracassée sur un rocher. Ses jambes étaient écartées dans une posture grotesque – un tibia avait perforé la chair et du sang noir éclaboussait la blessure –, son bras gauche était replié sous elle, la clavicule déboîtée, l'autre comme posée sur son sari et, détail cruel, sa main était plantée dans sa culotte.

La vue du cadavre fit sauter un fusible dans le crâne de mon pauvre Harry. Il se mit à remuer dans tous les sens.

« Elle a voulu me faire du mal, se lamenta-t-il en couinant comme un chiot. Ouh lala ! Méchante Sundeep !

— Ta gueule ! » assénai-je en me faisant violence pour ne pas hurler.

J'attrapai Harry par les épaules et le contraignis à me regarder.

« Écoute-moi bien ! Tu te calmes pendant que je réfléchis et surtout, tu ne cries pas.

— Ouh lala ! continuait-il en secouant les mains comme un enfant pris sur le fait. Méchante Sundeep ! »

L'urgence de la situation guida mes doigts jusqu'au lobe de ses oreilles, sur lesquels je tirai sans ménagement.

« Tu te calmes, Harry ! Tu te calmes tout de suite ! Copain Jan va trouver une solution pour réparer ça, d'accord ? ! »

Visiblement soulagé par ma réaction autoritaire, Harry opina et s'assit sur le rocher, juste à côté du cadavre. Il poussa un bras qui le gênait pour se mettre à l'aise et ce geste me glaça jusqu'aux os.

« Son nom, son nom, son nom, ça, c'est comme un coucher de soleil, tu vois, mon Jan. Soleil profond, Sundeep.

— Oui, je vois, Harry. Ne t'inquiète pas, tout va s'arranger. »

Furieux, je lui tournai le dos pour masquer ma colère. J'avais besoin de me concentrer, et ni Harry et son comportement ni la vue de Sundeep ainsi massacrée ne me le permettraient.

Je fis une rapide évaluation de la situation et arrivai à la même conclusion : je ne donnais pas cher de la peau d'Harry si Gorovitch apprenait que Sundeep était morte par sa faute. Or, il était inconcevable que je laisse mon ami aux mains de ce bouddha de pacotille.

Mon ami. Harry m'était devenu précieux, comme un petit frère toujours prêt à faire des bêtises, un enfant trop grand sur lequel il fallait veiller. J'oubliais qu'il s'était débrouillé seul pendant des années. Que s'il était dans de sales draps à présent, c'était bien à cause de moi… Et puis, je sentais qu'un autre homme se cachait derrière l'hurluberlu du Kerala, ou le sauvage capable de massacrer un homme à coups de pierre. Un être éduqué, cultivé. Et je voulais rencontrer ce Simon Fergusen, en percer le secret.

Je dois admettre qu'en écrivant ces lignes, je me demande pourquoi je ne l'ai pas planté là. Mais j'étais tout ce qu'il avait, en dehors de son sac et de ses lingots, et il avait confiance en moi. Qu'il m'aurait été facile de l'abandonner ! Il me suffisait de lui laisser l'or et de garder les numéros de comptes… Mais sur l'instant, l'idée ne m'effleura même pas. Je crois surtout *qu'il était tout ce que j'avais*. Mon père, trop loin, Peyton, trop lointaine.

Le mécanisme qui devait nous permettre de nous sortir de cette galère s'était déjà enclenché et, de déduction en déduction, j'échafaudai un plan alors que déjà hurlaient les chiens de garde de Gorovitch.

Il fallait faire vite.

Harry avait empoigné une des jambes de Sundeep et m'attendait. De mon côté, j'avais repéré une anfractuosité dans un rocher situé dans la forêt toute proche, cachette idéale pour, je l'espérais, avoir le temps de prendre le large. Mais un cadavre pèse lourd et Harry et moi eûmes beaucoup de difficulté à le déplacer. Le sol était accidenté. Le tibia, qui avait déjà perforé les chairs, labourait le mollet de la pauvre Sundeep, et cette vision me donnait la nausée.

La forêt tout autour me semblait remplie de paires d'yeux jaunes qui nous fixaient, Harry ahanait sous l'effort, j'entendais les chiens approcher et je distinguais déjà le faisceau des torches des gardiens du domaine.

« Harry, laisse tomber, viens, on fiche le camp ! Tant pis pour le trésor, on n'a pas le temps ! »

Il lâcha aussitôt la jambe de Sundeep et se précipita à l'opposé de la direction que je lui indiquais – j'avais l'intention de filer vers le parking pour récupérer notre camionnette.

« Harry ! »

Je ne pouvais pas crier, sous peine d'ameuter les gardiens de Gorovitch. Alors, furieux et impuissant, je m'élançai sur les talons de mon compagnon d'infortune, qui s'était enfoncé sous le couvert des arbres.

Mon corps malmené par l'attaque de l'aéroport me faisait souffrir, mais je serrai les dents et poursuivis ma course vers l'endroit où la silhouette d'Harry avait été happée par l'obscurité.

Je le trouvai non loin de la lisière, près d'un tronc couché, son sac à la main, un air triomphant sur les traits.

« Suis pas fou, mon Jan. Sundeep, elle en voulait au pognon, la vilaine. Mais Harry il a pas lâché. Tu vois, hein ! C'est toutes les mêmes, les filles. L'est pas super, ton Harry ? »

# Comment Harry et moi avons visité Colombo…

# 44

Courir, il nous fallut courir, cavaler comme des dératés, nous enfoncer dans cette forêt immense dont j'avais pu mesurer l'étendue depuis le sommet du monolithe.

Harry devant moi me servait de guide, de chien fou guide de presque aveugle. Lui, depuis dix ans, avait fait de la nuit sa compagne. Moi, habitué à actionner des lumières artificielles avant même l'arrivée de la pénombre, je trébuchais sur tout ce qui dépassait du sol, effrayé à l'idée qu'ici aussi des trous s'ouvrent sous mes pas.

Mais les aboiements des chiens s'approchaient, et je jetais une jambe devant l'autre, inconscient de la douleur qui irradiait mes muscles, poussé par une frayeur sans nom.

La forêt nous happa, nous enveloppa jusqu'à ce que la frondaison enténébrée s'ouvre devant nous et que nous atteignions une rivière située à quelques mètres en contrebas.

Harry sauta sans hésiter. J'attendis, hors d'haleine, qu'il m'enjoigne de le suivre et m'élançai à mon tour, les doigts serrés sur les ailes de mon nez.

L'eau était à peine fraîche mais son contact me glaça.

Heureusement, le courant nous emporta loin des cerbères de Gorovitch et du corps disloqué de Sundeep, nous épargnant une fuite à la nage. Nous trouvâmes le support salvateur d'une souche à la dérive et nous laissâmes porter trois heures durant.

J'imagine que nous avons parcouru ainsi une vingtaine de kilomètres, croisant deux villages endormis où seuls des chiens témoignèrent de notre passage.

Il devait être quatre heures après minuit quand nous posâmes nos pas sur une berge boueuse, transis malgré une température extérieure avoisinant les trente degrés.

« Copain Jan, me dit-il avec cette voix assurée qui me faisait parfois douter de son état mental, faut pas rester là. Les clébards, ça lâche pas l'affaire aussi vite que ça. Ils arrivent à se sentir le cul pendant des plombes, alors tu vois le genre. Et pis, tu ressembles à un poulet plumé, cours, ça réchauffe ! »

Que pouvais-je opposer à une telle logique ?

Alors nous nous sommes remis à courir, à travers des rizières couvertes de vingt centimètres d'eau étale et autant de boue par-dessous.

Une lune aux trois quarts pleine illuminait d'argent les alentours, jusqu'à ce que l'aube en atténue les contours et rende à la terre les couleurs de la vie. Et à notre fuite son maigre espoir.

Il nous fallait d'urgence trouver un abri et de quoi nettoyer ma blessure, dont les berges, rougies par un début d'infection, avaient gonflé.

À cette heure matinale, les champs ondulaient de silhouettes vêtues de guenilles et armées d'outils rongés par la rouille, et très vite, nous fûmes abordés par deux hommes dont les traits burinés étaient sans âge. Je crevais de peur, mais je craignais encore plus les sbires de Gorovitch. Alors j'agitai devant eux quelques billets de cent dollars, mes mains tremblant et mon cœur battant trop fort, mais les types ne semblèrent pas s'en soucier. Ces quelques gestes me permirent de récupérer une vieille guimbarde en état de marche, un bidon d'essence et un litre de gnôle.

Nous quittâmes les lieux sur-le-champ.

Jamais je n'avais imaginé qu'un moteur puisse pétarader autant.

La vieille Zastava nous amena pourtant aux portes de Colombo. Convaincu qu'il serait infiniment plus compliqué d'abattre un homme exposé aux feux de la rampe, j'avais l'intention de nous réfugier à l'ambassade britannique et de révéler à la presse le retour d'un marin de Jersey disparu depuis dix ans. Les journalistes seraient notre rempart contre ceux qui nous pourchassaient.

Alors que nous roulions dans les faubourgs insalubres de la capitale sri lankaise, un tesson de bouteille acheva la roue avant droite de notre amas de tôles et j'eus beaucoup de peine à traîner la Zastava jusqu'au bord de la route, à l'abri d'une circulation qui se densifiait de minute en minute.

Des hommes surgirent de l'arrière d'entrepôts écroulés, des fossés boueux qui bordaient la chaussée, comme s'ils sortaient de sous chaque pierre de ce maudit endroit. Ils s'attroupèrent autour de nous pour bavasser, tandis que je cherchais, sans les trouver, les outils nécessaires pour changer la roue. Mais aucun n'eut l'idée de me donner un coup de main. J'enrageais.

Puis tous disparurent en un clin d'œil quand retentit une sirène. En quelques secondes, je me trouvai face à quatre silhouettes en uniformes impeccables qui venaient de surgir d'un fourgon blanc et noir.

« V'là les keufs ! m'informa Harry d'une voix aiguë. Planque tes miches. »

Lui s'était déjà recroquevillé sur la banquette arrière, parmi des cages à poules défoncées et poussiéreuses. Il faisait le mort, tandis que je m'avançais vers les forces de l'ordre, les mains salies par ma fouille de la Zastava.

Le plus gradé des quatre, à en croire le nombre d'étoiles qui ornaient sa casquette, s'adressa à moi dans un anglais nasillard. En deux minutes de tergiversations approximatives, nos passeports (heureusement restés avec le trésor) passèrent entre ses mains tandis qu'un autre sortait un cric et une manivelle pour nous dépanner. Je me félicitai de cette heureuse rencontre. Jusqu'à ce que le chef retourne à sa fourgonnette, mon passeport en main.

Un long frisson me parcourut.

Non, songeai-je, pas ça. Il ne faut pas qu'il contacte ses supérieurs.

Les yeux rivés sur la camionnette bicolore, je serrai les poings, je suppliai je ne sais qui de m'épargner un nouveau coup du sort. Je savais bien que je ne devais jamais mettre les pieds à Colombo, mais pourquoi avait-il fallu que nous roulions sur ce satané bout de verre ?

Quand le chef de la milice ressortit de son habitacle en distribuant ses ordres d'un ton sec, je compris qu'il était trop tard.

Nous fûmes rapidement encerclés et je dus rassurer Harry pendant qu'on nous obligeait à grimper dans la bétaillère, où notre escorte transformée en mâtons nous encadra étroitement.

Elle s'appelait Bhagya. Je l'avais rencontrée lors d'une fête donnée dans les jardins de Bagatelle, au bois de Boulogne, pour la journée de célébration de l'amitié franco-cinghalaise. Ça remontait à des années. Elle avait bu, j'ignore pourquoi, peut-être pour oublier les caresses libidineuses de son vieux mari, et moi, comme souvent, je m'étais saoulé pour oublier Peyton. Peyton voulait un bébé, moi pas, on s'était séparés, pour réfléchir, avait-elle dit. Je n'avais pas réfléchi. Je l'avais trompée. Drôle de remède, c'est vrai. Drôle et si banal.

Seulement voilà. Bhagya était l'épouse d'un haut dignitaire du Sri Lanka, un colonel de l'armée régulière. Et c'est lui qui nous avait surpris dans une des tentes élevées pour l'occasion.

Les événements avaient tourné au pugilat puis frôlé la querelle diplomatique, heureusement étouffée par mes soutiens élyséens d'alors. Mais ils étaient arrivés jusqu'aux oreilles de Peyton, dont je n'eus dès lors plus jamais de nouvelles. Elle disparut de la surface du globe. Je ne la localisai que des années plus tard. Ironie du sort, elle était envoyée spéciale au Sri Lanka.

L'estafette roula un bon quart d'heure, me laissant tout le loisir d'imaginer le pire.

Nous quittâmes les grands axes pour des rues beaucoup plus étroites, commerçantes, véritable labyrinthe où s'égaillait une population nombreuse, pressée dans des embarcations motorisées aussi invraisemblables qu'en Inde. Je sentais l'angoisse étreindre ma poitrine et je me souviens d'avoir pensé à cet instant que la fin du voyage était arrivée, et que par je ne sais quelle ironie, ces inconnus qui pourchassaient Harry allaient se faire coiffer au poteau par les fantômes de mon passé.

La camionnette s'engagea sous un porche miteux et s'immobilisa au centre d'une cour en terre battue pendant que le portail se refermait sur nous.

## 45

Nous fûmes sortis sans ménagement du véhicule et fouillés par des bidasses agressifs. Je ne portais rien sur moi en dehors des numéros d'accès aux comptes costaricains d'Harry. Pas de téléphone, pas de carte bancaire, pas de colt. En revanche, Harry tenait le trésor contre lui et semblait décidé à le défendre contre sa vie.

Il lutta, malgré mes suppliques, et les hommes, enragés, le frappèrent jusqu'à ce qu'il lâche le sac et se roule en boule, les mains sur la tête, secoué par de longs sanglots.

La violence avec laquelle ces hommes le molestèrent alors que deux d'entre eux immobilisaient mes poignets restera à jamais gravée dans ma mémoire.

Je leur criais d'arrêter, mais plus je criais, plus ils s'acharnaient.

Je vis les lèvres d'Harry éclater sous les coups, ses yeux trahir sa frustration devant son impuissance face au nombre.

La violence cessa quand s'éleva dans mon dos une voix que je n'avais pas oubliée. Le colonel, devenu général, était là, toujours aussi hideux, et c'est lui qui me donna l'ordre de retirer mes vêtements, alors qu'il pointait un automatique sur ma tempe.

L'instant inspira à ma machine à fantasmes des images de massacres. Une balle dans la tête, une fosse pour ensevelir le corps, ou pas de fosse d'ailleurs, on ne s'embarrasse plus guère de ce genre de détail de nos jours.

Je me déshabillai en hâte, le cœur au bord des lèvres.

On découpa au couteau les vêtements d'Harry. Ses mains et ses pieds furent ligotés avec une large bande d'adhésif, tant son envie de vengeance était effrayante, malgré la pluie de coups qu'il avait reçue.

Ils nous ôtèrent tout, jusqu'à nos sous-vêtements.

Le général aboya de rire devant notre nudité, les yeux remplis d'une joie mauvaise, puis, d'un geste, donna l'ordre de mettre le feu à nos habits.

Il jeta nos passeports dans le feu, et me conseilla de me réfugier derrière ma République – même si l'alternance avait fait pencher la majorité en ma défaveur depuis les dernières élections –, puis il ricana encore devant la vulnérabilité de nos corps nus et me frappa violemment au visage.

Le cri de douleur que poussa Harry en me voyant en si mauvaise posture me donna étrangement le courage de relever la tête.

Je ravalai les larmes qui montaient à mes paupières pour affronter une dernière fois le regard de cet homme venu régler ses comptes.

« Merci pour le fric, pauvre con, lança-t-il en montant dans sa jeep. Et ne remets plus jamais les pieds ici. »

Quelques secondes plus tard, nous étions seuls dans cette cour où nous avions cru perdre la vie.

Harry gémissait, enroulé autour de mes chevilles, et moi, les mains croisées sur mon sexe et la peau couverte de frissons de peur, je pleurais.

Je fus le premier à réagir. Harry avait été sonné et il éprouvait des difficultés à se relever. Je me mis en quête d'une parure à notre nudité, au moins quelque chose derrière quoi nous cacher. Il serait toujours temps, ensuite, de nous apitoyer sur la perte de notre trésor.

Mais il n'y avait rien.

Le mur d'enceinte était trop haut pour que nous puissions l'atteindre et couronné de barbelés rouillés, les portes de l'arrière-boutique fermées à double tour ; il ne restait que le porche.

Je ramassai un tesson de verre et libérai mon Harry qui balbutiait de rage et de douleur, incapable d'aligner deux mots. J'essuyai du bout des doigts le sang qui coulait de son arcade éclatée sur ses paupières et l'aidai à se relever.

« Il va falloir courir, mon vieux, lui dis-je avec un petit sourire triste. Ça ira ? »

Harry opina.

Jamais de ma vie je n'ai couru si vite, si nu. Harry sur les talons, je fonçai sous ce porche et remontai la rue gorgée de badauds.

C'est là que je revis pour la première fois Charlotte Peyton. *Ma* Peyton.

Elle était embusquée dans l'embrasure d'une fenêtre, comme une saleté de *paparazzette,* équipée d'un téléobjectif, et elle mitraillait nos carcasses ensanglantées. Sa présence n'était pas très difficile à comprendre. Maintenant, la vengeance du général était totale.

Mais j'avais en tête d'autres préoccupations que celle de l'insulter ou de lui demander pourquoi elle s'acharnait ainsi. Je me réservai ça pour plus tard.

Les mains cachant mon sexe, je m'engouffrai dans le premier bazar ouvert et attrapai le seul objet qui pouvait nous sauver la mise dans cet endroit où l'on ne vendait que des batteries de casseroles.

Un rouleau de sacs-poubelle, que je chipai sans vergogne.

# … Et pris l'avion pour Jersey

## 46

Sir Jonathan Ronuald Harlington était un homme d'une cinquantaine d'années, *british* jusqu'au bout des ongles et semblait-il diplomate de naissance. Il parlait un français plus que correct – en fait, il s'exprimait dans un français de cour – et ne parut pas interloqué de nous recevoir, Harry et moi, dans le plus simple appareil, emballés dans des sacs d'un bleu piscine de toute beauté.

Pourtant, le salon de l'ambassade britannique était surchargé de tapisseries, de doubles rideaux en velours sombre, de fauteuils crapauds décorés de fleurs comme je n'imaginais plus qu'il en existât et d'un magnifique portrait de la famille royale. Dire que nous y faisions tache serait très en dessous de la réalité.

Sir J.R. Harlington nous tendit une main chaleureuse, comme s'il voulait, par ce geste, compatir à notre infortune et remercier la Providence, et moi-même pour l'y avoir aidée, de rendre au Royaume-Uni l'un de ses ressortissants porté disparu dix ans plus tôt.

Après quoi, J.R.H. retourna à ses affaires : la défense des intérêts de la Couronne lors du proche congrès mondial sur le tourisme prenait tout son temps.

Nous fûmes conduits à nos appartements et confiés aux bons soins du commandant Oliver Quinn. L'officier de liaison du MI6 nous laissa nous doucher et nous changer, puis nous annonça qu'il fallait passer aux choses sérieuses, et je crois, pour l'avoir bien observé, qu'il s'occupait exclusivement de choses sérieuses.

Ses premières questions traitèrent de notre accoutrement ; il n'est certes pas très courant de se déguiser en sacs-poubelle. Je mentis donc d'entrée de jeu, arguant, preuves à l'appui – nous avions tout de même reçu des coups –, que des inconnus que nous étions incapables d'identifier nous avaient dépouillés.

Oliver Quinn me regarda comme si je l'avais insulté, puis interrogea Harry. Un Harry que j'avais mis en garde contre les méchants hommes de l'ambassade qui lui poseraient un tas de questions pièges, juste pour nous séparer. J'avais profité de notre bref passage à l'infirmerie, où une jeune femme avait agrafé l'arcade sourcilière d'Harry et désinfecté nos plaies.

Il avait pour consigne de ne rien dire, ce qu'il fit de bonne grâce… à sa manière.

« Que des trous du cul, marmonna-t-il. Des salopards avec des voitures de Daktari. Y z'ont piqué mes lingots ! »

Puis, en se tournant vers moi : « J'ai bien dit, copain Jan ? »

Oliver Quinn tiqua. Visiblement, il peinait à imaginer des Sri Lankais en 4 × 4 arraisonnant des touristes chargés de lingots d'or. Mais curieusement, il abandonna le sujet et nous tendit des papiers d'identité provisoires.

« Autant que vous le sachiez, je me renseigne toujours sur les invités de notre ambassade, et j'échange également des informations avec la DGSE. »

En clair, l'affaire Bhagya ne lui avait pas échappé.

« Une erreur de jeunesse, me disculpai-je. Merci pour les papiers.

— Comment êtes-vous entrés au Sri Lanka ? Qui vous accompagnait ?

— J'ai pris une flèche dans le cul ! répondit Harry, à qui la question était posée. Tiens, j'ai encore un bleu… »

Il se leva, les doigts sur les boutons de son pantalon, et j'eus tout juste le temps de l'empêcher d'exhiber son derrière.

Oliver Quinn fronça les sourcils, cette histoire de flèche ne lui évoquait rien, mais il entrevoyait déjà l'étendue de l'ânerie dont Harry était capable. Et j'en fus reconnaissant à ce dernier. Harry savait très bien brouiller les pistes et jouer à l'imbécile quand c'était nécessaire.

« Il y a un grand pas entre la réalité et les souvenirs d'Harry, plaçai-je avec habileté. Je ferais peut-être mieux de répondre à vos questions, non ? Nous avons fait la traversée avec une charmante Cinghalaise.

— Son nom ? »

Je ne pouvais pas tout dissimuler. C'est ça, l'art du mensonge : distiller l'information à sa guise, mêler le vrai au faux et lâcher quelques pistes qui se finissent toutes en cul-de-sac. Évidemment. Aussi lui indiquai-je avec empressement l'identité de la belle Sundeep Dhillon.

« Mes bobs ! gémit aussitôt Harry en mettant ses mains sur ses oreilles. Où qui sont mes bobs ? ! »

Je fermai les yeux en guise d'explication.

Plus Quinn considérerait le cas d'Harry comme incurable, moins il tiendrait compte de ses réponses.

« Racontez-moi votre périple en Inde, monsieur Craven. Je sais que vous avez atterri à l'aéroport de Bangalore il y a une quinzaine de jours et que vous vous êtes directement rendu dans un hôtel du Kerala. Mais ensuite ? »

Je lui exposai ma rencontre avec Harry, le trou et la douche d'urine humiliante – j'en rajoutai, insistai sur les délires de mon camarade –, et avouai mon envie de venir en aide à celui qui vivait depuis dix ans dans l'isolement le plus total.

« Il y a de quoi devenir fou, croyez-moi », ajoutai-je, perfide.

L'officier Oliver Quinn loua ma charité chrétienne et chercha à me coincer dans la foulée.

« Pourquoi n'êtes-vous pas entrés en contact avec les autorités indiennes ?

— Alan Doyle est un ami. Harry, je veux dire Simon Fergusen, est originaire des îles Anglo-Normandes. Je trouvais ça logique.

— Dans ce cas, pourquoi le Sri Lanka ? Il y a des consulats britanniques au Kerala. Avouez que vous n'avez pas cherché le moyen le plus simple, ni le plus court. »

Mon silence fut éloquent. J'avais prévu la question mais, malgré mes talents de menteur, je n'avais pas trouvé de réponse crédible. Je n'allais tout de même pas lui raconter que nous avions une armée de tueurs aux trousses !

« Tourisme, tentai-je. Harry voulait voir les éléphants. »

L'officier Quinn se tourna vers Harry et l'interrogea du regard, m'interdisant toute intervention sous peine de m'expulser de la pièce.

« Oui, les éléphants ? Z'ont pas de niche, eux, s'empêtra Harry. Moi, j'avais perdu ma niche et… Copain Jan et moi, on est allé pêcher, et pis c'est comme ça qu'on a retrouvé là où y avait ma niche sauf qu'y avait pus ma niche. Et que… Y avait toujours des méchants là-bas. Dans ma niche, tu peux pas y aller sans te faire zigouiller, tu vois ? Tout a cramé et pis on est partis avec Sundeep pour écrabouiller la gueule du sale pédé et… »

Harry eut un blanc. Soit il ne se souvenait pas, soit il s'était aperçu qu'il venait de me contredire sur le moment où nous avions rencontré Sundeep.

« Hey, brin d'zingue, t'as pas cent balles ? questionna-t-il le commandant Quinn avec son sourire idiot. Hein ? ! »

Puis il attendit, comme il l'avait fait tant de fois avec moi. À cet instant précis, je fus convaincu qu'il se fichait complètement de ce type et de ses questions et qu'il était capable de prendre les rênes de l'échange. Mais Quinn ne se laissa pas désarçonner par le comportement d'Harry et reprit patiemment l'interrogatoire.

« Vous étiez marin pêcheur à votre compte il y a dix ans, monsieur Fergusen. L'histoire raconte que vous avez été perdu en mer au large de Terre-Neuve.

Y survivre est déjà un miracle, mais les Anglais connaissent la navigation et l'océan, n'est-ce pas ? Comment êtes-vous arrivé en Inde ? »

Cette fois, Harry se recroquevilla sur son fauteuil, prémices d'un mal plus grand à venir.

« Je veux pas aller dans la boîte, gémit-il en se tournant vers moi. Harry va se fâcher ! J'va lui péter le groin s'il continue, ce sale pédé ! »

Je vis avec appréhension ses yeux virer au bleu sombre, mais Quinn, adroit, changea de sujet.

« Cette Sundeep, où l'avez-vous rencontrée ?

— Comme il a dit copain Jan ! Et pis c'est tout ! » brailla Harry.

Puis il déguerpit en direction des toilettes et, à mon grand soulagement je dois le dire, le commandant Quinn ne le retint pas.

Nous parlâmes encore un peu, je lui glissai qu'Harry passait des heures devant les jeux vidéo et le petit écran et qu'il avait tendance à tout mélanger. Je savais que ce fouineur vérifierait nos dires, aussi restai-je très prudent.

Mais j'étais certain que le nom de Sundeep était pure invention et que le Sri Lanka grouillait de jolies femmes en sari. Je me doutais aussi que Gorovitch, ses sbires et nos ennemis avaient fait le ménage et que, tout espion qu'il était, Oliver Quinn n'était pas de taille à les contrer.

C'est à ce moment-là que je crus ressentir un peu de chagrin. Un gouffre s'ouvrait devant mes pieds, plus vertigineux encore que celui qui avait avalé Sundeep. Mais je sus plus tard que je me trompais. J'avais peur. Peur de ce qui nous attendait, peur de ceux dont l'ombre ne cessait de grandir au-dessus de nos têtes.

« Je voudrais une protection spéciale, pour nous deux, dis-je subitement sans réfléchir.

— Une protection spéciale ? Pourquoi ? Y a-t-il quelque chose que je devrais savoir ?

— Non, bredouillai-je, non. Laissez tomber. »

Quinn me lança un regard inquisiteur et je fus persuadé à cet instant qu'il savait, qu'il appartenait au clan de ceux qui nous voulaient du mal. J'étais tenté de fuir à toutes jambes.

Au lieu de ça, je serrai les dents. Il fallait que je me ressaisisse. J'inspirai profondément et lui avançai que j'avais été choqué par ce qui nous était arrivé à Colombo. Je n'avais pas besoin de protection, juste d'un petit remontant et de quelques heures de repos.

Il s'approcha du guéridon où trônaient une carafe et des verres en cristal et me servit une rasade de whisky que je m'empressai d'avaler. L'officier Quinn m'annonça que le rapatriement d'Harry était prévu pour le surlendemain, par avion *spécial* – il insista sur le mot avec un petit sourire –, et je ne pus m'empêcher d'espérer que l'immensité des océans nous sauverait peut-être.

« Nous avons le personnel qualifié pour rendre un visage plus humain à M. Fergusen, déclara mon interlocuteur d'un ton enjoué. Tailleur italien, coiffeur, barbier, manucure, je pense que sa famille appréciera. »

Peu convaincu, je rétorquai alors d'un ton acerbe qu'Harry serait certainement superbe en Jésus vêtu d'un costume trois pièces, mais qu'il serait bien plus judicieux qu'il ressemble à ce qu'on attendait de lui à Jersey, c'est-à-dire au Robinson qu'il était devenu.

## 47

Je retrouvai Harry le lendemain au petit déjeuner. Il disparaissait derrière une montagne de toasts, de pots de confiture, de beurre, de brioches et de cakes aux fruits confits, sur lesquels il avait jeté son dévolu. Il n'en restait plus une tranche sur la table du buffet. Et je le soupçonne même d'avoir vidé les stocks jusqu'en cuisine.

Le ciel était radieux et malgré les précipitations prévues pour la fin de matinée, les tables du petit déjeuner étaient dressées sur la terrasse qui dominait les jardins enroulés autour de l'ambassade. J'attrapai quelques journaux, désireux de passer un bon moment, loin de ma paranoïa naissante et, surtout, des bruits scandaleux de la gloutonnerie d'Harry.

La une du quotidien étalait mes parties génitales en pleine page. Je ne pouvais rien comprendre au titre, mais je gageais qu'il ne devait pas tourner à mon avantage.

Ainsi, Peyton, non contente de prendre ces photos humiliantes, avait vendu les clichés au canard local ! Je me consolai en songeant qu'il fallait vraiment que cette femme m'ait aimé comme une folle pour saisir ainsi l'occasion de se venger après quinze ans de silence.

La surprise passée, j'observai attentivement les environs et, lorsque je fus certain que personne ne complotait à voix basse, je me levai, attrapai les journaux ainsi que ceux qui traînaient encore sur la table d'entrée et filai dans ma chambre. Avec un peu de chance et la rapidité adéquate, il se pouvait que mes frasques de la veille passent inaperçues.

Mais la vie est facétieuse.

Harry déboula quelques minutes plus tard, les poches remplies de parts de cake, des miettes plein la barbe et une immense satisfaction d'homme repu dans les yeux.

« Regarde, copain Jan, gloussa-t-il en jetant un paquet de journaux sur le lit, t'es marrant, toi. T'as une couille plus haute que l'autre et la bite qui barre à droite ! »

Je lui ordonnai de se taire et me plantai devant la fenêtre en lui tournant le dos.

« C'est à cause des photos que tu fais la gueule ?

— Non, c'est à cause de la photographe. »

Je ne sais pas ce qui me prit, mais ce jour-là, je me confiai à Harry.

Je crois que ça m'était devenu nécessaire. Avouer ma lâcheté face à la femme de ma vie, aux responsabilités, à l'idée de fonder une famille. En bref, je lui racontai mon histoire d'amour avec Peyton.

Pour tout commentaire, il me gratifia d'un : « Ben mon couillon, t'es pas comme un con ! »

Fermer les yeux et respirer calmement, il ne me restait pas de meilleure alternative.

« Tu as déjà eu une fiancée, Harry ? le relançai-je après un moment.

— Sais pas.

— Cherche un peu, une fille avec qui tu aimais être, celle que tu n'aurais pas voulu voir dans les bras d'un autre, celle qu'il est impossible de remplacer. Tu sais, comme les deux moitiés d'une orange ? Et la jalousie, tu sais ce que c'est ?

— Une orange ? Je te comprends pas, mon Jan, qu'est-ce que ton orange vient faire là-dedans ? T'es complètement toqué mon pauvre vieux ! »

Et il tourna son index sur sa tempe en roulant des yeux de fou furieux tout juste sorti de l'asile.

Si Harry était prêt à m'entendre, parfois à me comprendre, il était visiblement peu enclin à me parler. Alors je n'insistai pas. Peut-être que le choc du retour à Jersey, la confrontation avec sa famille et son ex-petite amie activeraient le retour de sa mémoire.

Pendant que je lui parlais de Peyton, de son rire, de nos fous rires, de nos disputes, de son envie de bébé, de mes hésitations et de notre rupture, Harry s'observait dans le miroir et son reflet paraissait lui plaire. Sa barbe, taillée par un authentique barbier, lui donnait des airs de romancier du XIX$^{e}$ siècle, ses cheveux avaient été désépaissis par des mains expertes et ses dents détartrées. Malgré les stigmates laissés par les coups, Harry était vraiment beau dans ce pantalon et cette chemise en lin naturel qui tranchaient sur sa peau bronzée, et ses hématomes le rendaient encore plus crédible dans le rôle du survivant.

Quand je sentis les premiers signes d'impatience chez Harry, quand ses questions sur mon histoire avec

Peyton finirent par se résumer à des « mmmmmmh, ouais, qu'est-ce que t'as dit », je décidai d'utiliser le téléphone posé sur un guéridon à côté de mon lit, prêt à me connecter gracieusement partout dans le monde.

Je l'ai longtemps regardé, comme un con, le nom de Peyton sur les lèvres, transpercé par l'envie de l'entendre, même si c'était pour subir ses sarcasmes.

Mais je n'ai pas trouvé le courage de lui téléphoner. Je devais absolument enterrer cette histoire. Je ne faisais que nourrir un fantasme nostalgique, il me fallait agir.

Alors, de coup de fil en coup de fil, je négociai les droits image et papier du retour de Simon Fergusen sur sa terre natale. Trois tabloïds anglais répondirent présents, ainsi qu'une télévision américaine. Par ailleurs, un jeune et ambitieux éditeur parisien se porta acquéreur, me promettant un bel à-valoir et un tirage conséquent. Je n'aurais de toute façon rien lâché gratuitement et m'étais même préparé à fausser compagnie à notre ambassadeur en cas d'échec. L'histoire de Simon Fergusen serait juteuse, car mystérieuse.

Voilà ! La médiatisation du retour du marin perdu allait, je l'espérais, nous mettre à l'abri des tueurs pour un temps et surtout, permettrait à l'argent de couler à flots. Le magot assurerait notre avenir financier en remplacement du trésor d'Harry lâchement dérobé par le général.

Deux heures plus tard, alors que je remontais dans ma chambre après avoir passé plus de quarante minutes à vider ma messagerie Internet saturée de messages d'insultes et de soutien de téléspectateurs de tous poils, rassurés ou inquiets de ma disparition de leur petit écran, puis au moins autant pour rassembler mes souvenirs et envoyer sur mon serveur privé tout ce qui concernait notre histoire, je trouvai Harry dans la sienne, porte ouverte.

Il s'était barbouillé les yeux de khôl et prenait des pauses comiques devant le miroir, proposait des faciès sérieux, sans tenir plus de quelques secondes, si bien que je n'eus pas le cœur de lui apprendre que sa mère venait de l'identifier formellement d'après les photos de l'ambassade.

De toute façon, on aurait beau me prouver son identité par tous les moyens imaginables, sa mère pourrait me jurer qu'il s'agissait bien de Simon Fergusen, pour moi, Harry resterait toujours Harry.

C'est ce jour-là qu'il décida de m'expliquer pourquoi il s'appelait lui-même ainsi.

## 48

La chambre, presque entièrement peinte en blanc en dehors d'un liseré bleu qui courait le long des murs, était plongée dans la pénombre. Au centre, un lit médicalisé hébergeait le corps d'un homme endormi, relié par des fils et des tuyaux à trois machines qui le surveillaient étroitement. Un silence de plomb régnait sur cette pièce aveugle où seule une lampe de sécurité indiquait le chemin vers la sortie.

Le réveil se manifesta d'abord par une accélération du rythme cardiaque. Puis des mouvements saccadés agitèrent les membres, les bras d'abord, puis les pieds. Sous le crâne de cet homme s'annonçait une tempête.

Un cataclysme.

Sa main se porta à sa tête. Des bandages épais ne laissaient apparaître que le pouce et l'index. La pulpe des deux doigts valides effleura son visage et identifia des croûtes et des boursouflures. Cette découverte lui arracha des gémissements. La peur, nouvelle venue, entrait en scène.

L'homme tenta de se relever, mais des élancements le clouèrent sur le lit. Sa respiration s'accéléra. Les vapeurs médicamenteuses où baignait son esprit ne lui permirent pas d'engendrer la moindre pensée construite. Pas encore. L'esprit s'écroula sur lui-même et la conscience à peine esquissée replongea dans les limbes du sommeil.

Une poignée d'heures plus tard, il se réveilla de nouveau. Malgré les produits qui enténébraient sa lucidité, sa langue se délia en un verbiage incohérent.

« Où qui sont mes miches ? Hein ? T'as pas vu mes miches ? J'ai le calebar dans un état, c'est pas du velours, mon gars ! Dis-y que l'facteur il est passé voir ta mère, t'oublies pas, hein ! Manquerait plus qu'y pleuve des seaux de merde, et les sauterelles avec. Doux Jésus, branle pas dans le manche, ça fait sauter les bretelles. Et si tu vois mes miches, tu t'y colles sur les tresses, salope ! Hein ? Hey brin d'zingue, t'as pas cent balles ? »

Cette logorrhée rameuta un infirmier plus rapidement qu'une sonnerie aux morts. L'homme hurla de rire pendant de longues minutes, le temps nécessaire pour que le somnifère administré par voie intraveineuse fasse son œuvre.

Le premier pas, toujours le plus difficile.

Les mains s'agrippèrent aux barreaux du lit, la plante du pied chercha un appui sûr. Le cœur accéléra. Quitter la position horizontale demandait un effort. Et puis les habitudes revinrent, l'expérience aussi. Au troisième pas, il fallut lâcher le soutien du lit, mais la porte de la salle de bains n'était pas loin, deux pas, avec élan, et le voici de nouveau assuré, sur la poignée cette fois.

La lumière du bloc miroir inonda la petite pièce. Il fallut fermer les yeux un instant pour accuser le retour de la crudité, de la cruauté du monde, des autres. Mais l'homme tint bon, le matin même, l'infirmier était revenu, accompagné d'un autre homme, en blouse aussi, mais pas de la même couleur.

Ils avaient retiré des bandages, ausculté son corps, émis des commentaires qu'il n'avait pas compris. D'ailleurs, il ne comprenait pas grand-chose et ne s'en offusquait pas. Mais dès leur départ, il n'avait plus qu'une obsession, se regarder dans ce miroir aperçu dans la salle de bains. Se voir pour comprendre.

Le dernier pas fut le plus difficile. L'appréhension montait dans ses tripes. Et le résultat fut aussi décevant que l'attente avait été fébrile.

Il n'y avait rien à voir, rien de plus qu'un visage meurtri aux couleurs de l'arc-en-ciel. Ses paupières étaient noires et enflées, ses pommettes déformées et couvertes de croûtes et sa mâchoire inférieure d'un vert-jaune. Des dents blanches, bien alignées mais qui le faisaient souffrir. Un visage, un sourire ou une grimace qui ne lui rappelaient rien. Mais qui ne lui faisaient pas peur non plus.

Incapable de déduire qu'il avait perdu la mémoire, l'homme se résigna. Il fit un lent demi-tour pour retourner à son lit et s'arrêta devant la commode de la chambre où plusieurs magazines sur la mode, les voitures et le cinéma traînaient.

« Beau, ça, s'exclama-t-il, y a de la bonne beu là ! »

Il s'approcha, attrapa le premier sur la pile, fit tourner les pages au hasard et s'arrêta sur le titre d'un article consacré au dernier volet des aventures d'Harry Potter où il était question de la couleur des yeux du petit sorcier, de leur ressemblance avec ceux de sa mère et d'une polémique sur l'identité de son vrai père.

L'homme sourit béatement, colla son visage sur les pages du magazine et finit par lire à haute voix le titre de l'article imprimé en lettres rouge et or.

« Les yeux d'Harry. C'est beau ! Ça bave pas ça ! Ouais, Harry, c'est chouette ! »

## 49

Le Falcon 2000 attendait dans un immense hangar situé au bout de l'aéroport de Colombo, à l'écart du trafic. Celui-ci était, dans sa version la plus aboutie, un vrai condensé de luxe et de technologie. Harry poussa des sortes de jappements quand il aperçut l'appareil. Après m'être leurré sur sa réaction – j'eus un instant la crainte qu'il était phobique, après tout, il était beaucoup de choses, plus ou moins handicapantes, alors pourquoi pas celle-là ! –, je fus atterré par les conditions de vol à venir.

« Pfou ! T'as vu, copain Jan, y en a qui doivent pas souvent gratter le fond des poches, hein ! Putain, c'est fou, on peut monter dedans ? »

J'étais estomaqué ! Il n'avait rien compris – ou refusait de comprendre, je ne pouvais écarter cette éventualité. Pourtant, la veille, dans les jardins de l'ambassade, nous avions longuement discuté de ce qui allait se passer le lendemain. Mais Harry rejetait l'idée d'une famille établie sur la lointaine île de Jersey et craignait que je l'abandonne aux mains de ces inconnus. Il acceptait de me suivre pour m'être agréable, pas pour retrouver des gens dont il ne lui restait aucun souvenir.

L'officier Quinn lui avait pourtant demandé d'observer des photographies, dans l'espoir que les traits d'une mère soient à jamais gravés dans la mémoire endommagée d'un fils. Peine perdue, Quinn avait dû ravaler ses conceptions de midinette quand Harry avait déclaré les trouver moches, gros et salement blonds.

« Qu'est-ce que tu veux, mon vieux ! avais-je osé, dans la vie, on ne choisit pas sa famille. C'est même souvent l'emmerdement principal jusqu'à l'âge de vingt ans !

— Si, Harry y peut, Harry y peut choisir et pis c'est tout ! »

Épaté à l'idée de monter à bord du Falcon, Harry restait totalement indifférent au discours de l'ambassadeur venu avec madame, quelques huiles locales et une petite foule de domestiques mêlés à de nombreux photographes agglutinés devant le buffet dressé pour l'occasion. On avait même déroulé le tapis rouge devant les marches de l'appareil.

La donne avait changé. La veille, quelqu'un, au 10, Downing Street, avait décidé de jeter un œil à la dépêche concernant Harry. Les conséquences n'avaient pas été longues à survenir : le *Times* titrerait sur l'extraordinaire parcours d'un marin pêcheur de Jersey, mon Boudu sauvé des eaux. Le *Herald* crierait vers le continent que Nelson avait trouvé son successeur, qu'un Anglais manquant à l'appel ne s'enterrait pas aussi simplement que ça, et le *Guardian* écrirait sobrement : « Simon Fergusen, itinéraire d'un miraculé. »

Et mon Harry, les paupières noires de khôl, juché sur l'estrade aux côtés de l'ambassadeur, n'avait d'yeux que pour cet avion qui se trouvait derrière les spectateurs.

Puis tout se passa très vite.

Les photographes et le gratin furent invités à quitter le hangar et nous reçûmes l'ordre de patienter à quelques mètres de l'avion. Le dispositif de sécurité était bien plus impressionnant que ce que j'avais remarqué de prime abord.

De nombreux véhicules sombres étaient garés autour du Falcon, à l'intérieur et à l'extérieur du hangar, des camions de pompiers stationnaient non loin de là et une dizaine d'hommes en costumes s'agitaient en tous sens.

Le bruit d'un moteur s'approcha.

Un minibus s'engouffra dans le hangar et s'arrêta devant nous. De l'intérieur, l'officier Quinn, que je n'avais pas vu s'éloigner, nous ordonna de monter à bord, ce que nous fîmes, éberlués. L'avion ne se trouvait qu'à quelques mètres et je ne voyais pas l'intérêt de parcourir cette courte distance en voiture. Harry non plus d'ailleurs.

Deux militaires grimpèrent avec nous et le minibus démarra en trombe en direction du tarmac, pendant que d'autres personnes montaient dans le Falcon.

Je sentis un filet de sueur froide glisser le long de mon échine.

On y était.

Malgré tous mes efforts, ceux qui voulaient nous tuer étaient parvenus à leur fin. Je jetai un rapide coup d'œil vers Harry, qui ne se doutait de rien et admirait les avions sur le parking tandis que nous foncions à l'autre bout de la piste où nous attendait un Cessna, bien moins luxueux.

Les hélices tournaient déjà, les hommes qui nous escortaient nous poussèrent dans l'appareil, et les portes se refermèrent sur nous.

## 50

Le Cessna décolla sans attendre, vira légèrement sur sa droite et prit de l'altitude. Puis, il vira de nouveau après moins de deux minutes de vol et nous repassâmes au-dessus de l'aéroport en direction du nord-ouest.

Ma tête était posée contre le hublot et je regardais le sol s'éloigner lentement, avec appréhension. Le Cessna vibrait de toutes parts et Quinn me fixait avec une attention glaçante. Qu'était-il arrivé ? Où allions-nous ? Pourquoi avions-nous changé d'appareil au dernier moment ?

Je repérai en contrebas le Falcon dans lequel nous étions censés monter et le suivis des yeux. Il était garé devant le hangar où avait eu lieu le discours de l'ambassadeur et entouré de plusieurs plots reliés entre eux par un ruban jaune et rouge. Les camions de pompiers repérés plus tôt et d'autres, noirs, étaient garés à une centaine de mètres. Des hommes en combinaison et des flics s'étaient attroupés derrière les véhicules.

Je compris ce qui se passait à l'instant où je vis le Falcon se disloquer sous mes yeux, soufflé par une explosion effroyable.

Des expressions de stupeur s'affichèrent sur les visages des passagers. Quant à moi, je me liquéfiai. Ils étaient partout. La mort rôdait en bas et c'est à Harry et à moi qu'elle voulait montrer son sourire.

Harry.

Sa tête était posée sur le dossier, ses yeux clos et ses traits tirés trahissaient une grande fatigue. Il n'avait même pas profité de l'instant, lui qui était si heureux de prendre l'avion. Je m'en félicitai, rassuré à l'idée qu'il n'ait pas été témoin de l'explosion.

Le temps suspendit son vol dans mon crâne, jusqu'à ce que Quinn m'invite à le suivre au fond de l'appareil.

J'enjambai les grandes guiboles d'Harry, recroquevillé à mes côtés, pour rejoindre l'agent du MI6. Mes genoux s'entrechoquaient.

« Un verre ? me proposa-t-il en me tendant un scotch que j'acceptai avec reconnaissance.

— Merci.

— Qu'avez-vous fui en quittant l'Inde ? » me demanda-t-il quand j'eus avalé le breuvage tiédasse.

Je feignis de ne pas comprendre. La tête me tournait mais je n'étais pas dupe. Il cherchait à me soutirer des informations.

« Vous deviez monter dans le Falcon. Personne ne savait que nous changerions d'appareil au dernier moment. Alors je répète ma question : que fuyez-vous, ou plutôt qui ?

— Donc nous allons bien à Jersey ? »

J'étais estomaqué. Comment avais-je pu imaginer que cet homme des services secrets faisait partie du complot visant à nous tuer, Harry et moi ? On y était. Complot, services secrets. Habituellement, je les décortiquais, les complots et autres affaires de ce genre. J'en parlais aux informations. Je n'étais pas leur cible !

« Mais il y avait des hommes dans cet avion. Des hommes qui sont morts à notre place ! »

Quinn lâcha un petit rire.

« Ne soyez pas stupide ! Vous avez vu ce qui s'est passé. Les pompiers et les démineurs étaient sur place. Et malgré leur expérience, ils n'ont pu empêcher l'explosion. Mais l'avion était vide. Parlez, ou la prochaine fois, il risque d'y avoir des victimes !

— Je ne comprends pas !

— Comment voulez-vous que je vous aide à combattre ce que j'ignore ? »

Ce raisonnement logique m'avait déjà été tenu par Sundeep. C'était évident, connaître l'adversaire nous donnerait un avantage. Mais que pouvais-je lui confier ? Moi aussi, j'ignorais tout !

« Je n'ai pas la réponse à votre question. Elle se trouve dans la tête d'Harry, capitulai-je. Je l'ai trouvé sur la plage, à une centaine de kilomètres de Kochi, et depuis, il ne nous arrive que des malheurs.

— Mais encore ? »

Je n'aimais pas la tournure que prenait cette conversation imposée. J'avais caché beaucoup d'informations à Quinn et il s'en doutait.

« Vous savez parfaitement ce qui nous est arrivé à Colombo…

— Je sais surtout que ça n'a aucun rapport avec le reste. Vos histoires de coucheries avec la femme d'un autre n'ont rien à voir avec ce qui vient de se passer !

— Je ne vous permets pas ! m'écriai-je. Et je ne vous ai rien… »

Il me coupa brusquement la parole. Sa voix était montée d'un ton. Il me redemanda pourquoi j'avais choisi de traverser l'Inde pour me rendre à l'ambassade britannique de Colombo, alors que je n'étais pas le bienvenu sur ce territoire.

« Vos choix ne répondent à aucune logique, monsieur Craven, déclara-t-il quand il comprit qu'il ne tirerait rien de moi. Vous mettez en péril la vie de Simon Fergusen, la vôtre et celle de mes agents.

— Je ne sais rien de plus », affirmai-je.

Il ne faudrait pas longtemps à Quinn pour comprendre que c'était Harry, la cible, et qu'il avait certainement fait de drôles de choses pour qu'on le pourchasse ainsi, sans relâche. Et il n'était pas question que je trahisse mon ami.

« Vous avez sans doute épluché ma vie, ajoutai-je avec hargne. Je suis fiché aux renseignements généraux, j'ai longtemps été surveillé grâce ou à cause d'amitiés politiques. Vous savez donc, si vous avez correctement fait votre boulot, que je n'ai jamais été un autre homme que celui que je parais. Alors épargnez-moi vos discours et penchez-vous plutôt sur vos propres dysfonctionnements internes. Que je sache, ce n'est pas moi qui ai placé une bombe dans un avion affrété par vos services ! »

Là, je fis mouche.

La lèvre supérieure de Quinn trembla au point que je me préparai à recevoir son poing dans la figure. Mais il se maîtrisa et fit signe à l'un de ses sbires.

« Vous trouverez à l'intérieur des photographies des membres de la famille Fergusen, me dit-il en me tendant la pochette en carton qu'on venait de lui apporter. Montrez-les-lui. Dites-lui aussi qu'on ne vous quittera pas d'une semelle tant que cette affaire ne sera pas éclaircie. »

Quinn ne m'adressa plus la parole du voyage.

De mon côté, je décidai de ne pas informer Harry de la protection rapprochée dont nous allions faire l'objet, préférant ne pas le stresser plus que nécessaire. Il s'en apercevrait bien tout seul.

Peu avant notre atterrissage, je le pris à part, sa tête entre mes mains, nos deux fronts collés l'un contre l'autre, et j'entrepris un fastidieux exercice d'apprentissage.

« On arrive bientôt, alors tu me laisses parler. Si tu veux absolument dire quelque chose, tu le fais en anglais ! Et si tu racontes des conneries, je dirai que t'es ému, ou que le soleil en Inde t'a fait du mal au crâne, mais que ça passera. D'accord ? »

Je répétai mon laïus plusieurs fois, avec des mots différents, convaincu que l'un d'eux finirait bien par s'enraciner dans l'agencement plutôt bordélique des neurones d'Harry.

« Tu restes avec moi, ajoutai-je. Et tu ne vas pas te balader à droite et à gauche sans me prévenir ! »

Je tentai ensuite de m'enquérir de ses états d'âme, de rappeler ses souvenirs enfouis. Un visage, une voix, une ride au coin de l'œil, tout était bon à prendre.

Mais le trou noir d'où Harry était issu ne me livra aucun indice cette fois, malgré les clichés fournis par Quinn. Une jolie famille d'Anglais joufflus à souhait, taches de rousseur sur le nez et regards volontaires et francs. En les observant, je me surpris à imaginer qu'Harry était le fils du facteur. Il n'avait rien de ces individus rondouillards à la peau claire. Pourtant, j'avais décelé une vague ressemblance, mais je n'arrivais pas à me décider. Étaient-ce ses lèvres pleines, sa carrure de costaud, son regard perçant d'un bleu délavé ? Ou autre chose dans sa façon de se tenir, cette fierté, cette hargne, cette volonté de vivre qui lui avait déjà sauvé la mise à plusieurs reprises ? J'avais l'intime conviction que la réponse à mes questions ne tarderait pas à arriver, mais qu'il me fallait encore être patient.

# Comment j'ai rendu Simon Fergusen à sa famille…

# 51

En franchissant la porte pour m'engager sur la passerelle, je fus assailli par une sensation de déjà-vu qui n'était pas due à la fatigue, mais à la remarquable capacité des gens à manquer d'imagination, et ce, sous toutes les latitudes.

La fanfare, la foule, les huiles sur le tapis rouge, le maire de Saint-Hélier et sa femme, les Fergusen, mère, sœur, et beau-frère, une ribambelle de lardons plus blonds que leurs parents, l'ex-fiancée d'Harry – une splendide jeune femme à l'époque, nous dira-t-on, mais aujourd'hui plantée comme un bœuf, flanquée de trois marmots turbulents et d'un mari visiblement furieux d'être réduit au rang d'époux encombrant de l'ex de la célébrité du jour – tous habillés, coiffés, maquillés et shootés pour la circonstance.

Le vertige et l'angoisse m'assaillirent avant même que je touche terre. Qu'est-ce que je fichais dans cette pantomime ? Un instant, je n'entendis plus rien, les musiciens jouaient en silence, les bimbos en minijupe passaient au ralenti, puis je reconnus un visage et Adrian Huxley, le directeur de cabinet du Premier ministre britannique, me raccrocha à la réalité.

J'étais là pour fuir une bande de cinglés qui voulaient nous épingler, Harry et moi, à leur tableau de chasse et qui ne reculaient devant rien, pas même placer une bombe dans un avion affrété par le gouvernement.

Je regardai tout autour, à l'affût d'un éclat de soleil sur le viseur d'un fusil, d'un regard louche, d'un type bizarre. Mais je ne voyais qu'agitation, sourires et photographes déchaînés.

La scène est gravée dans ma mémoire. Les flashes crépitant, l'impressionnant service d'ordre, l'instant de silence avant le discours du maire et Harry, mon Harry qui s'agenouille et embrasse le sol.

En quelques secondes, Harry le farfelu, le débile du Kerala, le type hirsute aux yeux transparents conquit le monde entier. Il ne fallait pas avoir l'imagination fertile pour deviner les larmes versées dans les chaumières, les cris de joie de l'Angleterre.

À peine relevé, Harry s'est vu soulevé dans les bras d'un grand type, barbu en diable et passablement roux, dont j'appris plus tard qu'il se nommait Stuart. Je perdis Harry de vue, paniquai un instant, nos gardes du corps aussi, puis j'admis mon impuissance. Les événements que j'avais provoqués pour nous éloigner de l'Inde et de ses tueurs me dépassaient. Il fallait que je veille à ce qu'ils ne me noient pas.

Les mots du maire se perdirent dans le brouhaha généralisé.

Harry fut emporté, embrassé, câliné par mère, sœur, beau-frère, amis, collègues et bien sûr ex-fiancée.

Il sembla s'en accommoder, se déchaîna à son tour et sauta dans les bras des uns et des autres. Puis il fut embarqué par la foule en direction de la salle de bal de la mairie de Saint-Hélier, où l'on donnait un banquet en l'honneur du naufragé.

Finalement, pour tous ces gens, peu importait qu'Harry – pardon, Simon – fut tombé au large de Terre-Neuve pour réapparaître en Inde, peu importait qu'il eût perdu quelques milliards de neurones et embrasse journalistes, cameramen et inconnus autant que sa famille. Seul comptait son retour, auquel personne ne croyait plus.

À l'approche du centre-ville, le cortège prit des allures de fête nationale. Des barrières contenaient la foule et la simple vue du revenant déclencha une liesse extraordinaire. Tout le monde voulait le toucher, et Harry, encore étonné de recevoir tant d'amour et d'affection, saoulé de toute cette liesse, faillit passer par-dessus les barrières.

Mais heureusement – c'eût été, sinon, je crois, sa mort, tout le monde en aurait pris un bout, le Jean-Baptiste Grenouille de Jersey, mon héros, triste fin ! – le service d'ordre intervint aussitôt et Harry fut redirigé, sain et sauf, vers la salle de banquet.

## 52

De mon côté, toujours accompagné d'un garde du corps mandaté par le 10, Downing Street, j'enchaînai les interviews dans une chambre d'hôtel surveillée comme Fort Knox, je témoignai pour la multitude, et le renflouement de notre bourse. Aussi avais-je provisoirement abandonné Harry à sa famille.

Sur son visage, toute inquiétude de me voir partir semblait s'être évaporée. Harry/Simon était aux anges, dans son élément, des gens qui l'aimaient autour de lui, des victuailles à profusion pour le tranquilliser et des dizaines de « bobs » à dévorer des yeux. Et à tâter quand on le laissait faire.

Puisque j'avais tout perdu dans ce qu'il convenait d'appeler le sauvetage de Simon Fergusen, on me dota d'une valise flambant neuve remplie d'effets à ma taille. Et de belle facture.

Je quittai donc les habits que je portais sur ces images qui étaient en train d'accomplir plusieurs fois le tour de la planète – des vêtements de lin fabriqués au Sri Lanka, parfaits pour mon rôle de bon samaritain – et revêtis un costume chic et décontracté. Avec une infime partie de l'argent glissé à mon intention dans une enveloppe cachetée, j'achetai une paire de Clarks et deux téléphones portables, un pour moi, l'autre pour Harry.

Je retournai à la salle de banquet, quatre heures après l'avoir quittée, toujours accompagné d'un colosse armé.

Mon ami évoluait avec aisance au sein de sa famille et semblait passer un moment agréable. Star… Voilà un rôle qu'il n'avait pas dû interpréter souvent. Debout sur une table, il racontait le jour de notre rencontre, dans cet anglais oxfordien qu'il parlait parfois.

Tout y passa, le piège, mon visage plein de terre, ma peur de servir de suppositoire à un éléphant, mes suppliques, qu'il réussit à imiter avec un accent parfait, et bien sûr l'apothéose, son interprétation personnelle du Manneken Pis.

Les rires roulèrent plusieurs minutes sous les plafonds enguirlandés de cotillons ridicules et de banderoles de bienvenue. Quelques convives avinés se relayaient pour singer Harry dans son final, relançant l'hilarité générale. Et mon arrivée fut saluée par d'honorables applaudissements. Je fus obligé d'ajouter ma touche personnelle, choisissant pour l'occasion la traversée de cet estuaire avec vélo sur flotteurs recyclés, laissant à Harry – que je ne parvenais décidément pas à appeler Simon – le meilleur rôle. Ma contribution à la bonne ambiance fut saluée par l'assemblée, quelques flashes claquèrent sur les murs décorés des armoiries de la ville, puis Harry et moi pûmes avoir quelques instants à nous.

« Je suis crevé, mon vieux, je vais aller à l'hôtel, lui dis-je avec un soupir appuyé.

— J'en suis, se félicita aussitôt Harry. Je dis au revoir aux gens là et pis on y va. Y a plus rien à bouffer, mais c'était marrant !

— Harry…

— Tu vas voir, ils vont remettre ça toute la semaine, y z'ont dit !

— Quoi donc ? demandai-je, lassé.

— Bah, les trompettes ! T'étais là, copain Jan. C'est chouette les trompettes, et pis, t'as vu les filles ? »

Harry passa le bout de sa langue sur ses lèvres.

« Comment ça s'est passé avec ta famille ?

— Y puent tous !

— Harry, ta mère t'a pleuré pendant dix ans, tu ne peux pas parler d'elle comme ça. Une mère, c'est celle qui t'aime jusqu'au bout, quoi que tu fasses. Tu dois la respecter, Harry.

— Simon ! » grogna-t-il.

Je le regardai, surpris. Puis mon visage se détendit. Il devait être sur la bonne voie. Je n'insistai pas, il ne fallait pas briser le charme, si tant est qu'il s'en était créé un.

Mais Harry me coupa l'herbe sous le pied dans la minute.

« Quand c'est qu'on rentre à la maison, copain Jan ?

— C'est ici ta maison, maintenant. »

Je vis sa lèvre inférieure trembler, puis s'incurver pour fabriquer sa tête des mauvais jours. Je n'en rajoutai pas.

« Tiens, dis-je pour changer de sujet, je t'ai acheté ça pour que tu puisses me joindre quand tu en auras envie. »

Je sortis le téléphone de ma poche et le lui tendis. Harry le considéra un instant, puis un sourire béat naquit sur ses traits. Simon s'en était allé.

« J'ai programmé mon numéro, tu n'as qu'à appuyer sur cette touche. Pour le reste, c'est simple…

— Narcisse voudra le voler, ça, c'est sûr ! » me coupa Harry en fourrant l'appareil dans sa poche.

Je l'avais oublié celui-là ! Harry m'avait déjà parlé de Narcisse. Il faut dire qu'il m'avait raconté tant de choses que je ne pouvais me blâmer de ne pas avoir tout noté ou tout retenu. Je passai mentalement en revue les gens auxquels j'avais été présenté, la mère, la sœur, le beau-frère, amis, anciens collègues marins, bref, pratiquement toute l'assemblée. Pas de Narcisse.

« Qui ?

— Narcisse.

— Qui est-ce ?

— Sais pas.

— C'est un homme, une femme, un enfant ? Un chien ?

— Sais pas.

— Pourquoi as-tu peur de Narcisse ?

— L'est méchant avec Harry.

— Où est-il ? Qui est-il ? »

Devant l'incapacité d'Harry à répondre à mes questions et la frayeur qui grandissait dans ses yeux, je décidai de l'épargner et éludai.

« Tu sais t'en servir ? demandai-je en agitant mon portable sous son nez.

— Sûr ! m'affirma-t-il. Dawn m'en a montré un tout à l'heure !

— Qui ?

— Dawn, ma fiancée. »

Dawn, Dawn, Dawn, oui, elle faisait partie du nouveau paysage d'Harry. Dawn, la jolie brebis devenue vache à lait.

« Ex, rectifiai-je, ex-fiancée, Harry. Ne va pas t'attirer des ennuis !

— Bobs un jour, bobs toujours !

— Viens là », lui dis-je en ouvrant les bras.

Après tout, n'étais-je pas seul, loin de mon père, alors qu'Harry se noyait dans le trop-plein d'une famille dont il ne voulait pas ?

Pour une fois, ce fut au tour d'Harry de me regarder bizarrement. Je restai un instant les bras écartés, un peu imbécile, puis il vint m'enlacer.

« Tu pars pas, mon Jan, hein ? me supplia-t-il tout en portant sur mon épaule de petites tapes du plat de la main. Ou alors, c'est moi qui reste pas. J'ai une idée, on va s'acheter notre maison sur la plage, tu viens ? »

Je lui fis un grand sourire, l'assurai que je ne quitterais pas l'île sans lui – nous allions partir ensemble, rien ne pourrait forcer Harry à rester ici, oui mais pour aller où ? – et lui tournai le dos pour sortir de la mairie.

Tiens bon, me persuadai-je en traversant la place, souviens-toi de la gonzesse transformée en sel !

Mais je craquai au moment de disparaître dans une avenue adjacente. Ma bouille de pou d'Harry était là, derrière la porte principale où je l'avais laissé, flanqué d'un garde du corps à la mine sinistre. Il n'avait pas bougé.

# … Et failli
# abandonner Harry

# 53

Le *Royal Yacht* ressemblait à s'y méprendre à ces innombrables blocs de béton quatre étoiles que j'avais fréquentés au cours de ma carrière de reporter, aussi me sentis-je à la maison sitôt le sas d'entrée franchi.

*Junior suite* avec vue sur le port de plaisance – soigneusement fouillée par mon colosse personnel, un type dont j'ai oublié le nom – et plus loin les ferries en partance pour le continent ou d'autres ports du Royaume-Uni.

Ambiance feutrée, matière imitant le velours sur les murs, couleurs sobres, marron brillant, corbeille de fruits de saison, bar à gogo – c'était indiqué sur la carte d'accueil – et lit *king size*, couette en plume et téléviseur plasma géant ! Dans un seau en métal argenté m'attendait une bouteille de champagne, ses bulles au frais et deux coupes en cristal – mais où était ma douce et tendre Peyton que je n'arrivais à oublier que quelques minutes d'affilée, malgré mes tentatives ?

Je fis aussitôt sauter le bouchon de ce Cordon Rouge millésimé et célébrai, seul, le premier jour de notre nouvelle vie. Mon garde du corps s'était installé dans le couloir, un Glock 9 mm à la ceinture et une revue d'auto-moto sur les genoux.

Bientôt, Harry et moi serions suffisamment riches pour disparaître à nouveau de la surface du monde. En attendant, toute cette agitation ainsi que les sbires du Premier ministre anglais semblaient efficaces pour nous protéger. Je n'avais pas vu la silhouette d'un tueur aux alentours.

Mais je dois avouer que j'occultais sciemment l'ombre qui grandissait dans mon esprit dès que je baissais la garde. Un jour pareil, l'insouciance était de mise.

Mon téléphone sonna à l'instant où je prenais cette belle résolution. Je décrochai sans regarder l'écran.

« Je t'écoute, Harry.

— C'est Simon, me dit une petite voix.

— C'est vrai, c'est Simon, pardonne-moi, mon vieux, je vais mettre quelque temps à m'y habituer. Et puis, qu'est-ce que tu veux, je trouve qu'Harry, ça te va mieux. »

J'étais d'humeur joviale, prêt à entendre les jérémiades de mon drôle d'ami.

« Harry s'embête et pis ils puent tous ! T'es où ?

— Peu importe. Ce soir, ta place est dans ta maison, avec ta famille. Ils ont l'air gentil, surtout ta mère. »

J'étais sincère. Cette femme avec qui je n'avais discuté que quelques minutes m'avait paru charmante et douce, patiente, elle n'avait jamais perdu espoir – c'est en tout cas ce qu'elle affirmait –, suffisamment endurante pour supporter un farfelu comme Harry.

« Elle sent pas bon de la bouche !

— Tu tournes en boucle ! » grognai-je avec un demi-sourire.

Les âneries d'Harry m'amusaient toujours. J'étais incapable de les anticiper, c'est, je crois, ce qui les rendait irrésistibles.

« T'as qu'à lui nifler le nez si tu me crois pas ! protesta-t-il. Et les autres, tu les as pas dans le pif, les autres. Y puent le sky à cent mille ans autour ! Du bon fish de la mer qui pue sur leur peau de merde, c'est ça qu'y sentent.

— Assez, Harry, dis-je d'un ton plus autoritaire. Appelle-moi quand tu auras quelque chose d'intéressant à dire. »

Et je raccrochai. J'eus tout juste le temps de vider mon verre et de le remplir.

« Quoi ? »

Là, je l'avoue, j'étais moins agréable. Ce téléphone, c'était peut-être une mauvaise idée.

« J'ai quelque chose à dire… »

J'attendis qu'il poursuive, en vain.

« Écoute, Harry. Continue de faire la fête avec tes amis et ta famille. Moi, je suis fatigué. On se voit demain matin, je passerai chez ta mère, OK ?

— Juré, copain Jan ?

— Craché même !

— Et si Narcisse ?…

— Qui c'est, Narcisse ?

— Je sais pas.

— Si Narcisse t'embête, tu m'appelles, d'accord ?

— Bon… »

Harry ne savait plus quoi ajouter pour me garder en ligne.

« Bonne nuit, Harry », dis-je à sa place.

Je me débarrassai ainsi de lui, non sans ressentir un embryon de culpabilité que j'étouffai dans l'œuf.

Je branchai alors la télévision et zappai sur toutes les chaînes d'information. BBC News, CNN Europe, N24, Euronews, Rai News, Russia Today, nous étions partout, même sur LCI, et sur la chaîne pour laquelle j'avais travaillé.

Un œil sur la bouteille de champagne à peine entamée, un regard aux images de la télévision, rien ne me tentait vraiment.

Je mis près d'une heure à m'apercevoir que je n'avais pas le cœur à laisser Harry entre les mains de ces étrangers sans le soutenir.

Je décidai alors qu'après une douche rapide, j'allais rendre une petite visite aux Fergusen.

## 54

Je me levai et filai vers la salle de bains. L'eau coula, limpide, merveilleuse source de plaisirs. Les souvenirs affluèrent alors qu'une sirène de pompiers retentissait dehors, étouffée par le double vitrage des fenêtres.

Harry, l'Inde, Sundeep et puis l'ambassadeur, l'île de Jersey, la couverture médiatique. Plus loin, mon père, en vie, bientôt quatre-vingts piges et gaillard comme pas deux – il faudrait que je prenne le temps de lui expliquer ce que je faisais sur toutes les chaînes d'info de la planète et, pourquoi pas, que j'aille casser une graine avec lui. Je me promis aussi de reprendre contact avec Laurie, mon amie d'enfance, juste pour le plaisir de passer du temps avec elle et pas seulement pour me plaindre ou être consolé. Et Peyton, comment la reconquérir, comment la retrouver ?

Un jean, un chandail et un coup d'œil vers l'écran de mon portable. Douze messages. Harry s'était déchaîné.

« Copain Jan, c'est moi, c'est Harry, enfin Simon, non Harry, fait chier, ça ! Demain je vais faire du bateau avec les potes et on va pêcher et bouffer du sky à s'en fissurer les sphincters. Alors t'as qu'à pas bouder dans ton coin et sinon j'appelle la police et tu vas rappliquer dare-dare… »

Six minutes plus tard.

« T'es où ?… »

Une demi-heure.

« … »

« Vraiment pas la peine d'avoir un téléphone, putain ! T'es con ou quoi ? Allez, viens, on va rigoler. Y a pas de trou ici, je te pisserai pas dessus. Harry qu'a dit, Harry qui fait ! »

Cinq minutes après, peut-être avec un verre de bière dans le nez.

« Encore Harry, j'ai touché les bobs de Dawn… y sont tout mous… paraît qu'en France, ça se tient mieux, c'est Stuart qu'a dit ça. Alors demain, on va pêcher des radasses en face. Tu peux venir, copain Jan. T'aimes ça, les radasses ? Moi, je préfère les bobs ! Bon, tu réponds pas… »

S'ensuivit une ribambelle d'appels raccrochés, puis

je compris qu'Harry avait quitté la fête vers vingt heures.

« Ça sent pas bon, y a du papier sur les murs et pis j'voulais une brosse à dents bleue. Elle veut que je dorme avec un pyjama, j'aime pas ça, j'l'aime pas elle et pis sa fille non plus. Z'ont un ridicule petit chien, qu'a pus de dents et qui s'appelle Ary, les cons ! Tu t'rends compte ? Ary ! Y pue aussi et j'veux pas des œufs au petit déj' et pas du bacon non plus. Moi j'veux mon copain Jan et pis c'est tout ! »

Deux minutes.

« C'est au cas où, hein ! Je suis assis sur la fenêtre, c'est beau. Et pis y a pas de papier sur le toit, c'est moche ce papier et pis ça sent la poussière et les chiottes. J'ai piqué du pain à la fête au cas où t'aies faim. Alors viens, si t'as faim, hein ! T'as faim ou j'le mange le pain ? Du bon pain du boulanger d'en face, ça va pas te ravager la gueule, non mais ! Copain Jan ?… »

Et puis un dernier, tout récent, quelques minutes à peine, mais le ton avait changé, la voix d'Harry s'était transformée. Il y traînait une anxiété.

« Y a des types en bas, copain Jan. Des types bizarres. Viens vite mon copain ! »

Les mains tremblantes, je rappelai aussitôt. Harry décrocha au bout de trois sonneries et m'expliqua qu'il avait dû chercher la bonne touche, vu qu'il n'avait jamais reçu d'appel et qu'il faisait très noir.

« Où es-tu, Harry ?

— Dans ma chambre, chuchota-t-il, j'ai coupé la lumière pour pas qu'ils me voient.

— Tu peux sortir par la fenêtre ?

— Euh…

— Il y a bien une fenêtre, Harry, t'étais assis dessus !

— Oui, sur le plafond y a une fenêtre.

— Sors par là, monte sur le toit et cache-toi. Je serai là dans dix minutes. »

## 55

Le premier étage de la maison d'Annie Fergusen était plongé dans l'obscurité. Au rez-de-chaussée, une pendule sonna trois coups. Un chien aboya à quelques jardins de là, un autre lui répondit, beaucoup plus loin.

Mon garde du corps avait rejoint celui d'Harry – qui avait déjà fait le tour du pâté de maisons après mon coup de fil – et avait pris place dans la Ford, garée devant la porte après avoir encore vérifié que personne ne rôdait dans la rue. Les deux hommes m'avaient rassuré en affirmant qu'Harry s'était affolé pour rien. Il avait confondu nos gardes du corps avec des tueurs.

Le quartier était calme.

De mon côté, j'avais gentiment été conduit par Annie Fergusen devant la porte de la chambre d'Harry, qui avait émis le désir d'être seul depuis un petit moment déjà.

Je poussai lentement le vantail.

Installé sur le rebord de la lucarne de sa chambre d'enfant, Harry regardait l'écran de son téléphone, désespérément muet. Et pour cause. J'étais le seul à posséder son numéro et je ne l'avais appelé qu'une fois.

Harry semblait inquiet. D'habitude, ce type de sentiment fâcheux le quittait rapidement, le temps d'oublier ce qui l'avait provoqué. Mais là, pour la première fois depuis notre rencontre, je l'avais abandonné dans une maison inconnue, avec des étrangers qui l'appelaient Simon.

Je décidai d'interrompre son calvaire en m'avançant dans sa chambre.

« Tu devais te planquer sur le toit !

— Copain Jan ! T'es venu !

— Je t'avais dit que je viendrais. Mais il n'y a rien en bas, Harry. Rien du tout.

— Je sais, j'en pouvais pus moi, d'être avec eux. Je voulais que tu viennes. »

Quand avec cette mère et cette sœur qui régentaient tout, ils avaient quitté la fête pour « boire un verre à la maison », on l'avait abreuvé de souvenirs et d'images, des centaines de clichés sur lesquels il figurait, en compagnie de ces femmes justement, ou d'autres personnes, souvent sur des bateaux, des photos de lui bébé ou en uniforme de l'armée. C'est vrai, Harry avait aimé se voir ainsi, militaire, c'était quelque chose, tout de même !

Et puis sa mère, cette femme qui n'arrêtait pas de le tripoter – mon bébé par ci, *good boy ! good boy !*, mon grand gars par là –, lui avait montré sa chambre, la salle de bains, sa brosse à dents, toute neuve, rouge comme d'habitude, les toilettes avec ce dévideur de papier et cette brosse en forme de tête de diable tirant la langue – Annie avait guetté l'instant où Simon allait retrouver cet objet bizarre qu'elle lui avait offert quand il était petit (drôle de cadeau pour un gosse, un balai à chiottes !) – et puis un dernier câlin et au lit.

La maisonnée s'était vite endormie, mais pas lui.

Harry, qui n'acceptait pas ce prénom ridicule de Simon, avait écouté les allées et venues des femmes, puis tendu l'oreille, épié les derniers sons et enfin laissé s'installer l'ennui. S'il avait pu, il aurait ramassé ses pensées, pour faire le point, analyser cette journée incroyable, mais Harry ne savait pas faire. C'était trop d'efforts.

Aussi avait-il examiné certains clichés, notamment ceux de ce bébé souriant avec un homme à ses côtés, son père – une sale gueule, s'était dit Harry, et des mains grandes comme des raquettes de tennis. Pas d'écho, aucun signal électrique particulier ne s'était produit dans son cerveau.

Alors il avait lâché les photos pour aller guetter la lune depuis le rebord de la lucarne, un étage au-dessus de la rue. L'air frais lui faisait du bien. Il traînait dans la nuit une fragrance d'iode qui le rendait nostalgique de sa vie d'avant, cette époque où tout était simple. Je chasse, je mange. Je dors, je jeûne. Ainsi cela pouvait-il se résumer. Et ce n'était pas tant que tout était simple, mais Harry ne parvenait pas à mettre le doigt sur ce qu'il avait en tête. En Inde, dans sa cabane, rien n'était compliqué, et cela marquait une différence gigantesque avec sa nouvelle vie.

Quand je lui avais parlé de Jersey pour la première fois, Harry n'avait entendu que le mot île, et il avait fini par admettre que ça pouvait être chouette. Une île, c'est entouré d'eau, et Harry aimait l'eau pardessus tout. Seulement, il n'avait pas prévu qu'il y aurait autant de gens, de maisons, d'immeubles, de bateaux. Dans son tableau idyllique de ce que pouvait être une île, Harry avait oublié la civilisation.

La lune passa derrière de longs nuages.

C'est à ce moment qu'il devina la forme d'un rayon lumineux qui rasait l'horizon.

« Viens voir, mon Jan ! »

Harry escalada le toit. Bien moins agile, je plaçai la chaise de son petit bureau sous la lucarne pour le rejoindre sans regarder en bas.

La douce pente d'ardoises était rassurante. Il me tendit la main pour m'aider à basculer par-dessus l'arête centrale et nous découvrîmes le phare à quelques centaines de mètres seulement.

Le spectacle était superbe et Harry semblait hypnotisé par le mouvement de la lumière qui allait et venait avec une régularité presque assommante.

Nous restâmes longtemps côte à côte, silencieux. Je ne lui en voulais pas de m'avoir menti à propos des hommes en bas. J'étais heureux de partager ce moment avec lui. Jamais avant je n'aurais pris du plaisir à regarder tourner la lumière d'un phare. Grâce à Harry, je réapprenais le goût des choses simples.

## 56

Nous étions là à nous gargariser d'un instant idéal, quand un bruit en contrebas attira mon attention. Je m'approchai de la gouttière et distinguai trois silhouettes qui s'approchaient de la maison des Fergusen en rasant les murs. Quand elles arrivèrent au niveau de la voiture de nos gardes du corps, il y eut plusieurs éclairs, un bruit de vitre brisée, et ce fut tout.

Nos espions protecteurs venaient d'achever leur contrat avec le MI6. Dans la foulée, deux des agresseurs porteurs d'un sac à dos se postèrent au pied de la porte d'entrée des Fergusen et…

Je n'observai pas plus longtemps leur manège – ce qui allait suivre était limpide, nous étions faits comme des rats – et rampai rapidement jusqu'à Harry.

« Qu'est-ce t'as vu ? me demanda-t-il, le nez pointé vers le phare. T'as la bougeotte, y a pas à dire !

— Chut ! murmurai-je. Il y a plusieurs hommes en bas et ils vont entrer. Des méchants ! »

Harry me regarda d'un air goguenard.

« Tu me fais le coup, hein ? »

Mais comme je ne me relevais pas, il cessa de plaisanter.

« Alors on se casse ! »

Commentaire logique, mais dont je ne visualisais pas l'application immédiate. Sauf qu'Harry avait déjà décampé vers le toit des voisins, un peu plus bas, sur lequel il s'apprêtait à sauter.

Je le suivis sans réfléchir et nous nous retrouvâmes

ainsi trois maisons plus loin, cachés derrière le conduit d'une cheminée de belle taille.

Quelques secondes s'écoulèrent, puis le nez d'Harry capta quelque chose d'inhabituel. Il inspira plus profondément et tenta d'analyser cette odeur. Désagréable, certes, mais inconnue, jugée inoffensive pour commencer, puis entêtante et enfin détestable. Harry n'eut pas le temps de réagir.

Une formidable explosion secoua le toit.

Nous vîmes des flammes fuser par la lucarne de la chambre d'Harry et nous ne pûmes que nous recroqueviller derrière notre protection de briques.

« Y a l'feu, mon copain, murmura-t-il. La baraque pète comme un poisson pourri et ça va nous roussir les roustons ! »

La maison où nous nous étions réfugiés disposait d'une véranda dont la pente supérieure se situait à trois mètres du toit. Harry s'y dirigea, s'aidant de la fixation d'un râteau d'antenne, et se laissa glisser jusqu'à la gouttière des voisins. Puis il dégringola le mètre qui le séparait de la véranda, où je le retrouvai après moins d'une minute d'hésitation.

Un chien aboya à l'intérieur, de l'autre côté des grandes baies vitrées, ce qui effraya Harry, qui détala à toutes jambes aussitôt qu'il eut posé les pieds sur le sol.

« Non, dis-je en essayant de ne pas crier. Pas par là ! »

Il n'écoutait déjà plus.

Je m'élançai à sa suite, mais la nuit, notre différence d'âge et ma piètre condition physique me firent perdre sa trace avant le bout de la rue. Je le vis tourner pour prendre la direction du phare et m'arrêtai, hors d'haleine, défait à l'idée de le perdre.

J'eus à peine le temps de reprendre mon souffle.

Cinq silhouettes s'élançaient dans ma direction. J'hésitai un quart de seconde sur leurs intentions et, le temps de réaliser que les éclats de pierre qui jaillissaient du mur tout proche étaient le résultat de tirs manqués, je repris mes jambes à mon cou et tournai dans la direction opposée à celle que venait de prendre Harry.

S'ils parvenaient à me rattraper, ils ne l'auraient pas.

Alors je courus, à en vomir, plus vite encore qu'au Sri Lanka, pendant qu'au loin montaient les hurlements des premières sirènes.

Je courus en aveugle, et finis par sortir de Saint-Hélier après avoir bifurqué cent fois.

Je ne m'écroulai qu'au cœur de la nuit noire, au milieu d'un champ de maïs, épuisé et suant toute l'eau de mon corps éreinté. Des larmes jaillissaient de mes yeux. J'étais découragé.

Que pouvions-nous faire de mieux ? Où pouvions-nous aller sans que des maisons explosent, des hommes meurent du simple fait de notre présence ? Je n'avais plus aucune solution, car ni la protection d'un service de sécurité réputé ni la couverture médiatique en laquelle j'avais cru ne semblaient pouvoir contenir le mal qui déferlait sur nous, quoi que nous fassions.

Retrouver Harry ? Contacter Quinn ? Plus rien ne me semblait réalisable. Quand mon cœur finit par se calmer, le tourbillon de velléités qui occupait mon esprit se tarit, et je restai stupide, allongé entre deux sillons de terre grasse.

## 57

Au-dessus de moi, loin là-haut, à des milliards d'années-lumière, les constellations que j'avais toujours connues brûlaient leur hydrogène. Quelque chose dans cet univers restait inchangé, et cela m'apporta un peu de réconfort. Car pour le reste, tout ce qui avait fait ma vie, mon idée du monde, des hommes et de leur destinée, plus rien ne me paraissait fiable. Et de fait, plus rien ne l'était.

J'avais rencontré Harry et tout avait basculé sans que j'y comprenne grand-chose. Car si j'opérais un compte précis de la situation, voici à quoi je parvenais :

1. Nous avions survécu à une attaque en règle dans le Kerala, essentiellement grâce aux talents de Sundeep. Bilan : quatre morts.

2. Il nous avait été impossible d'embarquer pour l'Europe à partir d'un quelconque aéroport. Course-poursuite sur les routes indiennes. Bilan : impossible à estimer.

3. Sundeep, manipulée par Gorovitch, avait tenté de nous dépouiller quelques jours plus tard et fini écrasée sur les rochers. Bilan : un mort.

4. Le général sri lankais auquel j'avais emprunté la femme pour un court moment de plaisir partagé me

retrouvait alors que je pénétrais dans Colombo et nous lâchait à poil en pleine ville après nous avoir roués de coups. Bilan : une peur bleue et notre anatomie en pleine page dans la presse locale.

5. Notre exfiltration du Sri Lanka, orchestrée par les services secrets britanniques, manquait nous rôtir sur le tarmac. Bilan : six à huit morts évités.

6. À peine arrivé sur l'île, Harry était de nouveau la cible d'une tentative d'homicide. Bilan : cinq morts, sa mère, sa sœur et son beau-frère et deux agents… et le voilà de nouveau sans famille.

Harry ne pouvait plus compter que sur moi, rien n'avait donc changé de ce côté, et je gageai que rien ne changerait avant longtemps. Sauf que pour l'instant, j'avais perdu Harry.

Je quittai la position horizontale et la contemplation de la Voie lactée pour me redresser. Prudemment, je levai la tête au-dessus de la surface des maïs. La nuit était calme. Sur la route, à une centaine de mètres, rien ne bougeait. J'étais seul. Une fois, deux fois, trois fois de suite, je composai le numéro de téléphone d'Harry, sans résultat. Et cela ne me disait rien qui vaille. Qu'il ait pensé à couper son mobile pour ne pas se faire repérer me semblait un peu trop compliqué pour sa capacité à raisonner.

Je chassai cette idée de mon esprit. Après tout, il avait pu tomber, abîmer son téléphone, et réussir à se cacher quelque part. Harry n'était-il pas passé maître dans cet art ? Pour ma part, il me restait le raisonnement, justement, or je devais utiliser les maigres armes en ma possession. Et pour commencer, je devais me poser les bonnes questions :

Qui pouvait ainsi soulever des armées sorties de nulle part ? La mafia, un service secret d'État, la sécurité d'une multinationale ?

Qu'avait donc fait Harry, alias Simon Fergusen, pour que quelqu'un dépense, après tant d'années, autant d'énergie et d'argent pour le détruire ? Qui était réellement ce marin pêcheur ?

Par ses anciens proches, je n'avais pu glaner que des informations qui dressaient toutes le portrait d'un jeune capitaine sans histoire, vivant du fruit de son travail, qui remboursait régulièrement son emprunt auprès de la banque, avait prévu de se marier dans l'année où il s'était abîmé. Rien ne justifiait cette vendetta extraordinairement tenace, pas même quelques emprunts d'argent plus ou moins illicites.

J'en déduisis que s'il ne s'était pas créé d'inimitiés au cours de sa vie de pêcheur, ce devait être après… Les mouvements de bateaux dans la zone où celui d'Harry avait sombré avaient été surveillés, aucun des bâtiments localisés dans le coin n'avait eu à sauver un naufragé. Combien de temps un marin entraîné pouvait-il tenir dans une eau froide ? J'avais toujours entendu dire que la survie n'excédait pas quelques heures. À moins qu'il n'ait eu le temps de monter sur le radeau de survie. À partir de là, les possibilités étaient plus nombreuses, mais les recherches, élargies à quelques jours, étaient restées vaines. Tout cela ne m'avançait guère. Comment dénicher un hypothétique « bateau sauveur » que les autorités elle-mêmes n'avaient pu retrouver ?

Conclusion 1 : à la lumière de tout ce qui nous était arrivé en si peu de temps, et puisque la présence du directeur de cabinet du Premier ministre britannique, et donc de tout un staff d'agents, n'avait pas dissuadé les criminels, on pouvait dire que ceux-ci étaient déterminés, puissants. Et enragés !

Conclusion 2 : si je n'avais pas trompé Peyton, je serais encore avec elle, je n'aurais sans doute pas rencontré Harry, ou alors cela se serait passé avec elle, nous n'aurions pas été dépossédés de notre trésor à Colombo et n'aurions pas de soucis pour nous mettre au vert, l'argent achète tout, même le silence d'un tas de gens, c'est bien connu.

Conclusion des conclusions : puisque, au titre de témoin unique, j'étais moi aussi en danger, et que nous avions pu apprendre à nos dépens qu'il ne fallait avoir confiance en personne, je ne pouvais donc pas rentrer à l'hôtel.

Harry et moi étions seuls au monde.

Je devais le retrouver et ensuite, par un moyen que je ne possédais pas encore, quitter ce fichu rocher pour rallier la France, où je comptais tout de même encore quelques amitiés sûres.

L'île entière était déjà probablement sous le choc de cet incendie désastreux qui emportait une famille à peine réunie. D'abord l'océan, ensuite le feu, les langues devaient s'emballer et les superstitieux se signer pour conjurer le mauvais sort qui frappait à nouveau le port de Saint-Hélier. Il y avait alors peut-être un espoir : si je m'adressais à de simples habitants… Mais qui ? Qui était fiable, qui ne l'était pas ? Non, il valait mieux nous en tirer seuls, même si j'ignorais par quel moyen.

Ma réflexion ne fut pas très longue. Harry avait été fasciné par ce phare, c'était donc par là que je devais le chercher. Je me mis en route à travers champ, en silence, en écartant devant moi les plants de maïs sans faire de bruit.

## 58

J'aurais pu atteindre le phare en moins de dix minutes, mais j'en gagnai le périmètre plus d'une demi-heure après avoir quitté le havre du champ. Chaque ombre se présentait comme un possible danger, chaque mur, chaque bosquet. Si bien que je n'avançais que par bonds, séparés les uns des autres par de longues phases d'attente.

Le rayon puissant continuait de tournoyer dans la nuit océane, mais j'eus beau faire le tour du bâtiment, appeler au risque de me faire repérer, je ne trouvai aucune trace d'Harry. Et j'en ressentis un désarroi extraordinaire. Le même que lorsqu'un an plus tôt, j'avais perdu la seule chose qui me donnait la force de me lever chaque matin depuis le départ de Peyton : mon travail.

Harry évaporé dans la nature, je n'avais plus le courage de fuir et me laissai tomber au pied du phare, mon portable dans les mains, les yeux fixés sur l'écran noir. Je me sentais seul et misérable.

Peyton, c'était fichu, maintenant j'en étais sûr, et Harry s'était volatilisé. J'avais une folle envie de balancer mon téléphone au loin, de tout envoyer balader, de partir avec la prochaine marée.

Mais le destin, la malchance ou la chance en décidèrent autrement. L'écran de mon portable s'alluma et les cinq lettres du prénom d'Harry s'affichèrent en clignotant.

Je décrochai, fébrile, certain d'entendre la voix de ses ravisseurs prêts à me demander des millions pour sauver sa tête.

« Mon Jan, parle pas fort j'ai coupé la sonnerie. Harry est malin, ça pue un peu ici, mais je suis au petit poil. Tu viens ? »

Je n'en revenais pas. J'avais envie de rire et de pleurer à la fois. Où avait pu se cacher ce diable ?

« Ramène ta galette, mon poteau ! Y a d'la place pour deux là. J'te dis, ça chlingue mais c'est impec'.

— Mais t'es où, bordel !

— Sur un bateau, avec copain Stuart. Et t'arrêtes de me fâcher parce qu'Harry a trouvé un moyen. Alors, qu'est-ce qui dit mon Jan ? Hein ? Il a pas un cul bordé de nouilles ? Harry l'est pas l'Harry le plus malin du monde ? Sauf que ça pue, mais bon, ça va quand même. Et pis les nouilles, c'est mieux que des oursins, c'est pas bon d'avoir le cul bordé d'oursins, hein ?

— Tu as un nouveau copain…

— Allez, me coupa-t-il, fais pas le jaloux. C'est un copain d'avant, tu vois ? »

Je voyais. Mais le port était à quelques centaines de mètres, à l'autre bout de la ville, et la traversée risquait d'être fatale.

« T'inquiète ! Pépère a tout prévu, m'enseigna-t-il, très fier de lui. T'es où ?

— Au phare, je pensais t'y retrouver.

— C'que tu peux être bête, toi. Qu'est-ce que tu veux que je fabrique dans un phare ? »

Je l'entendis discuter avec son nouvel ami, puis il me reprit en ligne.

« Bouge pas, mon Jan. On va t'envoyer quelqu'un. »

C'est ainsi qu'un quart d'heure plus tard, je vis arriver une camionnette de pêcheur, chargée de filets et de casiers, qui stoppa tous feux allumés à une trentaine de mètres du phare. La portière passager s'ouvrit en grinçant et je me faufilai dans la cabine pour découvrir une dame d'un certain âge – je ne le sus que lorsqu'elle parla car son ciré et son chapeau m'avaient abusé – qui se présenta sous le nom de Momie et dont j'appris plus tard qu'elle était la mère de Stuart, le nouvel ami d'Harry.

Elle passa tout de suite la première, avant même que je me sois installé sous la banquette, comme elle me le demanda, et nous ralliâmes ainsi le port, précisément l'anneau d'ancrage du *Momie 3*, le chalutier de Stuart. Là encore, il n'y eut pas de tergiversations inutiles. Tout avait été prévu.

Le *Momie 3* largua les amarres dès que j'eus posé les pieds sur le pont et se dirigea vers la sortie du port tandis que je fixais la vieille dame qui nous regardait partir en agitant la main.

« Mais t'es pas un peu con de rester là ! entendis-je au bout de quelques secondes, tu vas nous faire prendre avec tes âneries. Viens là ! »

Harry, la voix de la raison ! Tout pouvait changer,

mais à ce point… Pourtant, je le rejoignis dans la soute, où des dizaines de cageots en polystyrène, à force d'être réutilisés, dispensaient une abominable odeur de poisson avarié. Je comprenais enfin ce qu'avait voulu dire Harry au téléphone.

« On va en France, m'annonça-t-il, très fier de tenir pour une fois les rênes des événements. Mais pas tout de suite, tu comprends, Stuart a deux jours de pêche et ensuite, il nous déposera à Saint-Malo. »

Je manquai m'étouffer, mais Stuart me confirma qu'il ne pouvait sous aucun prétexte manquer une sortie à cette saison. Et Harry surenchérit en disant qu'ainsi, personne ne pourrait penser que nous étions partis avec lui. Contre toute attente, il me convainquit.

Mais alors, quelle traversée nous fîmes ! Des vents à soixante-dix, quatre-vingts kilomètres-heure soulevèrent des vagues déraisonnables pendant deux jours et une nuit. Je ne quittai guère la cabine avant où j'avais fini par échouer et passai le temps à me vider l'estomac des maigres victuailles que j'arrivais à y loger. Tout de même, je parvins à joindre Laurie à partir du téléphone satellite de Stuart. Elle habitait du côté de Lisieux et possédait une maison où nous pourrions nous réfugier quelques jours. Une personne sûre, la seule peut-être qu'il me restait, en dehors de mon père.

Quant à Harry, il avait enfilé bottes et ciré et pêchait avec Stuart comme s'il avait fait ça toute sa vie.

# Comment je suis allé en Normandie…

## 59

Nous nous douchâmes dans un hôtel bas de gamme de Saint-Malo, après avoir fait quelques emplettes alimentaires, sous un crachin de printemps et visité plusieurs boutiques de vêtements pour dénicher des affaires à la taille et au goût d'Harry.

Peu avant midi, nous nous trouvions sur le quai de la gare routière où, détail qui m'effraya, nous étions aussi visibles que le nez au milieu de la figure – prêts à prendre le premier car pour Caen, que nous gagnâmes en milieu d'après-midi.

Harry passa le voyage immobile, ruisselant de sueur, dans le coton maillé serré d'une chemise de pêcheur qu'il avait choisie, les traits figés et son magnifique regard bleu fixé sur ses genoux. Il me parut soudain pitoyable dans sa rigidité de coton, et je tentai de l'amadouer avec du chocolat. Il s'en émut, renifla puis, sans que je lui demande quoi que ce soit, se plaignit du confort de son conteneur et du vilain monsieur qui l'avait jeté dedans.

Il évoqua Narcisse, toujours incapable de me préciser s'il s'agissait d'un clébard, d'un mythe grec, d'une personne ou si, comme c'était possible, il se remémorait le nom d'un restaurant chic qu'il aurait fréquenté avant de tourner branquignole. Je le relançai, profitant de son envie de parler pour lui tirer les vers du nez, mais je n'obtins pas grand-chose. En toute fin de « discussion », je décidai de quitter le rôle d'enquêteur et endossai celui de l'ami. Harry venait de perdre sa mère et sa sœur et pas une fois il n'avait évoqué l'explosion, l'incendie ou même la soirée qu'ils avaient partagée avant le drame.

« Elles me touchaient les cheveux et j'aime pas ça ! »

Je n'eus droit qu'à cette appréciation. Pas un mot de plus, pas un regret, pas une larme. Harry me fit à cet instant un effet terrifiant. J'eus le sentiment de contempler un prédateur après son déjeuner. S'il avait pu utiliser le tibia de sa mère pour se curer les dents, il l'aurait fait sans la moindre hésitation.

Après Caen, nous prîmes un nouveau car pour Lisieux, puis un taxi, conduit par une femme d'une cinquantaine d'années, faussement rouquine, qui nous résuma en un quart d'heure tous les malheurs de sa vie.

C'est à la tombée de la nuit que nous arrivâmes chez Laurie. La maison, une ferme normande d'un peu plus de deux cents ans d'âge, achevait l'enfilade de constructions d'un bourg minuscule. J'y avais passé d'excellents séjours, en toutes saisons, juillet-août pour la clémence des étés normands et la Manche assez proche, ses plateaux de fruits de mer et ses bains dont on ressort violet mais heureux d'avoir bravé le froid ; mars-avril, quand les premiers bourgeons explosent et que les Parisiens n'ont plus en tête qu'une idée, celle de quitter Paris, et puis novembre-décembre, l'hiver normand, le brouillard qui ne se lève plus, une pluie fine presque tout le temps et le feu dans la cheminée.

La clochette tinta haut dans l'air tiède. C'est à cet instant, alors que nous attendions devant la porte et que le ronronnement du moteur du taxi s'évanouissait, que je vis le pense-bête collé sur la boîte aux lettres. Laurie ne tarderait plus et nous proposait de l'attendre à l'intérieur.

Je poussai le vantail, Harry sur les talons.

La porte se referma brutalement dans notre dos. Je me retournai, livide, pour découvrir qu'un homme nous tenait dans la ligne de mire de son automatique. Un deuxième s'encadra quelques secondes plus tard dans l'ouverture de la cuisine et un troisième descendit lentement l'escalier, où il demeura assis à mi-parcours. Mes mains s'écartèrent de mon corps, animées d'une vie propre. Je ne les levai pas au-dessus de ma tête, mais demeurai ainsi un temps qui me sembla considérable, muet comme un christ imbécile.

# … Et pourquoi j'en suis parti

## 60

« A-t-il parlé ? »

La voix appartenait à l'homme assis dans l'escalier.

Je n'avais pas réagi. Mes yeux allaient et venaient entre le corps d'Harry, immobile, incongru sur ce tapis à dominante rouge sur lequel il s'était écroulé, et Laurie elle-même en train de fixer Harry, pétrifiée sur son fauteuil, les traits enlaidis par une peur panique.

La surprise passée, Harry s'était rué vers notre agresseur le plus proche, avec un cri de sauvage que je ne suis pas près d'oublier. Mais un quatrième homme, surgi de nulle part, avait violemment abattu la crosse de son arme sur sa nuque.

« A-t-il parlé ? » répétait l'homme en articulant chaque syllabe, comme s'il voulait me les faire entrer de force dans le crâne.

Cette fois, je m'ébrouai, cherchai à fixer mon regard pour l'accrocher finalement à mes pieds. C'est vrai que mes Clarks étaient bien plus intéressantes que les quatre silhouettes menaçantes qui se mouvaient dans mon champ de vision.

« Parler ? balbutiai-je alors. Mais de qui ? De quoi ? »

Bien sûr, la question concernait Harry. Mais je tentai maladroitement, je dois l'admettre, de gagner un peu de temps. Et puis, qui étaient-ils, où voulaient-ils en venir ? Harry n'avait cessé, depuis notre rencontre, de proférer un tas d'inepties. Devais-je leur claironner, comme lui quand il rencontrait quelqu'un :

« Hey, brin d'zingue, t'as pas cent balles ? »

Pendant que je réfléchissais au meilleur moyen de me sortir de là, l'homme de l'escalier me toisait, sans sourciller. Il n'avait vraiment pas l'air d'une brute. Croisé dans la rue, il m'aurait plutôt évoqué le petit banquier qui encaissait mes chèques à l'agence du XI<sup>e</sup> où j'avais mes habitudes. Un début de calvitie, des joues rondes, un costume gris, rien de bien impressionnant dans l'allure générale. Seul le gros calibre qui brillait entre ses mains m'exhortait à une totale obéissance.

« Laissez-moi être plus clair, monsieur Craven, dit soudain l'homme dans l'encadrement de la porte de la cuisine. Vous avez dit à cette femme que vous aviez des informations sur le passé de Simon Fergusen. Nous voulons ces informations. »

Celui-ci ressemblait plutôt à mon boucher. Un visage sans intérêt, des épaules larges, des mains boudinées et des ongles rongés. Ses yeux noisette trahissaient en revanche une volonté sans borne.

Je compris alors que j'allais mourir. Harry et Laurie aussi. Car pour la première fois depuis qu'ils nous pourchassaient, ces hommes nous montraient leur visage.

L'homme à la mâchoire carrée et au crâne à moitié chauve, le boucher aux ongles rongés, le troisième avec un nez trop long et busqué comme le bec d'un aigle et le dernier, des yeux vairons et des cheveux blancs. Bref, chaque détail de la scène se gravait dans ma mémoire, et chacun de ces détails me serait bientôt inutile.

« Et nous les voulons tout de suite », poursuivait l'homme dans l'encadrement de la porte de la cuisine.

Incapable de réagir, mort de trouille, je me fis cette réflexion idiote que tout était en ordre, qu'il était bien à sa place, ce boucher dans cette cuisine, et qu'il ne lui manquait que les couteaux, pour dépecer le gibier.

Ma réponse dut trop tarder car je vis, comme au ralenti, le bras de l'homme au profil d'aigle se déployer vers le fauteuil où gigotait Laurie, les yeux écarquillés de peur.

L'automatique qui prolongeait ce bras cracha une balle dans un éclair bleuté. Le canon fuma. Sous l'impact, le corps de Laurie tourna bizarrement sur lui-même, tire-bouchonna sa robe à fleurs autour de ses cuisses et dévoila l'arrière de son crâne ouvert comme une pastèque éclatée.

« Tout de suite », réaffirma l'homme, qui menaçait cette fois mon propre front.

Stupéfait, tétanisé, je cherchais une réponse intelligible à ce que l'on me demandait, j'avais envie de pisser aussi, beaucoup, une envie pressante comme jamais, des nausées, mes jambes qui tremblaient, une vague de sanglots, tout se télescopait.

« Monsieur Craven, dit calmement une voix derrière moi, vous ne semblez pas comprendre ce que nous attendons de vous, et c'est bien dommage.

— Je vous en prie, tentai-je en agitant mes mains

en signe d'apaisement. Harry ne m'a rien dit, que des choses sans importance et… »

Je suspendis ma phrase. Peut-être que si, peut-être que chacun des mots d'Harry contenait je ne sais quel code secret. Ah ! Mon cher Harry, si seulement tu avais pu te réveiller, te dédoubler et me les massacrer à coups de pierre, comme tu savais si bien le faire ! Mais Harry semblait parti loin dans les vapeurs de l'inconscience et le canon de l'automatique se rapprochait dangereusement de mon front.

« Je vais le répéter, monsieur Craven, une dernière fois. Que vous a dit Simon Fergusen ? »

La sonnerie du téléphone de Laurie m'offrit un court délai durant lequel je m'employai à combattre la panique qui court-circuitait mes facultés mentales. Je ne prétends pas avoir vu ma vie défiler à ce moment-là, mais dans un film, je pense que c'est ce que le réalisateur aurait fait. Montrer l'enfance du héros, ses parties de football avec les copains, l'amoureuse de la petite école, les tartines de Nutella, la caresse du soleil sur les champs de blé et…

Quelque part, un répondeur se déclencha. La voix de Laurie, gaie et pleine de vie, s'éleva dans la pièce où la tension, palpable, semblait faire vibrer l'air, puis une nouvelle voix, féminine mais rude et menaçante, lui succéda.

« Salut les gugusses ! Sachez que j'ai tiré le portrait à chacun de vous et fait une photo spéciale de "Fend-la-bise qui fait un carton". Évidemment que Craven a planqué des infos partout, bande de connards, et bien sûr qu'il ne vous les donnera pas ! Vous avez une seconde pour cesser de le menacer et trois de plus pour décamper ! Craven, baisse-toi ! »

Je n'entendis pas la fin du message.

On me demandait de me baisser, alors je plongeai, juste à temps pour voir les vitres voler en éclats. La décharge de chevrotine happa un lustre assez laid et grêla un portrait accroché au mur. Nos quatre assassins ripostèrent aussitôt, au jugé, par-dessus le rebord de la fenêtre. C'est à ce moment que le son d'une sirène monta et que je me fis pipi dessus.

Les silhouettes anonymes se regroupèrent dans un bel ensemble, courbées pour éviter les projectiles qui perçaient les murs. Puis elles disparurent par la porte-fenêtre qui donnait sur la terrasse et que Laurie n'utilisait jamais.

Je vis alors Harry émerger des limbes. Il me regarda, ahuri, moi qui n'avais pas bougé et attendais, à plat ventre sur le tapis, qu'un escadron de police fasse irruption dans la maison et nous sorte de là.

## 61

Comment prouver son innocence quand tout indique que vous êtes coupable ? Bien sûr, aucune trace de poudre n'avait été relevée sur nos mains, bien sûr, les douilles retrouvées chez Laurie ne correspondaient à aucune arme en notre possession – et pour cause, nous n'avions pas d'arme –, bien sûr, je clamais haut et fort que Laurie était mon amie, que je ne n'étais pas un assassin, qu'il s'agissait d'une bande de cambrioleurs surpris en plein travail, on me rit au nez, ils n'avaient rien volé !

Et puis, il y avait ce message bizarre laissé sur le répondeur, cette voix féminine qui parlait de photos et d'un certain Fend-la-bise – j'eus beau prétendre n'avoir aucun complice –, enfin les coups de fusil qui nous avaient sauvé la vie, heureusement très vite attribués à un voisin passionné d'armes à feu et témoin providentiel.

Bref. Les flics qui s'occupèrent de nous n'étaient pas à proprement parler des cadors et il leur fallut du temps pour admettre les évidences. Ils appliquaient un sacro-saint règlement vaguement parasité par une intime conviction dans le genre : ces deux gars sont louches, ils sont donc coupables. Y a qu'à voir la tête du débile !

Pendant ces heures perdues, j'eus le sentiment de vivre dans la peau d'un Noir. Mon ancien métier de présentateur était comme une arme à double tranchant. Certains flics, qui ne m'avaient pas aimé toutes ces années, rêvaient d'avoir ma tête, tandis que les amateurs se transformaient en semi-courtisans. Un spectacle écœurant auquel je ne pouvais me soustraire.

Quant à Harry, il ne s'aperçut de rien. Des gens lui parlaient, on lui donnait à manger et à boire – ce qui n'est pas un détail pour lui – et personne ne lui tapait dessus, même si je soupçonne les gardiens d'en avoir vraiment eu envie quand il s'est mis à raconter ses âneries.

C'est un officier britannique détaché en Normandie le temps des vacances d'été qui fit le rapprochement entre Harry, qui n'avait plus aucun papier sur lui, et le Simon Fergusen de Jersey. Mais il fallut du temps. Présumé mort dans l'incendie de la maison familiale, Harry ne pouvait ressurgir en Normandie. Pourtant, son faciès plaidait en sa faveur.

Nous ne dûmes finalement notre liberté qu'à l'intelligence et à la perspicacité d'un jeune juge d'instruction qui n'avait pas envie de se retrouver dans un bourbier à la Outreau. Les empreintes digitales d'Harry, moches, partielles, attestaient qu'Harry était Harry, donc Simon Fergusen ! Un travail scientifique des plus remarquables ! J'évitai de cancaner et acceptai les excuses du commissariat.

L'officier britannique apportait, en outre, la preuve que l'incendie de Jersey était d'origine criminelle et qu'un système perfectionné de micros ainsi qu'un engin explosif avaient été découverts dans ma chambre d'hôtel. Nous passions enfin du statut de suspects à celui de victimes ; nous n'étions malheureusement pas plus avancés qu'avant, mais libres. Ou presque. Tant que l'enquête n'était pas bouclée, il nous était interdit de quitter le territoire national sans en aviser les autorités.

C'est ainsi que nous nous retrouvâmes sur le trottoir, dans une rue passagère de Lisieux bourrée de touristes à un moment où Harry, plus insupportable qu'à l'accoutumée, me fit péter les plombs. Alors que je me traînais sur les premiers cent mètres de notre liberté retrouvée, il se tourna vers moi et, avec son sourire imbécile, celui qui à mon sens abusait si bien le monde, il me dit :

« Bon, qu'est-ce qu'on fait maintenant, copain

Jan ? Je sais pas si ça te botte, mais moi, je mangerais bien des moules ! »

Mon visage dut virer au rouge carmin en une fraction de seconde, car Harry s'interrompit net et recula même d'un pas, jusqu'à ce que son dos touche le mur d'un immeuble. Où en étais-je, moi, à cet instant précis ? Je pensais à Laurie, à son visage si beau, à son crâne si horriblement fracassé, je pensais au destin tragique qu'elle venait de rencontrer par ma faute, je pensais à cette amie de toujours qui jamais ne m'avait laissé choir.

Et puis, parce qu'il existe tapi au fond de moi un instinct de survie farouche, je tentais de comprendre pourquoi, après que nous eûmes frôlé la mort pour la énième fois, la police française ne nous offrait pas sa protection. Alors que les Britanniques n'avaient pas lésiné sur les moyens. Hasard, fatalité ? Y aurait-il en haut lieu quelqu'un pour qui notre disparition apparaissait comme une solution idéale ?

Il y avait aussi cette femme qui avait laissé sa voix sur le répondeur de Laurie, cette femme qui avait prévenu les flics et nous avait sauvés d'une mort certaine. Qui était-elle, pourquoi ne s'était-elle pas présentée au commissariat, dans quel but était-elle intervenue, se pouvait-il que deux forces antagonistes rivalisent pour nous mettre la main dessus ?

Tant de questions interrompues par l'estomac dictatorial d'Harry, le visage de Laurie avec une assiette de moules en surimpression, je craquai et lui sautai sur le râble.

Pendant trois minutes peut-être, je le chargeai de tous nos maux. Mes mains ouvertes distribuèrent des claques, d'abord en plein visage, puis sur les bras d'Harry, qui se protégeait sans riposter.

Je l'accusai de tout, de son imbécillité, de ses mensonges, qui ne faisaient pour moi plus l'ombre d'un doute, de son passé, de ses erreurs, et même d'avoir creusé un trou dans le sol sableux du Kerala et de m'avoir ainsi obligé à croiser sa route.

Mes claques furent de plus en plus molles, mes paroles de moins en moins compréhensibles. Et c'est dans ses bras que je m'écroulai enfin, à bout de nerfs. Dans ses bras qui m'accueillirent avec une telle tendresse, tandis que quelques voyeurs s'agglutinaient autour de nous, qu'Harry tentait de chasser à coups de : « Tirez-vous de là, bande de pédés ! »

## 62

Nous trouvâmes refuge dans l'arrière-salle d'une brasserie. Harry dévora un sandwich au thon, éclaboussant généreusement sa nouvelle chemise de mayonnaise et de jus de tomate, ce qui lui donna un prétexte pour se lamenter.

Pour ma part, après avoir refusé plusieurs demandes d'autographe – les gens me reconnaissaient ici, regrettaient mon départ (ça changeait un peu des mails désagréables qui pourrissaient ma messagerie !) –, je fouillai mes souvenirs à la recherche d'un détail qui m'aurait échappé. Et le brouillard commença à se dissiper, tandis que les mâchoires d'Harry produisaient des bruits écœurants, grâce à un simple constat que j'aurais dû faire depuis longtemps.

Premier point : à Jersey comme au Kerala, Harry n'avait dû sa survie qu'à son habitude de dormir ailleurs que dans son lit – se pouvait-il que ses poursuivants ignorent ce détail ?

Deuxième point : lors de notre transfert à Jersey puis dans la maison des Fergusen, ils avaient employé les grands moyens – une bombe, c'est plutôt radical. À Lisieux, non.

Troisième point : alors qu'ils étaient déjà sur place, les tueurs n'avaient pas hésité à sacrifier Laurie pour tenter de nous extorquer des informations. Mais ils avaient pris leur temps. Pourtant, Harry inconscient était une proie facile. Alors, que s'était-il passé entretemps ? Pourquoi ce brusque changement de méthode ? Et moi ? Qu'étais-je censé savoir ? Comment étaient-ils parvenus jusqu'à Laurie ?

Le téléphone, évidemment. Les cellulaires flambant neufs achetés à Jersey étaient sur écoute, nous avions été tracés comme de vulgaires rats de laboratoire.

Mais que s'était-il passé entre Jersey et la Normandie pour que d'un coup, ils décident de nous extorquer des informations avant de nous assassiner ? Pourquoi mes notes les intéressaient-elles tant ? J'avais expliqué à Laurie combien l'histoire de ce marin perdu était étrange, elle connaissait ma manie de tout envoyer sur différents serveurs, elle avait dû parler avant notre arrivée ! Voilà ce qu'ils voulaient. Évidemment. Retrouver ce qui expliquait comment Simon Fergusen était devenu Harry. Ou mieux encore, pourquoi il était devenu Harry.

C'est alors qu'une évidence me sauta aux yeux. Nos agresseurs de Lisieux parlaient un français sans accent, l'équipe qui nous avait attaqués au Kerala était composée uniquement d'Indiens et en y réfléchissant un peu, je pouvais imaginer que les poseurs de bombe de Colombo étaient cinghalais et que ceux de Jersey étaient du cru.

En Inde, des Indiens. Au Sri Lanka, des Sri Lankais, à Jersey, des Anglais… Se pouvait-il que nos poursuivants aient des hommes dans chaque pays ?

En tout cas, ça pouvait expliquer la différence de méthode entre les différents groupes et la rapidité avec laquelle ils arrivaient sur place pour nous menacer.

Partout où nous irions, des assassins nous attendraient. De combien de temps disposions-nous avant que notre voyage ne se conclue entre quatre planches ? Combien de temps ?

L'approche d'une silhouette me fit relever le nez de ma tasse de café et en un instant refluer le sang de mon visage.

Charlotte, ma Charlotte Peyton, était là, debout devant moi, et déjà en train de s'installer sur la banquette, juste à côté d'Harry, qui demeura deux secondes de trop avec sa cuillère remplie de mousse au chocolat dans la bouche. Oserais-je le dire ?

Je crois, oui, je crois bien que ce fut l'un des plus intenses moments de ma vie, la voir débouler ainsi sans prévenir, toujours aussi belle, directe voire directive, garce comme il n'est pas permis, et moi, ivre de sentiments, livré au chaos intérieur, l'air plus débile que mon Harry qui finit par déglutir de travers le contenu de sa cuillère.

## 63

Avant même de parler, Peyton fit défiler plusieurs clichés sur lesquels je reconnus le boucher, le banquier, l'homme aux yeux vairons et l'assassin de Laurie, le type au profil d'aigle. Elle avait pris les photos en mode rafale et je pus revivre le meurtre de mon amie d'enfance comme si j'avais tourné les pages d'un petit livre animé.

« C'est donc toi qui as laissé ce message, me contentai-je de maugréer, le cœur au bord des lèvres. J'aurais dû m'en douter. Combien tu veux pour ces clichés ?

— Certainement plus que pour tes bijoux de famille, Craven, rétorqua-t-elle tout sourire. La politesse n'est toujours pas ton fort. J'attendais au minimum un merci de ta part. »

Les yeux réjouis, Harry secoua la tête, ouvrit la bouche, dévoilant des dents partiellement couvertes de chocolat noir, et s'agita sur la banquette.

« Arrête avec ça ! le coupai-je, de crainte qu'il demande à Peyton s'il lui était possible de tâter ses seins. Mange ton dessert et reste tranquille. »

Mais Harry, subitement sourd, approcha Peyton qui me plaisait toujours autant – lèvres charnues, visage irrégulier mais agréable, yeux bleu clair pétillants, sourire gourmand – avec sa simplicité coutumière et l'apprivoisa immédiatement. Sans un geste déplacé, au contraire, je le vis plein d'attention pour elle, drôle, charmant presque. Il lui fit la conversation, lui commanda un café et une mousse au chocolat, tandis que je m'efforçais de combattre un sentiment grandissant. Je crois bien que j'étais jaloux !

« Elle est gentille P'tits Bobs ! dit-il avec un grand sourire. C'est elle ta copine ? »

Et là, Peyton éclata de rire.

« C'est la première fois qu'on m'appelle comme ça ! P'tits Bobs ! Je trouve ça marrant ! me dit-elle avec humour. Est-il vraiment toujours un peu… demeuré ? »

Je plissai les yeux, ravi, certain qu'Harry, bien loin d'être demeuré, avait compris que j'étais encore amoureux.

« Pourquoi es-tu là ? Ton petit numéro de Colombo n'a pas suffi ? »

Elle indiqua Harry d'un coup de menton.

« Tu ne m'intéresses plus, Craven, même si je te trouve toujours aussi beau, un peu plus épais, grisonnant, mais à mon goût. Je veux comprendre ce qui est arrivé à Simon Fergusen.

— Je vois. »

La présence de Peyton m'agaçait autant qu'elle me rendait heureux. J'avais tellement de choses à lui dire. Que j'avais envie de l'embrasser, de tout recommencer, que je n'avais jamais cessé de rêver d'elle.

« Pourquoi n'as-tu pas aidé les enquêteurs ? articulai-je à la place.

— Vous aviez le témoignage du voisin et j'aurais dû expliquer ma présence sur les lieux. Je vais tenter d'identifier ces types moi-même, j'ai déjà pris des contacts. Je préfère avoir une longueur d'avance.

— Je vois.

— Tu ne vois rien, Craven. Et vous avez eu beaucoup de chance. Tu me racontes ? »

Mes attributs masculins lui devaient d'être devenus des stars, mon cœur brûlait de l'enlacer et ma tête furieuse refusait de lui pardonner. Problème de répartition des droits d'auteur sans doute.

« Pourquoi traiter avec une garce qui nous a shootés sans aucun état d'âme alors que nous étions à poil et couverts de sang ? »

Sa réponse fut aussi franche et lumineuse. Elle avait la solution pour arrêter tout ça. Puisque Harry détenait des informations qui intéressaient ceux qui nous pourchassaient, il fallait révéler son histoire au monde entier. Ainsi, les piégeurs seraient piégés et nous pourrions bénéficier d'un programme de protection des témoins. Peyton était certaine qu'Harry avait vu quelque chose qu'il n'aurait jamais dû voir, ce qui expliquait pourquoi Simon Fergusen avait fui sa vie de pêcheur et s'était caché pendant dix ans. Physiquement et psychologiquement, en devenant Harry.

« Pas mal, ta théorie, ricanai-je. Mais tu oublies un détail : je ne sais rien ! Je ne vois vraiment pas ce qui pourrait justifier une telle hargne dans ce que m'a raconté Harry. » Les yeux bleus de Peyton (elle détestait son prénom et refusait que quiconque l'utilise) pétillaient d'intelligence et surtout, je sentais que je pourrais compter sur elle. Je lâchai alors l'histoire de ma rencontre avec Harry, soulagé.

Les moines bouddhistes, le trou dans la forêt, le mystère du passeport, la demeure du Kerala, les majordomes payés depuis dix ans, les lingots, les comptes au Costa Rica, l'attaque, les cadavres, la fuite chez Gorovitch, l'ambassade britannique, le Falcon en miettes, la maison des Fergusen… Tout y passa, en dehors de quelques menus détails comme la grosse pierre qui avait écrabouillé le visage de notre agresseur dans la mine de potasse et la chute accidentelle de Sundeep, en fait, tout ce qui pouvait compromettre la liberté d'Harry.

« Il s'est réveillé dans une chambre d'hôpital, ajoutai-je, amnésique, contusionné de partout, et a été chargé dans un conteneur direction le Kerala où l'attendait une splendide propriété dans laquelle il a vécu heureux pendant quelques mois. Jusqu'au jour où des types ont tué son majordome et sa cuisinière. Harry n'a eu la vie sauve que parce qu'il dormait dans sa niche. Après, il a élu domicile dans l'arbre où je l'ai trouvé. Ça faisait presque dix ans qu'il se planquait là. Où vois-tu l'information cruciale ?

— Qui s'était occupé de préparer son arrivée au Kerala ?

— À l'époque ? Aucune idée. Tu sais, on n'a pas vraiment eu le temps d'enquêter.

— Il n'a rien dit d'autre ?

— Navré de te décevoir. En dehors de “Hey brin d'zingue t'as pas cent balles” et de sa peur d'un certain Narcisse, je ne sais rien ! »

Peyton soupira et se tourna vers Harry.

« Dis-moi, Harry, peux-tu me dire pourquoi tu répètes tout le temps cette phrase ?

— Bah, c'est pour avoir la réponse !

— Quelle est la réponse, Harry ? »

Il secoua la tête en levant les yeux au ciel.

« Bah c'est pas moi qui dois la dire ! »

Je ne pus m'empêcher de pouffer.

« Et Narcisse ? Qui est-ce ?

— Vilain Narcisse. Je veux pas en parler. »

Harry se mit à bouder devant son reste de mousse au chocolat.

« Tu vois, il a peur, quelque chose le bloque. Et j'ignore comment lui tirer les vers du nez sans aggraver son cas. »

Pendant que je parlais, un filet de sueur froide coula le long de mon dos. Si Peyton avait réussi à nous pister depuis Jersey – elle connaissait évidemment Laurie, mais fouiller mon passé était à la portée de n'importe qui –, ce serait un jeu d'enfant pour ceux qui nous poursuivaient. D'autant plus que les flics nous avaient relâchés sans se soucier de notre sécurité et que je ne pouvais me tourner vers quelqu'un sans mettre sa vie en péril.

« J'ai le sentiment que toutes les personnes qui auraient pu vous protéger ne l'ont pas vraiment fait, ajouta-t-elle comme si elle lisait dans mes pensées. Savez-vous pourquoi ? »

Je secouai la tête, incapable de lui répondre. C'était tellement vrai. Sundeep, Gorovitch, les flics et compagnie…

« Récapitulons, le général cocu n'a pas le bras si long, et puis, il vous avait en son pouvoir et ne vous a pas descendus. Alors qui ?

— Des types acharnés, lâchai-je, désemparé. Je ne sais plus où aller ni que faire. Tous ceux qui nous soutiennent le payent cher.

— Je m'en doutais, soupira-t-elle en posant sa main sur mon bras. Viens, suis-moi. Je sais où trouver de l'aide pour Harry et surtout, je connais un endroit où vous allez vous faire oublier. »

# Comment j'ai revu Paris,
bu deux bières avec Peyton…

# 64

Il y avait huit cabanes, composées à hauteurs à peu près identiques de bois, de plastique, de tôle et partiellement recouvertes de végétation. À côté de chacune, un petit potager fournissait des légumes frais. Des bâches tendues horizontalement récupéraient l'eau de pluie pour la diriger vers une série de gros bidons en plastique bleu, don de la ville de Paris.

Pour la lumière artificielle, là encore, la débrouille triomphait. Un câble parvenait jusque dans le cœur du bois de Vincennes, et il ne faisait pas l'ombre d'un doute qu'il s'agissait d'un branchement sauvage.

Assis sur les rondins qui délimitaient l'espace de la petite communauté, nous espérions fertiles les talents de persuasion de Peyton. Harry ne manifestait aucun signe d'impatience, dans cette forêt, il était à son aise. Je ne pouvais pas en dire autant.

Nous avions quitté Lisieux pour Paris, deux heures de train, puis une longue immersion dans le métro, avec changement de ligne à l'improviste, dans les stations les plus bondées, aucun téléphone en poche, pas de carte bancaire, rien qui permette à Big Brother de nous accrocher. Seules les caméras de surveillance pouvaient nous repérer, mais là encore, Peyton avait agi. Nous ressemblions tous les trois à ces jeunes qui courent les rues. Jean trop large, baskets dernier cri et sweater à capuche ! En fait, nous ne ressemblions à rien, mais je dois admettre qu'il n'existait pas de meilleur camouflage pour se fondre dans la jungle urbaine.

La peur de mourir faisait pousser mes ailes en même temps qu'elle rognait ma capacité à réagir. Car chacun admettra que nous planquer dans le bois de Vincennes avec des clochards était une bien curieuse idée, mais je ne pouvais plus rentrer chez moi, pas plus que chez mon père, ni chez les quelques amis qui me restaient. Laurie avait déjà payé le prix fort. Combien de temps allions-nous devoir fuir et nous terrer comme des rats ?

J'en étais arrivé à cette conclusion quand Peyton nous cueillit, Harry et moi, déconfits et occupés à trier des cailloux. Elle était accompagnée d'un grand type plutôt maigre, des paluches longues comme un jour sans pain, osseuses comme un pied de cochon, de ces mains qui vous inspirent le pianiste ou l'étrangleur, selon la finesse des muscles ou la qualité de la lumière. Le reste du propriétaire ressemblait à cette description, les épaules tournées vers la poitrine, le dos rond, un visage de croque-mort. Détail étrange, un chat d'un blanc immaculé était lové autour de son cou.

Peyton fit les présentations. Jan, Harry, Monsieur Pompon, dit-elle en désignant le chat et Imao, notre nouveau bailleur. Imao était une ex-pointure en médecine, retournée en friche auprès des déshérités depuis… À le regarder approcher, un drôle de rictus sur le visage qui ressemblait tour à tour à un sourire et à l'expression qui précède la morsure, je songeai qu'il n'avait rien connu d'autre que ces bois. Pourtant, toujours d'après Peyton, le bonhomme aurait été une sommité médicale. Une véritable légende urbaine se tenait devant nous, avec cette main tendue que je n'osais saisir, ce qui ne fut pas le cas d'Harry.

« Hey brin d'zingue, t'as pas cent balles ? Moi, c'est Harry et j'ai pas mal bourlingué ! s'exclama-t-il. Faut pas trop reluquer P'tits Bobs, elle est à copain Jan. Il est amoureux, copain Jan, amoureux ! Hein c'est vrai ça ! Hein Jan ? Où qu'il est mon poteau ? »

J'étais bel et bien là, terriblement honteux.

« Une belle entrée en matière, mon cher ! s'inclina Imao en riant. Reluquer ou ne pas reluquer, telle est la question. »

L'ancien toubib venait de faire mouche, Harry était aux anges. Quand l'avait-on appelé « mon cher » pour la dernière fois ? Une bonne décennie de ça, au moins. Aussi posa-t-il les doigts sur les coutures de son pantalon et resta-t-il tranquille tandis que je faisais connaissance avec Imao.

Puis nous nous dirigeâmes ensemble vers ses quartiers, Monsieur Pompon dans les jambes, nous installâmes devant une bouteille de bordeaux, un graves si je me souviens bien, et devisâmes à bâtons rompus comme si nous étions amis de longue date.

## 65

Une première nuit passa dans cet environnement insolite – deux bâches agricoles tendues de part et d'autre d'une corde et une troisième étalée au sol pour éviter l'excès d'humidité montant de la terre –, dont je sortis, hirsute et bouffi, sur une place publique aux allures de bidonville. Je m'ébrouai dans un état second, fis le lien entre la veille et le jour même dans une continuité de souvenirs qui me permit de comprendre où je me trouvais. Et de relativiser. Bien sûr, je ne prendrais pas de douche, je ne boirais pas de café serré, mais j'étais en vie et sans doute suffisamment bien planqué pour jouir d'une plage de repos conséquente.

De son côté, Harry avait trouvé de nouveaux compagnons de jeu. Les chiens lui mangeaient dans la main, sous les yeux écarquillés de leurs maîtres, huit hommes âgés de vingt-sept à soixante-trois ans, des éclopés de la vie dont j'avais fait la connaissance au cours de la soirée passée.

Finalement, l'idée de Peyton de nous conduire ici m'allait à merveille et je me jurai de la remercier avec toute la fougue dont j'étais encore capable. Pour sa part, ma belle photographe avait refusé de dormir sur place et s'était loué un meublé dans un hôtel voisin de la porte Dorée, juste au-dessus d'une brasserie.

J'avais bien essayé la veille de la convaincre de rester, sans le résultat escompté. Peyton s'était seulement engagée à ne se déplacer qu'encadrée par deux de nos hôtes flanqués de chiens.

Je pus enfin me ressourcer, au calme, pour la première fois depuis des semaines, et décider quoi faire des prochains jours. Poursuivre cette folie pour découvrir le passé d'Harry, quel qu'il soit, ou disparaître avec lui là où personne ne nous menacerait plus ? À fouiller dans ses souvenirs, n'allais-je pas le perturber encore plus ? Ne lui avais-je pas déjà suffisamment causé de tort en le poussant à retourner sur les traces de son passé ? D'autant plus que tout me portait à croire que ces types finiraient par nous avoir.

Alors à quoi bon ? La vérité était-elle si importante ? Étais-je réellement un homme à principes ? La réponse sautait aux yeux, mais une question angoissante surgissait aussitôt : as-tu le choix ? Les hommes qui poursuivaient Harry, gibier auquel j'étais lié, auraient-ils la moindre envie de cesser un jour leur traque ? Et comment nous y soustraire ? Il aurait fallu pour cela d'énormes moyens financiers, chose que nous n'avions plus !

La journée dans le bois ne m'offrit aucune éclaircie. La nuit suivante non plus. Je ne dormis pas, accompagné dans mes heures d'insomnie par les ronrons de Monsieur Pompon, qui avait élu domicile sur mon ventre. Non content de lui voler l'affection de son chat, je décidai d'attaquer le stock de cigares cubains de notre hôte.

Je ne dormis pas cette nuit-là et c'est ainsi que je découvris Harry en curieuse posture dans la baraque d'Imao, encadré par deux de ses sbires et Peyton, qui supervisait la mascarade, appareil photo en bandoulière et dictaphone en main.

Plus abasourdi qu'irrité, j'exigeai des explications immédiates. Le visage de Peyton vira à la teinte pivoine et sa main droite – la seule que je pouvais voir – tremblait légèrement quand elle argua avec un brin d'insolence qu'elle cherchait des solutions. Thérapie cognitive par l'hypnose, le mot fut lâché. En un rien de temps, il trouva dans ma mémoire des réceptacles, des passerelles avec des domaines de connaissances, et une lumière s'alluma au milieu de mes ténèbres.

J'avalai la couleuvre, très curieux de la suite, ainsi que des cours de rattrapage que ne manquerait pas de me dispenser mon adorable et perfide Peyton.

Tout ce temps, Harry était demeuré vautré sur le vieux canapé d'Imao, le visage curieusement fade, les lèvres tremblotantes, sans qu'un seul mot ne franchisse la barrière de ses lèvres. Curieuse attitude de sa part, que je photographiai mentalement.

Imao lui parla, le ton se voulait neutre, les propositions simples, il n'était question finalement que de se souvenir, un peu. Harry vagit comme un gosse, manqua s'endormir et puis, après un long travail de mise en confiance, livra les bribes de ce qu'il avait été, peut-être.

## 66

Une chambre, banale – lit à baldaquin, table de nuit haute, deux fenêtres ouvrant sur le jardin, un chevalet et quelques cadres accrochés –, devenue une chambre mortuaire.

Sur le lit, par-dessus un drap chargé d'une décoration vieillotte où une trentaine de chiens pourchassaient un cerf dans un décor vert bleu d'arbres et de rochers, gisait un jeune homme vêtu d'un habit de bal, pantalon blanc en soie brillante, chemise à jabot et veste en velours pourpre rehaussé de broderies dorées.

Son visage n'était marqué d'aucune cicatrice, pas même une trace laissée par l'acné ou la varicelle. Un nez fin, à l'arête très nette, de beaux sourcils noirs, un menton volontaire, une chevelure qui s'emmêlait en vagues jusqu'aux épaules. Ses mains jointes étaient posées au-dessus de son nombril et enserraient la médaille d'une vierge à l'enfant.

Des bruits de pas vinrent troubler cette scène figée.

La tête basse, les épaules en avant, Harry entra dans cette chambre de mort. Il portait une chemise informe en chanvre, un pantalon de la même facture et un bouquet de narcisses à la main. Il contourna le corps sans vie et se força à le regarder. De ce côté, le crâne avait été frappé avec une telle violence qu'il en était resté bombé, comme un casque déformé par un accident.

Harry retint un sanglot. Sa pomme d'Adam ne cessait d'aller et venir dans sa gorge. Il délia les mains du mort et y déposa le bouquet de narcisses, puis il entremêla délicatement les doigts autour des tiges.

« Ils vont venir me chercher, dit-il d'une voix tremblante. Oh, et pis c'est pas la peine de faire les gros yeux, je dois y aller, je te dis. Fallait réfléchir avant, maintenant c'est trop tard ! »

# 67

Je ne peux pas dire que cette séance d'hypnose me séduisit. Après avoir vu Harry s'y soumettre, plus marionnette ânonnant qu'humain – au regard de sa vitalité habituelle –, je quittai la cabane d'Imao très sceptique, malgré son insistance à me convaincre. En revanche, il me tardait d'entendre ce qu'Harry avait raconté au cours des séances auxquelles je n'avais pas été convié. J'espérais secrètement qu'il avait passé certaines de ses frasques sous silence et rien dévoilé d'important.

Je proposai à Peyton d'écouter et de décrypter ensemble les bandes. Elle se prêta de bonne grâce à ma demande, surprise, je crois, de s'en tirer à si bon compte. J'insistai pour lui parler en tête à tête, dans un café, un vrai, avec des gens autour, des insouciants, des « normaux » qui ne pensaient qu'à leurs vacances en cours ou à venir, des étudiants avec une longue vie devant eux, et pourquoi pas des retraités, eux que j'avais toujours détestés pour leurs maudites habitudes de se mêler à la foule des actifs, j'en voulais des tas, des bien ridés avec des petits chapeaux et leur odeur de pipi rance. Je voulais voir la vie, même si pour cela, je devais accepter l'escorte de deux gaillards loqueteux et de leurs clébards qui nous attendraient devant le bar avec sur leur face grisâtre la mine patibulaire de ceux qui veulent impressionner les méchants.

« Peyton ! commençai-je le plus calmement du monde alors que nous nous installions sur la banquette moelleuse d'un établissement situé non loin du château. Ces manières de mec, ça me plaisait avant, c'est vrai, mais là, ça ne me fait plus du tout rigoler. Tu veux achever deux hommes à terre ? Alors vas-y, mais arrange-toi pour ne pas nous louper. Parce qu'Harry, lui, n'hésitera pas une seconde à te broyer le crâne à coups de pierre. »

J'étais vexé qu'elle ne me fasse pas suffisamment confiance, fâché qu'elle tente de soutirer des informations à Harry. L'histoire d'Harry appartenait à Harry, il faudrait bien qu'elle s'y fasse et je le lui dis.

L'air sincèrement navré, Peyton se confondit en excuses – disons qu'elle était irritée et soulagée en même temps –, puis elle me promit qu'elle ne ferait plus jamais rien dans mon dos.

Je la trouvai soudain touchante dans ses contradictions, troublante même. Elle sentait un peu la sueur et ses cheveux sales étaient attachés à la va-vite. Elle avait quelques mèches blanches, plein de rides au coin des yeux quand elle souriait, et elle dégageait toujours autant de force et de gaieté. Elle m'avait tellement manqué.

« Je voudrais… Je te demande pardon, Peyton. »

J'avalai d'un trait la bière pression qu'un serveur venait de poser devant moi et tentai de masquer le tremblement qui agitait mes mains. Je me sentais comme un con et Peyton rougissait à la façon d'une adolescente. Ses doigts jaillirent de sous la table et s'entremêlèrent aux miens. Cela fit ressurgir des souvenirs enfouis, des couleurs issues du temps où tout paraissait possible.

Nous restâmes sans rien dire, comme lorsque nous nous étions retrouvés pour la deuxième fois dans ce petit bar de Gémozac où ses parents, originaires de Portsmouth, avaient une résidence secondaire. Nous n'avions pas vingt ans.

Lors de notre première rencontre, nous avions discuté des heures, de tout, de rien, d'affaires intimes, de choses essentielles. Je lui avais parlé de mon père, elle du sien, nous nous étions confié ce que nous n'avions jamais dit à personne et quand l'heure de partir était venue, nous avions eu l'impression de quitter un très vieil ami. L'été d'après, lorsque nous nous étions retrouvés, elle avait pris mes mains, comme ça, et après un long silence elle m'avait dit je t'aime. Nous ne nous étions même pas encore embrassés. Mais c'était évident.

Cette fois, les mots n'étaient plus nécessaires. Il nous avait fallu du temps pour mûrir, pour comprendre que nous n'allions pas tout gâcher, parce qu'à présent nous connaissions le prix de la vie sans l'autre.

Peyton se leva brusquement et m'entraîna dans le colimaçon de métal qui menait vers le petit meublé du premier étage où elle avait élu domicile depuis quelques jours. En montant, elle me dit en riant que mes yeux brûlaient sa nuque et ses reins et que je lui avais manqué. Ses doigts tremblaient en tournant la clé dans la serrure. Elle s'effaça pour me laisser entrer et je restai immobile, les bras ballants, sonné de me retrouver là, avec elle.

Je ne sais même pas à quoi ressemblait le papier qui couvrait les murs, ni même si c'était du papier, d'ailleurs. Je ne me souviens plus de la taille du lit ni de la couleur de la moquette. Peyton me refoula vers le mur et m'embrassa comme une furie, ses dents titillaient mes lèvres et sa langue luttait avec la mienne. Je retrouvai avec bonheur l'odeur de sa peau, de ses cheveux.

Je la pris debout, ou plutôt ce fut elle qui me prit car son corps m'engloutit tout entier avec une folie et une joie intense. Je me souviens d'un moment magique où l'un et l'autre nous retînmes cris et respiration, au cas où il serait entré quelqu'un, comme des adolescents, comme des survivants, rapides sans être brutaux, à la limite de la lucidité tant le plaisir fut violent.

Nous avons fait l'amour longtemps, goûtant le plaisir d'être enfin réunis. Ce jour-là, nous nous sommes promis que rien ne pourrait plus nous séparer.

« Jamais l'un sans l'autre, je lui ai dit.

— Plus jamais. »

## 68

J'eus quelque difficulté à me concentrer sur les enregistrements que Peyton me fit écouter alors que nous étions encore dans sa chambre, nus et heureux, après des heures passées à nous réapprendre, à nous redécouvrir. Nous avions vieilli, et nos retrouvailles n'en furent que plus émouvantes.

Pendant presque une après-midi, j'avais pu oublier les tueurs à nos trousses, la mort à chaque coin de rue, Harry et ses âneries. Harry et ses mystères.

Mais dès que Peyton eut posé le casque sur mes oreilles, j'entendis un Harry hors de lui, pleurnichard et braillard, totalement incohérent, conteneur et niche à gogo, rien de très neuf, hey brin d'zingue t'as pas cent balles, je vous épargne les détails. Sûr qu'au royaume des jean-foutre, Imao serait roi !

C'est ce que je lui dis d'ailleurs lorsque, après avoir encore fait l'amour, Peyton et moi fûmes retournés au camp.

Mais il affirma qu'il fallait plusieurs séances pour découvrir des informations cohérentes, qu'il devait agir avec précaution, pour ne pas rendre Harry complètement cinglé.

Et faute de mieux, je m'en remis à ce psychiatre qui, m'avait confié Peyton, avait connu ses heures de gloire avant de décompenser et de rejoindre les hordes des nouveaux barbares.

Si cela avait été possible, j'aurais découpé le crâne d'Harry et fouillé sa cervelle pour découvrir ce qu'il y avait à l'intérieur, au lieu de le droguer ainsi.

Mon Harry bava d'abord – effets secondaires des produits destinés à lui ouvrir l'esprit et dont je ne voulus rien savoir –, puis il eut un malaise avant de se retirer dans des contrées connues de lui seul.

« C'est tout ? m'inquiétai-je.

— C'est la troisième séance en deux jours, me confia Imao, il doit être fatigué. »

Je m'insurgeai. Nous n'avions pas une minute à perdre.

« Je me fous de savoir si cette grosse feignasse est fatiguée, hurlai-je à l'attention d'Imao. On sera bientôt trop raides pour courir, s'il ne fait pas un petit effort !

— Jan », murmura Peyton en posant ses doigts sur mon bras.

Imao me lança un regard inquiétant quand je lui avouai que, s'il était capable d'un pareil miracle, je cesserai de dire pis que pendre sur les psychiatres, puis il passa comme un voile devant ses yeux et il se désintéressa de ma personne pour fouiller dans un amas de papiers entassés sur un secrétaire branlant. Je m'approchai de lui, suspendu à ses lèvres, tandis qu'il déchiffrait son écriture.

« Voyons, voyons, marmonnait Imao. Je ne suis pas encore gâteux. »

Pour ça, non, il ne l'était pas. Malgré une tendance à verser dans des dérives assez abstruses, l'esprit d'Imao restait brillant en toutes circonstances. Il m'affirma qu'Harry, bien que très perturbé et confus, n'était pas un affabulateur et qu'avec un peu de temps, il pourrait découvrir ce qui s'était réellement passé.

« Oui, oui, dit-il enfin, après d'interminables secondes. Je penche en faveur de votre théorie, Harry a subi un événement particulièrement traumatisant. Voyez-vous, nous pouvons affirmer qu'il a été soit enlevé, soit témoin d'un enlèvement. Ou peut-être même complice d'un enlèvement.

— Simon Fergusen a fait naufrage voilà dix ans… murmurai-je.

— Ne vous laissez pas guider par vos certitudes, philosopha Imao en me coupant la parole. N'imaginez pas, échafaudez ! Êtes-vous vraiment certain qu'il a fait naufrage ?

— Tout l'indique…

— Vous croyez vraiment à la thèse du navire de passage qui l'aurait recueilli dans l'Atlantique Nord et l'aurait déposé en Inde dans un conteneur aménagé ? »

Ma pomme d'Adam ne cessait d'aller et venir dans ma gorge. Je n'aimais pas du tout la tournure que prenait cet échange. J'avais bâti cette théorie, certes bancale, sur les dires d'Harry. Et ce psychiatre d'opérette m'avait affirmé que mon Harry ne mentait pas. Alors où voulait-il en venir ? Je jetai un rapide coup d'œil vers Peyton, qui avait pris place aux côtés d'Harry et lui tenait la main.

« Vous êtes un homme intelligent, Jan… »

J'attendis qu'il achève sa phrase, mais il la laissa ainsi suspendue dans le silence, la bouche entrouverte, comme s'il avait eu un enfant en face de lui et qu'il l'aidait à formuler la bonne réponse.

« Simon Fergusen, simple pêcheur, kidnappeur occasionnel, m'entendis-je articuler, organise son propre naufrage pour… échapper aux autorités, avoir les mains libres, puisque supposé mort ? C'est ridicule, non, ça ne tient pas la route. »

Imao s'approcha d'Harry, dont le corps s'était avachi sur le canapé. Sa cage thoracique se soulevait lentement et avec régularité.

« Le grand sac sur la tête, murmura Imao à l'oreille d'Harry. C'est étouffant, vous n'arrivez pas à respirer comme il faut, vous salivez, vous bavez, il fait tout noir… »

Harry secoua la tête. Il garda les yeux fermés mais son visage s'anima. Sa peau rougit d'un coup, tandis qu'il s'arrêtait de respirer.

« Pas la tête, ça fait mal ! Tu vas voir mon con comme tu vas manger froid. Tu sais qui je suis, hein ? ! Peux plus respirer, ils m'ont fait mal et ça pue là-dedans. Maman, je serai plus méchant, promis, si… le petit Jésus aussi, je te promets que je ne serai plus jamais vilain… j'aime pas qu'on me touche le nez, vous m'entendez ? Je veux sortir ! Et toi, le négro ? Tu dégages de là ! »

Le corps d'Harry se plia en deux et Peyton s'écarta de lui précipitamment. Ses yeux écarquillés s'assombrissaient de seconde en seconde. Sa bouche béait sur des mots oubliés et sa langue claquait sur son palais.

« Tout va bien, dit Imao d'une voix apaisante. Allonge-toi…

— Tu me tutoies pas, connard ! T'as vu jouer ça où ! Hein ? Tu recommences une fois et je t'éclate ta grosse gueule de pédé ! »

Harry vociférait comme jamais je ne l'avais vu faire. Sa voix était différente, plus affirmée, le ton ne traînait pas comme souvent chez lui et il n'y avait rien d'enjoué dans sa façon de proférer des grossièretés.

Peyton et moi échangeâmes un regard interloqué.

Étions-nous enfin face à Simon Fergusen ?

## 69

Elle était belle avec ses cheveux défaits et ses yeux pétillants. Non, elle était mieux que ça, elle était craquante, et j'avais l'impression de fondre comme un marshmallow grillé.

Quand nous nous retrouvâmes pour boire un verre en amoureux, la nuit tombait. Harry s'entendait à merveille avec Imao et les hommes du camp. Il jouissait des plaisirs de la vie en forêt et encourageait même mes escapades avec Peyton. « Vas-y, copain Jan, c'est dans la poche avec P'tits Bobs. Et attention aux hélices, hein ! Fais pas le con. »

J'avais d'abord craint qu'il ne nous jalouse. Mais Harry était un type bien, le crâne un peu fêlé, mais un type bien.

« Quand tout sera terminé, on se trouvera une grande maison dans les Landes et on y construira une cabane pour Harry !

— Tu vas l'adopter ?

— Pourquoi pas ? On ferait une chouette famille ! Il est comme un gros bébé ! me répondit Peyton en riant.

— Tu ferais mieux de me dire si oui ou non, t'as des infos sur les sales gueules de Lisieux ! »

Peyton s'était absentée quelques heures pour contacter un vieux copain débarqué de la crim dont elle attendait des nouvelles. Elle me fit un clin d'œil et trinqua à nos amours au moment où son téléphone vibrait dans sa poche.

C'est alors que tout bascula.

Peyton décrocha, je la vis pâlir, elle fronça les sourcils, visiblement dérangée par une mauvaise réception, et se précipita dans la rue pour répondre. Je la suivis des yeux. Elle semblait perdue et je me souviens encore du pincement que je ressentis dans la poitrine, à ce moment-là.

« Peyton ! m'écriai-je en me levant. Attends ! »

Ma chaise tomba sur le sol avec fracas.

Un homme se pencha pour la ramasser tandis que

j'attrapais le sac de Peyton pour régler nos consommations.

« Celle-ci est pour nous », me dit-il en me tendant le billet de dix euros que je venais de lâcher sur la table.

Je jetai un rapide coup d'œil vers lui, d'abord, incapable de comprendre ce qu'il voulait, puis j'en déduisis qu'il parlait de ma bière.

« C'est très aimable, crachai-je, prêt à bondir pour rattraper Peyton, merci.

— C'est le verre du condamné. »

Mon sang se glaça. J'étais tétanisé.

On nous avait retrouvés, cela ne faisait pas l'ombre d'un doute. Mais comment, et surtout si vite ?

« Tout ce que nous voulons, c'est ce que vous savez. »

Je ne répondis pas tout de suite.

Les poings serrés sous la table, je jaugeais mes chances de neutraliser cet adversaire. Large d'épaules, une gueule cassée, il inspirait la prudence. Et comme par hasard, notre escorte s'était éloignée de la porte pour faire la manche.

« Réfléchissez, monsieur Craven, nous voulons être certains que vous n'avez rien laissé derrière vous. Nous connaissons les fouineurs dans votre genre. Pensez à votre vieux père.

— Tas de merde ! rétorquai-je, fou de rage.

— Calmez-vous. Je ne fais que rendre un service. Je ne veux pas d'ennuis. »

Il s'éclipsa avec une rapidité étonnante.

Estomaqué, je me dirigeai vers la sortie, les genoux faiblards, quand le barman m'adressa la parole :

« Jan Craven ? »

Je secouai la tête assez stupidement.

« C'est pour vous », me dit-il en tendant un téléphone mobile.

La voix de Peyton résonnait dans l'écouteur. Elle vibrait de peur.

« Le coup de fil, tout à l'heure, c'était…

— Eux. »

Aux bruits qui entouraient sa voix, je devinai qu'elle se trouvait dans le métro, hors d'atteinte.

« Je n'ai pas le choix. Ils ne me laissent pas le choix. Je dois faire vite !

— Sauve-toi, Peyton, et ne prends pas de risques. Je t'aime. Je te retrouverai. »

Je raccrochai sans lui permettre de répondre. Bouleversé, en colère, paralysé par cette impuissance qui me gagnait.

Où que j'aille, ils étaient là. Quoi que je fasse. J'avais la sensation d'être prisonnier d'une boîte dont les parois auraient été faites de peau de chagrin. Ils ne me lâcheraient pas. Jamais. Et je ne devais la vie, je l'avais compris, qu'à ces sauvegardes de mes notes que j'envoyais régulièrement sur diverses boîtes mail.

L'idée que Peyton puisse être suspecte, complice d'Imao même, m'effleura quelques secondes. Ils avaient opéré en secret, tenté des séances d'hypnose sans m'en parler, elle m'avait serré contre elle, ses jolis yeux avaient exprimé du désir, de la joie… et elle venait de disparaître.

Merde. Je devenais fou.

Je n'étais pas un héros. Et je commençais à douter de tous et de tout.

Pardon, Peyton, pardon. Jamais je ne me détournerai de toi.

Devais-je me terrer dans un trou en attendant que l'orage passe ? Non. Je n'imaginais pas abandonner Harry. Ni Peyton. Et je ne voulais pas non plus mettre mon père en danger. Il n'avait rien à voir avec cette fichue histoire.

Je composai son numéro. La sonnerie tinta dans le vide. Le répondeur ne se déclencha pas.

# … Et montré
# la tour Eiffel à Harry

# 70

Peyton avait été contrainte, je ne sais pas comment, à nous quitter. Les gars qui étaient chargés de nous escorter l'avaient suivie dans le métro, mais avaient été refoulés par le service d'ordre.

Bref, Peyton s'était volatilisée et je ne savais rien d'elle. Avait-elle encore ses parents, des enfants peut-être ? Nous n'avions parlé de rien… Quiconque lui serait cher pourrait servir les intérêts des fumiers qui nous pourchassaient.

Et mon père qui ne répondait pas ! J'avais résisté à l'envie de le rejoindre. Je n'allais pas commettre les erreurs qui avaient coûté la vie à Laurie. Ma méfiance, plus aiguisée que jamais, devait au moins nous sauver la mise ! L'idée était tentante, bien sûr, mais inenvisageable. Où se cacher, quand on a peu d'amis et plus un sou en poche ?

Pourtant, il fallait encore fuir.

Je conseillai à Imao, après l'avoir remercié pour son accueil et son aide, d'être prudent. Rien dans son comportement ne pouvait me faire penser qu'il était du mauvais côté. Je l'avais injustement soupçonné. Il tenta de nous retenir, prétextant qu'avec lui, nous étions en sécurité, je refusai. Il n'insista pas et Monsieur Pompon et lui nous accompagnèrent jusqu'à une cabine d'où Imao passa un rapide coup de téléphone.

« Garez vos miches, comme disait ma vieille mère, dit-il après avoir raccroché. Définissez votre priorité. Qu'est-ce qui est le plus important : jusqu'où vous irez, ou de quelle façon vous y arriverez ? »

Le grand gaillard me serra la main. De sa paume immense, un billet de cent euros glissa vers la mienne en même temps qu'une clé anonyme. Il me dit avec son sourire en coin, comme un cadeau qu'il me tendait, qu'un taxi ami nous attendrait devant le château avec des instructions pour nous déposer dans un endroit tranquille, où nous pourrions, Harry et moi, nous refaire une santé avant de reprendre la route.

Nous trouvâmes le taxi au lieu indiqué. Nous y grimpâmes et Vincennes ne fut bientôt plus qu'un souvenir.

Comme un accident bloquait le périphérique, je priai le chauffeur d'emprunter les quais, où qu'il ait reçu l'ordre de nous conduire. Je devenais vraiment paranoïaque – on l'aurait été à moins – et imaginais des scènes comme en avaient connu les Italiens dans les années 80, un juge dans une voiture, un flot de circulation dense, un scooter ou une moto, chauffeur plus passager, une arme automatique qui crache en rafale. Et boum le juge ! Les trottoirs, la chaussée, les piétons et les voitures, les façades, d'innombrables fenêtres, autant de possibilités de cachettes pour des tireurs embusqués.

Je n'avais jamais vécu ainsi, en fuyard. Et je subissais cette pression permanente avec une difficulté croissante. Je tremblais pour moi, certes, mais aussi pour Harry, qui ne ferait pas trois pas seul sans se faire prendre, et pour mon père, que je ne parvenais pas à joindre. J'ignorais s'il trimait aux champs comme toujours ou s'il était mort. Et prendre de ses nouvelles ou lui rendre visite équivaudrait à le condamner.

Drôle de situation. Je me rendis compte que le temps où je rattraperais les années perdues avec lui n'était pas pour demain. Le temps où j'apprendrais à être un bon fils n'arriverait peut-être jamais.

Et puis, il y avait Peyton… Un nouveau pincement me vrilla le cœur. Elle m'était restée dans la peau.

La traversée de la capitale d'est en ouest se fit sans encombre, moi, perdu dans mes pensées et Harry, le nez collé à la vitre. Jusqu'à ce que la tour Eiffel apparaisse et que mon compagnon de route se mette à s'agiter et à répéter sans cesse :

« Là ! Là, je veux aller là ! Veux aller là ! »

## 71

Le chauffeur de taxi me lança un regard anxieux dans le rétroviseur. À sa décharge, je dois préciser qu'Harry devenait vite inquiétant pour quiconque tenait entre les mains un volant, une pile d'assiettes ou un détonateur sensible aux vibrations. Pris de je ne sais quelle prémonition, il stoppa son véhicule sur le côté gauche de la chaussée au moment même où Harry ouvrait sa portière et roulait sur le macadam.

Je le vis avec effroi passer à un cheveu des roues d'une voiture rouge – un PT cruiser conduit par un type chauve – et atteindre le terre-plein central sans une égratignure. Effarante insolence des innocents ! Devant moi, les voitures passaient tandis qu'Harry, de plus en plus flou et lointain, poussait des cris de joie et sautait comme un cabri.

Le temps de récupérer l'adresse de la planque d'Imao et de traverser le quai de Branly, je me ruai vers les ascenseurs de la tour, persuadé de le retrouver, hilare.

Mais dans la foule qui s'amassait sous les milliers de tonnes de poutrelles, point d'Harry. Il courait sur le Champ-de-Mars, en direction de l'École militaire, j'eus à peine le temps de voir son dos disparaître entre deux promeneurs.

Quelle mouche l'avait piqué ? Il n'y avait pas une seconde à perdre, je pris mes jambes à mon cou et fis mon possible pour le rejoindre. Mais Dieu qu'il était long, ce Champ-de-Mars, et qu'elles pesaient lourd, mes années de je-m'en-foutisme et d'agapes. Je perdis Harry de vue plusieurs fois. Mais il allait droit devant lui, ce qui me facilitait la tâche.

J'étais hors d'haleine quand je le vis s'arrêter enfin. Il avait traversé l'avenue de La Motte-Picquet et demeurait immobile sur le parvis de l'École militaire, les bras ballants, les épaules en dedans.

J'eus le sentiment de regarder une marionnette qu'on avait cessé de faire remuer. Je faillis l'appeler, me retins. Non, surtout pas. Il se passait quelque chose dans la tête d'Harry, enfin, et je devais le laisser faire. Je restai donc sur le trottoir opposé, les mains posées sur les genoux, nauséeux, la salive aux coins des lèvres. Une minute passa ainsi.

Mais Harry tourna la tête et me vit.

« Là ! » hurla-t-il.

Il désignait l'entrée de l'école. Je ne comprenais rien.

« Là ! Il a fait mal là ! »

Harry souleva son tee-shirt et s'en couvrit la tête.

« Tu fermes ta gueule, tu la boucles ! »

Sa voix avait changé, elle s'était faite soudain plus rude, rauque, comme celle d'un enfant qui tente d'imiter un homme. Il baissa ensuite son tee-shirt, me fixa dans les yeux et s'écria :

« Veux pas rester là ! »

Il déguerpit à toutes jambes.

Je tentai de lui emboîter le pas, mais mes muscles ne voulurent rien savoir. Je vis Harry manquer se faire renverser par une camionnette, frapper sur le pare-brise d'un coup de poing vengeur et repartir en éructant des grossièretés.

Je me lançai tant bien que mal à sa poursuite et pris l'avenue Émile-Acollas, où il venait de disparaître.

Je retrouvai Harry à moins de cent mètres, qui tambourinait sur la porte d'un immeuble en poussant de longs rugissements.

« Hey brin d'zingue, t'as pas cent balles ! »

J'accélérai le pas, un scandale avec ce voisinage rameuterait la police dans les cinq minutes. Et je n'y tenais vraiment pas. En approchant, je notai que l'immeuble était un hôtel particulier et qu'une belle plaque en cuivre lustré donnait l'intitulé suivant : Fondation Malesherbes pour le développement durable.

« Arrête, Harry ! Tu vas nous faire embarquer ! »

Dans un quartier pareil, deux types en jean et sweatshirt, barbus et hirsutes (je ressemblais à un ourson à moitié chauve), occupés à troubler l'ordre public, dérangent non seulement le passant, mais aussi les concierges, les copropriétaires et l'épicier arabe.

Sauf qu'Harry n'en savait rien et redoublait d'efforts sur cette porte, heureusement renforcée de ferrures ouvragées. J'eus beau le tirer en arrière, cela n'eut aucun effet.

« Fous-moi la paix ! hurla-t-il, j'ai pas envie de partir. Tu comprends rien, mon Jan, j'ai pas envie du tout.

— Et pourtant mon petit père, il va falloir t'y résoudre ! »

Je dus le cogner pour me faire obéir, à coups de poing en pleine tête, puis sur la nuque, jusqu'à ce que ses genoux plient. Même ainsi prostré, Harry ne voulait pas lâcher cette porte.

« Il n'y a personne, lui dis-je doucement. Le dimanche, il n'y a jamais personne. Viens. On reviendra plus tard, promis. »

J'étais bouleversé par son désarroi. De grosses larmes coulaient sur ses joues hâlées et des sanglots agitaient sa poitrine. Je le pris alors dans mes bras et le berçai doucement.

« Viens, maintenant, tu vas me raconter tout ça. Mais pas ici. Allez, Harry, tout va s'arranger. Copain Jan est là. »

# Comment j'ai croisé un mainate, visité un château…

## 72

Le cœur gros de la fuite de Peyton, l'épaule endolorie par le poids d'Harry, je ralliai dans l'île de la Jatte l'ancien cabinet de ville du docteur zinzin. Le vaste appartement classieux, construit à la fin des années 80 – deux bureaux, une salle d'attente, une cuisine équipée –, n'était plus meublé que de vieux canapés défoncés.

Rien ne m'expliquait pourquoi Imao préférait sa cabane humide du bois de Vincennes à cet endroit sans véritable identité. Détail qui resterait à jamais un mystère. Il y avait l'électricité et le téléphone, quelqu'un réglait donc les factures.

Pour la première fois depuis la mort de sa mère, Harry avait parlé d'elle, d'odeurs de cuisine auxquelles il mêlait celle du curry de Sushila, de ses bras, de sons de rue et d'océan qu'il entendait pendant qu'elle le câlinait. Tout avait commencé avec cette sombre fureur lâchée sur la porte silencieuse de l'hôtel particulier, il avait pleuré et je n'avais pas su quoi faire.

L'ordinateur portable d'Imao mit un bon moment à démarrer. J'eus le temps de questionner Harry au sujet de sa conduite devant la tour Eiffel. Mais mon ami semblait de retour vers lui-même, dans cet endroit de sa personnalité qui se fichait de tout sauf des oiseaux, des papillons, de l'odeur de la mer et des gâteaux tout frais.

Plusieurs fois, alors qu'il pleurait dans mes bras, il avait prononcé le mot « maman », et je l'avais encouragé dans ce sens. Aucun homme ne peut rester insensible à l'évocation de ce sein nourricier. À moins qu'il ne l'ait pas connu. Et encore. Mais je n'avais obtenu de lui que ce grand regard tout bleu qui risquait tôt ou tard de me happer.

J'avais espéré qu'Harry puisse exprimer du chagrin, des regrets et entamer un processus de deuil resté figé au jour de l'incendie qui avait emporté sa famille. Il me semblait naturel qu'il ressente la dureté de la vie et, par un phénomène d'écho, se souvienne. Même des bribes de son passé auraient été les bienvenues.

Quand je l'avais vu détaler devant l'École militaire, j'avais espéré un déclic. Qu'avait-il hurlé ? « Il a fait mal là », des mots qui ne signifiaient rien. Et pourquoi s'en prendre à cette fondation ? Un détail dans le décor avait dû le faire réagir, mais je n'avais pas su l'identifier.

Pendant qu'Harry pleurait toutes les larmes de son corps, l'ordinateur démarra enfin et je suivis les consignes d'Imao en me connectant au réseau wifi d'un des voisins. Les premières informations tombèrent rapidement.

La fondation Malesherbes allait fêter ses huit ans. Le business du développement durable était en plein essor. Je parcourus rapidement la présentation du site, m'intéressai aux actions de ces bienfaiteurs, partout dans le monde, du tiers au quart, en passant par les invisibles, ceux qui ne cadraient même pas avec ces définitions, les plus pauvres que pauvres qui n'avaient même pas pour eux les résidus des poubelles.

Il demeurait sur cette Terre des gens de bonne volonté dans toutes les catégories de la population, soit, mais en quoi cela pouvait-il me concerner ? Il n'y avait aucun rapport avec le Kerala ou les îles Anglo-Normandes.

Je lançai alors une requête sur les propriétaires de cette fondation, ou de l'immeuble, ou de tout autre domaine s'y apparentant. Je n'eus pas à chercher longtemps. Il s'agissait des Hainault, les industriels, Malesherbes étant le nom de jeune fille de la fondatrice : Christine Malesherbes, issue elle-même d'une riche famille d'armateurs. Le couperet tomba avec une violence qui me laissa quelques instants chancelant.

La famille Hainault avait été bouleversée une dizaine d'années plus tôt par une dramatique affaire d'enlèvement. Je téléchargeai tous les articles de presse que je trouvai sur le net pour me remémorer les faits avec précision, mes souvenirs ne me laissant que quelques bribes de ce fait divers qui avait secoué la France alors que je me trouvais en pleine tourmente électorale russe.

Axel Hainault, l'unique héritier de l'empire familial, avait été enlevé par une organisation mafieuse et assassiné malgré le versement d'une rançon s'élevant à trente millions d'euros.

Il était alors âgé de vingt-deux ans. Son corps, retrouvé des mois plus tard dans le coffre d'une voiture immergée, avait été inhumé au cimetière du Père-Lachaise, dans le caveau familial. Les tractations police-famille-criminels avaient duré des semaines. Et tout le monde s'était laissé berner. La police, par les parents, qui avaient juré qu'aucune rançon ne serait payée – le commissaire Victor Principe avait démissionné quelques mois plus tard pour devenir auteur à succès – ; la famille, par les ravisseurs, qui n'avaient pas tenu leur promesse de rendre l'héritier ; et le public, par la presse, elle-même manipulée par ceux qui possédaient assez de pouvoir et d'argent pour changer l'histoire.

Après une heure de recherches, j'éteignis l'ordinateur, toujours sous le coup d'une intense excitation.

Les yeux encore bouffis de larmes, mon pauvre Harry ronflait sur le canapé après avoir englouti six hamburgers, deux portions de frites, son demi-litre de Coca, suivi du mien, que j'avais à peine entamé.

Je le regardai longuement, le cœur serré, inquiet malgré le sentiment qu'enfin, je touchais au but. Mon compagnon de route et d'infortune était-il lié à cet enlèvement qui avait défrayé la chronique ? Était-il un témoin gênant, un complice trop gourmand, une autre victime ?

Ce qui était troublant, c'est que rien et tout à la fois correspondait avec les bribes intelligibles que nous avions pu tirer des séances d'hypnose. J'en tremblais presque, conscient d'évoluer sur une arête vertigineuse où l'avenir pouvait être merveilleux sur un versant et catastrophique, voire inexistant, sur l'autre.

J'approchais de la vérité, je le sentais au fond de moi. Et les risques allaient augmenter au fur et à mesure que la distance me séparant de cette lumière diminuerait.

Quelles étaient mes options ? Faire rouvrir l'enquête ? Il n'en était pas question, ou du moins pas encore. Il serait toujours temps d'y penser… plus tard. Alors quoi ? Contacter la famille Hainault ? Le père était mort deux ans après son fils, dans le crash de son jet. Il restait la mère, Christine Hainault-Malesherbes, la madone drapée dans son chagrin. La fondation n'avait dû être qu'un dérivatif à sa douleur.

J'oubliais un détail : oh, deux fois rien, un de ces petits grains de sable qui chatouillent ou irritent ! Puisque, avec cette énorme rançon, j'avais probablement découvert l'origine de la fortune d'Harry, qu'en était-il des flingueurs multirécidivistes qui nous filaient le train depuis des semaines ? Combien étaient-ils ? Qui étaient-ils ? D'anciens complices de Simon Fergusen, ou des tueurs payés par la famille Hainault pour venger la mort d'Axel ? Question épineuse que j'allais devoir résoudre, au risque de me jeter dans la gueule du loup. Les pieds dans un bloc béton, ça crispe, paraît-il !

Je mis au point un stratagème pour le lendemain et secouai Harry. Il était temps de partir. Imao savait tout de notre histoire. Placé entre des mains expertes, il parlerait, cela ne faisait pas l'ombre d'un doute. Je m'étonnais presque d'avoir passé sans dommage ces quelques heures dans son bureau.

Harry grogna. Quand il ouvrit les yeux, je me forçai à ne pas y chercher la trace du tueur qu'il était peut-être.

Avant de partir, je composai le numéro de Peyton, juste pour entendre le son de sa voix. Elle ne répondit à aucun de mes appels, mais je ne pus renoncer à me faire du mal en écoutant son message d'accueil. Et raccrocher quatre fois sans rien dire.

## 73

C'est fou ce que ça peut rendre con de surveiller une cabine téléphonique plus de cinq minutes. Alors cinq heures, ça titille les nerfs et expédie les pensées vers de lointains vagabondages.

Harry et moi étions allongés sous un sapin nord-américain du parc de Saint-Cloud. De là, nous embrassions une vue magnifique, au centre de laquelle se trouvait une cabine téléphonique grise à parois en verre intactes.

Et pourquoi diable surveiller cette cabine ? Parce que, non content de devenir paranoïaque, je tenais à rester en vie. J'y avais passé quelques coups de fil pour dénicher les coordonnées de Christine Hainault-Malesherbes. Et j'avais obtenu sa commune de résidence d'une vieille relation dans la presse people. Ensuite, le maire de Montfort-l'Amaury n'avait pu me refuser ce service. Pourtant, nous ne nous connaissions pas, mais peut-on réellement s'opposer au pouvoir de persuasion d'un ex-journaliste-du-vingt-heures-du-week-end-d'une-importante-chaîne-nationale ?

Avant de contacter la veuve Hainault, j'avais élaboré une tactique d'approche. Je devais à cette dame une partie de la réalité. Et puis, si sa famille avait une quelconque responsabilité dans nos récents tracas, alors autant agiter tout de suite le drapeau blanc. Cette franchise nous éviterait à tous une confrontation désagréable.

Il y eut un long silence à l'autre bout de la ligne.

« C'est une mauvaise plaisanterie, monsieur Craven ? ! » Cette réplique était assez convenue, mais Christine Hainault, bouleversée, voulait sans doute gagner du temps. Nous nous entendîmes pour nous rencontrer l'après-midi même au château de Montfort-l'Amaury.

Sitôt le combiné raccroché, j'entraînai Harry sous cet imposant séquoia pour nous assurer que personne ne remonterait jusqu'à cette cabine pour nous massacrer. Et pour être sûr que personne n'épiait les espions, j'ajoutai une heure de surveillance et en profitai pour répondre à une question embarrassante : étais-je prêt à exposer Harry ? Allais-je compromettre sa liberté en le menant chez les Hainault ?

Je décidai d'écouter la totalité des cassettes enregistrées par Peyton. Et, pour éprouvante qu'ait été cette audition – supporter deux heures d'élucubrations « harryesques » n'est pas chose facile –, elle ne fut pas vaine.

Car à en croire mon drôle d'ami, il s'accusait d'enlèvement, de séquestration et de meurtre. Et dans le même temps se positionnait en victime absolue, pauvre petite créature innocente broyée entre les poings des méchants.

## 74

Assise dans un fauteuil Louis XV, raide comme un I, la veuve Hainault plaisanterait plus tard, peut-être. Mais je la soupçonnais plutôt de toujours en avoir été incapable. Au milieu de la pièce se tenaient l'avocat de la famille – un des avocats de la famille – et un personnage qui m'avait été présenté sous l'appellation de Barnabé, un grand type, la quarantaine en forme, quasi muet et aussi peu d'humanité dans le regard qu'un varan.

Pour ma part, j'essayais de ne pas me recroqueviller dans ce fauteuil crapaud vert forêt, agrémenté de franges sur le pourtour de l'assise, mal à l'aise sous ces plafonds façon crème chantilly et dans cette ambiance feutrée dispensée par de lourdes tentures qui sentaient la poussière et le temps passé.

« Permettez-moi de ne pas respecter les usages, monsieur Craven… »

Christine Hainault-Malesherbes pouvait se permettre n'importe quoi dans ses murs. Les Hainault et les Malesherbes comptaient parmi les mille familles les plus riches au monde.

« … et dites-moi maintenant… »

Là, je retrouvais bien le ton des gens de pouvoir face au peuple. Et ne pouvais qu'obtempérer. Mais n'étais-je pas venu pour cela ? Vider mon sac devant cette femme ? Je ne devais pourtant pas agir en dépit du bon sens, mais choisir mes mots, l'ordre des idées, rester clair et ne pas trop en raconter.

Harry attendait en bas, dans ce taxi qui nous avait menés d'un petit hôtel du XVe arrondissement jusqu'à Montfort-l'Amaury. Je lui avais proposé de regarder *E.T.* sur l'ordinateur d'Imao – j'étais certain que cette histoire de gosses qui s'amourachent d'une créature difforme l'hypnotiserait – afin qu'il m'attende sagement sur la banquette arrière. La plaisanterie allait me coûter une fortune que je n'avais pas.

« … ce qui vous permet de penser que vous avez de nouveaux éléments concernant la disparition d'Axel. »

Au pied du mur, on escalade ou on fait le mort. Mais comme j'avais la main, je devais la conserver.

« Comme vous le savez peut-être, madame Hainault, j'ai été évincé par le nouveau comité directeur de ma chaîne… »

Dire qu'il n'y avait que quelques semaines ! J'avais le sentiment d'avoir plus vécu au cours de cette période que pendant les quarante années précédentes.

« Je suis parti en Inde pour me ressourcer et décider de ce que j'allais faire du reste de ma vie. C'est là-bas que j'ai rencontré Harry, un personnage curieux, celui-là même qui se trouve au cœur de ma démarche… »

J'aurais pu tout dire, mais je me contentai de lui raconter comment j'avais croisé le chemin d'un naufragé débile dont j'ignorais alors tout, un homme simple traqué depuis des années par des assassins. Je ne cachai pas les faits notoires : la prise de contact avec les autorités britanniques, le rapatriement sur Jersey, l'assassinat des femmes Fergusen, celui de Laurie en Normandie, la pression constante dont nous faisions l'objet depuis le commencement, Peyton, qui s'était envolée avec les photos des tueurs, jusqu'aux récents événements au pied de la tour Eiffel, puis, ce qui m'avait amené à ce château, l'effroyable colère d'Harry, mêlée de chagrin, devant la fondation Malesherbes.

« Un psychiatre a soumis Harry à des séances d'hypnose. Et nous en avons conclu qu'il avait été victime ou témoin d'un enlèvement. »

Je poursuivis en insistant sur les dernières heures. J'étais certain qu'Harry avait reconnu l'endroit où Axel Hainault avait été kidnappé, mais j'avouai ignorer son rôle exact dans cette affaire. Serait-il un témoin suffisamment fiable pour remonter jusqu'aux ravisseurs, avait-il lui-même été enlevé par ces criminels ? À ces questions, pas de réponse. Je pouvais affirmer cependant que cet homme était la clé qui conduirait la famille Hainault jusqu'à la vérité.

La veuve m'avait écouté sans broncher. Seul son avocat, maître Liotard, s'était permis quelques questions concernant des détails ou des éclaircissements, en particulier sur l'identité du psychiatre qui avait examiné Harry, ce que je lui refusai bien entendu.

« Que voulez-vous exactement, monsieur Craven ? lâcha froidement Christine Hainault après un silence. Pourquoi êtes-vous là ? Il existe une troisième possibilité que vous avez volontairement omise. Comment pouvez-vous m'assurer que Simon Fergusen n'est pas un des assassins de mon fils ? »

Cette remarque, je la redoutais.

Bien sûr qu'Harry pouvait être un salopard. Pour m'en convaincre, je n'avais qu'à me souvenir de ce bloc de roche avec lequel il avait mis fin aux jours de l'otage de Sundeep. Harry, mon gentil petit agneau, si doux soit-il, avait eu des réactions violentes. Effrayantes, même. Mais devant Christine Hainault, je ne pouvais valider cette hypothèse. Autant me mettre un flingue sur la tempe immédiatement.

Non, il était impératif qu'elle le pense inoffensif, innocent.

Je lui parlai alors de ces années d'errance et de solitude, de ces mois d'emprisonnement au Kerala, la cheville reliée à un émetteur, ce qui faisait d'Harry un otage, une victime – là, j'exagérai un tout petit peu, c'est vrai –, de son attachement à des choses simples, comme l'odeur des gâteaux et la lueur tournante d'un phare. Je lui parlai de son enthousiasme d'enfant pour la pêche comme de nos longues balades à vélo. Je lui avouai cet attachement qui m'avait surpris, tout ce qu'Harry avait touché au plus profond de moi, ce qu'il avait changé, peu à peu. Je lui racontai son chagrin si longtemps refoulé et sa joie de prendre l'avion, son rire quand je n'avais pas osé traverser l'estuaire alors qu'il avait fabriqué son radeau de bidons.

Je dus être particulièrement convaincant car le visage de la veuve se détendit progressivement. Je voyais ses lèvres palpiter. Quelque chose dans sa voix avait changé, quand elle me demanda de poursuivre mon histoire. J'y décelais comme une part d'humanité, de faiblesse qui me mit en joie. Christine Hainault avait apprécié chacun de mes mots.

Lorsque je me tus, bouleversé par l'énergie que j'avais montrée à défendre Harry, elle m'amena dans un salon contigu, une salle que je détestai aussitôt que j'y posai le pied.

Les murs étaient couverts de portraits, de visages austères sur lesquels s'étalait tout l'orgueil de la lignée des Hainault depuis plus de deux cent cinquante ans. Et tous ces morts toisaient l'impudent visiteur. J'eus le désagréable sentiment d'être parvenu au jour du Jugement dernier.

Les tableaux étaient chronologiquement alignés et nous dûmes les longer tous avant de parvenir là où la veuve Hainault désirait me conduire. Devant le portrait de son fils. Ma tirade sur Harry l'avait tant chamboulée qu'elle voulait partager avec moi cette tendresse, cet amour qu'elle avait perdu dix ans plus tôt.

Ce qui me frappa d'abord, ce fut le regard d'Axel Hainault. Il avait des yeux d'un vert tendre dont la teinte illuminait aussi le portrait de feu Pierre-Louis Hainault, son père. Et de la plupart de ses aïeux.

« Axel venait d'avoir dix-huit ans, me confia sa mère, quand il a remporté le championnat du monde de biathlon. Il était si doué, si beau… »

Je ne pouvais pas dire le contraire. Ce garçon était une gravure de mode. Des épaules de nageur, le visage carré façon Apollon de campus américain, un port de tête à la hauteur des attentes de sa mère, Axel était promis à un avenir rempli de jolies femmes. Riche, des traits fins, un regard où vibrait une intelligence vive, il n'y avait pas de justice. Sauf que ce jeune prodige était mort avant d'avoir pu exprimer tous ses talents.

Mon regard fut accroché par un bijou qui brillait autour de son cou. Une médaille de baptême très semblable à celle que gardait jalousement Harry, du temps de son arbre et de sa niche. Une femme qui tient son bébé dans les bras. Je frissonnai. Le fait qu'Harry possédait certainement le bijou d'Axel Hainault ne le disculperait pas, bien au contraire. Le problème, c'est que je ne pouvais pas faire tourner la médaille du tableau pour en être sûr.

Je serrai les dents, priant pour qu'il ne mette jamais les pieds dans cet horrible endroit rempli de morts qui vous fixent, et me tournai vers mon hôtesse, les yeux pleins de contrition. Jamais personne ne m'avait ainsi regardé. J'eus le sentiment d'être fouillé jusqu'aux os.

« Espérer n'est plus dans mes attributions, monsieur Craven. Croire non plus, d'ailleurs. Mais jamais je n'abandonnerai. Si ce que vous me dites peut conduire à la justice, alors je vous ferai confiance. Et je n'imagine pas une seconde que vous tentiez de m'abuser. On m'a déjà convaincue de la bonne foi de votre démarche. »

Depuis mon appel de la veille, Christine Hainault avait été renseignée sur moi. Peut-être pouvait-elle mieux que quiconque résumer ma vie, de mes origines jusqu'à ce jour où je me présentais devant elle.

« Je suppose que vous aimeriez faire repartir votre carrière, qui est au point mort. Il suffit que je décroche mon téléphone pour que tout recommence pour vous, monsieur Craven. »

Le plaisir des puissants, quel bonheur ce devait être de prétendre des choses pareilles ! Cette femme avait ce pouvoir. Ses relations possédaient les médias, en

France ou ailleurs. Ses relations possédaient le monde et devaient aussi être capables de stopper ce cauchemar. Patience, patience.

« Simon Fergusen, alias Harry, m'attend dans le taxi avec lequel je suis venu, dis-je simplement.

— Vraiment ? s'étonna-t-elle. Vous n'aviez pas de doute alors !... »

Christine Hainault posa une main rassurante sur mon bras et donna l'impulsion du départ. Le petit sourire qui traînait sur son visage m'informa que je n'avais plus de raison de m'inquiéter. Nous remontions la salle aux portraits quand la double porte en bois ouvragé s'ouvrit.

La montagne de muscles répondant au prénom de Barnabé m'informa qu'un chauffeur de taxi cherchait à se faire payer. Christine Hainault le congédia d'une courte phrase, visiblement agacée d'être importunée pour le prix d'une course.

Je la remerciai et m'inquiétai aussitôt d'Harry, encore parti en vadrouille. L'enfermer relevait de la gageure. J'avais juste espéré que pour une fois, il se tiendrait tranquille un moment.

## 75

Le taxi quittait la propriété quand nous parvînmes, la veuve et moi, sur le parvis. Devant ma mine dépitée, Barnabé, qui, malgré son épaisseur impressionnante, avait été le plus rapide, précisa que mon ami se dégourdissait les jambes dans le parc et qu'il ne risquait pas d'en sortir seul, les issues étant bien gardées.

J'insistai, « Êtes-vous sûr qu'il ne risque rien », en désignant la vaste pelouse – six ou sept terrains de football, piqués d'arbres multicentenaires –, qui s'étalait devant moi et, derrière, la lisière d'un bois où Harry pouvait se terrer pendant des semaines. Sans parler de la ceinture arrière du château, dont je ne voyais rien et qui était plus étendue encore. Christine Hainault m'assura d'une voix douce que la propriété était entièrement close et parfaitement sécurisée et qu'elle allait envoyer quelqu'un pour le chercher.

« C'est un être traumatisé à l'extrême, précisai-je, refusant d'utiliser le mot "débile" pour le qualifier. Il peut avoir des réactions inattendues. Comme un enfant terrorisé.

— Veuillez me suivre, monsieur Craven. Avec tout ce que vous m'avez confié, et tout ce que vous m'avez tu surtout, vous devez être exténué. Ne vous inquiétez pas pour votre ami, nous allons le retrouver. Et puis, mes hommes vont assurer votre protection. Vous n'allez pas imaginer que le danger viendrait d'ici, tout de même ? »

Mon sang se glaça. Elle avait utilisé un ton si désinvolte pour prononcer ces mots que mon cœur s'était mis à battre la chamade. Mais toute idée de révolte était vaine. Christine Hainault me convia à prendre un peu de repos, ce que je fis l'instant d'après, devant une tasse de thé – une variété que je ne connaissais pas, livrée par avion spécial – accompagnée de gâteaux succulents. Les plaisirs simples de la vie de château.

Mais toute situation, aussi agréable soit-elle, possède son revers.

Christine Hainault me questionna si habilement qu'après l'échange, je ressentis une grande fatigue. Et au cours de ces quelques heures, je parlai du séjour d'Harry au Kerala, de Sushila et de Cibal, du conteneur aménagé et des séances d'hypnose, fantasmes et réalité confondus. Mais je parlai aussi de Peyton, de mon inquiétude pour elle, et la veuve Hainault m'assura qu'elle allait s'occuper de la faire retrouver dans les plus brefs délais.

Ces déclarations nous envoyèrent dans la chambre d'adolescent d'Axel – dont le dressing-room avait à lui seul la superficie d'un studio parisien pour un célibataire ou un couple –, chambre qui n'avait pas changé depuis dix ans. Tout y avait gardé sa place, des affiches du syndicat d'extrême droite de la fac d'Assas aux bouquins qu'il lisait. Je visai aussitôt un exemplaire en parfait état de *Mein Kampf* dans sa version originale, datée de 1942, on imprimait encore en plein cœur de la tourmente.

Et tandis que la mère me dressait un portrait de son fils chéri – voyez comme il aimait les costumes du siècle dernier, celui-ci pour le bal de l'X, celui-là pour le carnaval de Venise, c'était un enfant brillant et un jeune homme… comment dire ? Impétueux, oui, c'est ça, Axel avait l'orgueil et la fougue des Hainault –, je découvris un aspect de lui que ne mentionnait aucun des articles de presse que j'avais parcourus : un jeune homme radical, campé dans des idées racistes à vomir.

Christine Hainault ne me vit pas blêmir. Elle était trop occupée à ressasser des souvenirs et se parlait à elle-même plus qu'elle ne tentait de me dresser le portrait d'Axel, agenouillée devant une grande malle cerclée de fer. Quand elle se redressa, au bout de quelques minutes, elle tenait dans ses bras un costume de gentilhomme du Nouveau Monde, façon XIXe siècle.

« Il portait un vêtement très similaire à celui-ci le soir où il a disparu, me confia-t-elle, la voix plus sourde. Comme votre ami le décrivait pendant sa séance d'hypnose, voyez-vous ? Et ça, la presse n'en a jamais fait état. Pour le bien de l'empire Hainault, toute communication sur la disparition d'Axel a été retardée au maximum. Ensuite, quand cela n'a plus été possible, mon mari a lâché les chiens. Et ils se sont repus, jusqu'à l'écœurement. Axel a été massacré, monsieur Craven. Ça non plus, la presse ne l'a pas su. Celui qui lui a fait ça mérite de souffrir éternellement. Je l'ai vu, j'ai dû reconnaître mon petit. Son visage était écrasé à coups de pierre. Quel gâchis, il était si beau ! »

## 76

Malgré les heures que nous passâmes ensemble, je ne sais toujours pas si Christine Hainault m'inspirait de l'horreur ou de la pitié. Après qu'elle eut pleuré sur la beauté perdue de son fils, nous redescendîmes au rez-de-chaussée. Je n'étais pas au mieux, je ne cessais de songer à ce qui pouvait bien arriver à mon cher Harry.

Devant mon inquiétude grandissante, la veuve me confia aux bons soins de Barnabé, qui me rassura très vite. Mon camarade d'infortune, visible sur les écrans de contrôle, batifolait dans les bois de la propriété avec deux gardiens du domaine, des dobermans nommés Zeus et Apollon – je me moquai discrètement du manque d'imagination de Barnabé, qui devait se prendre pour Higgins –, des molosses à la réputation de sanguinaires qui semblaient doux comme des moutons. Il en possédait des talents cachés, Harry ! Il savait parler aux animaux, construire des maisons dans les arbres, faire des carrioles avec rien, dormir n'importe où, peloter les plus jolies filles sans prendre de claques et faire fondre le cœur du plus endurci de tous les hommes !

Ainsi rasséréné, je pus prendre un peu de repos avant le dîner, abandonnant pour quelques heures le poids d'une responsabilité que personne ne m'avait confiée. Je restai longtemps sous la douche, une de ces cabines, merveilles de technologie, où l'eau masse en même temps qu'elle apaise et nettoie. Un régal ! Puis je m'allongeai sur le lit avec dans l'idée d'y faire un somme, mais mon esprit ne put se résoudre à rompre avec cette journée extraordinaire, ce jour où Christine Hainault-Malesherbes, l'une des femmes les plus riches au monde, m'avait assuré sa protection et proposé un retour sur le devant de la scène.

Mais je me sentais seul. Plus seul que jamais. Peyton et mon père étaient toujours aux abonnés absents, et Harry batifolait dans les arbres. Je n'aurais jamais pensé qu'il pût autant me manquer.

À vingt heures, je me rendis sur la terrasse sud où le dîner avait été servi. L'avocat était encore des nôtres, et avec la veuve, nous étions trois à table. J'escomptais que l'odeur des mets ferait sortir Harry du bois. Mais il n'en fut rien. Je l'imaginais heureux, dans les arbres ou en compagnie des chiens, et passai finalement une soirée agréable.

Pour la première fois depuis des semaines, j'étais détendu. Et j'en profitai. Mme Hainault m'interrogea sur ma carrière, et surtout sur ce que je projetais d'en faire, à présent que mon retour dans le monde de l'information m'était offert sur un plateau. Je songeai à Peyton, à la joie qu'elle aurait éprouvée de partager ces instants précieux, tentai de la joindre sans succès, sa messagerie était encore saturée.

À vingt-deux heures, nous fîmes une promenade digestive dans le parc. Le soleil rougeoyait encore le ciel. Des spots illuminaient les fûts des grands arbres, les transformant en colonnes de lumière végétale. L'effet était saisissant.

L'extinction des feux se fit à minuit, après la longue combustion d'un cigare de première qualité et l'ingestion d'un cognac hors d'âge. Mme Hainault nous laissa une heure plus tôt. Je restai donc avec l'avocat, qui se fit un plaisir de me détailler son parcours, lié à celui de la famille, sans s'apercevoir qu'il parlait de lui comme d'un clébard.

Je rejoignis ma chambre le dernier, avec un rire cynique, résultat de l'alcool, de la fatigue et du soulagement qui m'habitait.

En parvenant à l'étage, j'aurais dû poursuivre mon chemin jusque dans l'aile gauche du bâtiment, mais mes pas m'entraînèrent trop près de la chambre d'Axel pour résister à la tentation d'en pousser la porte.

Au début, je restai dans la nuit, le cœur battant, m'attendant à tout moment à voir surgir l'énorme Barnabé. Puis, comme la demeure craquait de toutes parts sans manifestation humaine, je refermai cette porte et allumai une lampe.

Voyons, qu'avais-je pensé d'Axel, à première vue ?

Un petit con qui pensait qu'être riche suffisait à nourrir des idées pour ceux qui vont se tuer au travail dans les usines de papa, pétri d'une philosophie du *white power* – blanc, catholique et possédant –, virulent, presque nazi s'il avait été antisémite. J'avais raison.

Axel, au terme d'un constat aussi court qu'expéditif, avait tranché pour la fin d'un monde laxiste et prônait un nouvel ordre, établi sur des critères définis dans le manuel du parfait petit membre du KKK. Le jeune Hainault, celui qui aurait dû reprendre les rênes de l'empire capitaliste, rêvait d'un monde différent. D'un monde dangereux.

Je ne poursuivis pas mes investigations plus avant. Je risquais en demeurant sur place de me faire prendre et de toute façon, j'avais ce que je cherchais.

Je gagnai alors ma chambre, une pensée pour Harry et son lit de feuilles, une autre pour Axel Hainault, qui aurait eu un peu plus de trente ans aujourd'hui.

Quelle aurait été son action, s'il avait eu le pouvoir entre les mains ? Serait-il allé au bout de ses convictions, ou les conseils d'administration l'en auraient-ils empêché ?

La réponse à ces questions était difficile à entrevoir, mais une chose était certaine, le portrait de la victime ne cadrait pas avec ce que j'en avais lu dans la presse. Si la veuve Hainault était d'accord, je tenterais d'interroger le flic qui avait été chargé de l'affaire. Mais il me fallait inventer un prétexte, je ne pouvais pas raisonnablement évoquer ma fouille de la chambre d'Axel.

## 77

Un cri me réveilla. Ou un rêve peut-être. Instinctivement, je regardai l'heure affichée sur le téléviseur. Quatre heures trente-cinq. C'était un peu tôt pour entamer cette journée, un lundi, mon dernier lundi sur cette terre civilisée.

Les rideaux ne laissaient filtrer aucune lumière, dehors, il faisait nuit noire. Un autre cri vint faire écho au premier, très étouffé et pourtant bien réel. Je m'habillai rapidement et dévalai l'escalier. Cela venait d'en bas, j'en eus la certitude quand retentit une troisième supplique. À présent que j'avais, en bougeant, supprimé une cloison entre mon oreille et ce son qui se répétait, je le jugeai plus aigu. Qu'était-ce donc ? Personne ne bougeait dans la demeure, pas même Barnabé, qui devait sauter sur tout ce qui semblait suspect. Rien d'autre, si j'en croyais le silence qui régnait, que ces cris qui se répétaient à intervalles réguliers.

Au rez-de-chaussée, je compris que cela provenait

des cuisines. Les cris étaient devenus des mots, et les mots une énigme supplémentaire. La voix très haut perchée qui braillait ainsi appartenait à un volatile. Mais ce que cette bestiole stupide criait m'échappa en totalité, jusqu'à ce que j'entre dans la pièce.

« Non, ducon, file-moi du shit ! » disait l'emplumé.

Et rien d'autre. Toutes les dix à quinze secondes, il en remettait une couche.

« Non, ducon, file-moi du shit ! »

Et là, j'assistai au spectacle le plus incongru qui soit. Harry était debout devant la cage d'un mainate. Il tenait un index posé sur ses lèvres, engageant l'oiseau à crier moins fort. Mais la proposition ne semblait pas recevoir beaucoup d'adhésion.

« Hey, brin d'zingue, t'as pas cent balles ? murmura Harry.

— Non, ducon, file-moi du shit ! » répondit l'oiseau aussitôt.

Harry était aux anges. Et moi, dubitatif. Mon *copain* abandonna le volatile dès qu'il me vit. Il battit des mains et me sauta au cou.

« Tu vois, copain Jan, il est rigolo le plumeau ! T'as vu un peu le trouduc à son pépère ! Hey, brin d'zingue, t'as pas cent balles ?

— Non, ducon, file-moi du shit ! » rétorqua illico le mainate.

Le visage d'Harry se tordait de plaisir.

« Tu l'as dressé ? » lui demandai-je, stupéfait. Après tout, il avait bien réussi à amadouer les chiens du bois de Vincennes, ainsi que Zeus et Apollon !

« Bah, t'es con, dit plaisamment Harry. Tu ne vois pas que c'est un oiseau ? Comment tu veux que je dresse un zozio ? ! Des fois, copain Jan, tu dis des conneries plus grosses que moi. Hein ? ! Il sait dire que ça, le plumeau. Essaye, tu vas voir.

— Tu vas réveiller la maison avec tes idioties.

— Pour ça, c'est fait. »

Harry venait de se métamorphoser. Dans la seconde, il revêtit une expression de gosse pris en faute.

« C'est pour les chiens que j'étais venu. Ils avaient faim. »

Il tourna la tête sur sa gauche et c'est à cet instant que je découvris Christine Hainault, en suivant le mouvement initié par les yeux d'Harry.

Elle était assise sur une chaise, en partie cachée par un frigo surdimensionné. Nous échangeâmes un regard. Ses yeux brillaient beaucoup et je la trouvais touchante dans cette chemise de nuit. Sur le plus haut trône du monde, dit-on, on n'est jamais assis que sur son cul. La veuve Hainault venait d'ajouter une maxime du même acabit : un vieux, même riche, finit toujours par ressembler à un vieux.

« Ce n'est rien, dit-elle tout bas, m'épargnant des excuses au nom d'Harry. Votre ami est une bouffée d'air pur. »

Elle se leva et rajusta un châle sur ses épaules.

« Et à mon âge, voyez-vous, monsieur Craven, on n'a plus guère l'occasion de respirer. Et on n'a plus goût aux longues nuits non plus. Allez vite vous recoucher. Pour moi, c'est déjà aujourd'hui. »

« C'est un véritable délice, me singea Harry. Une puurrrre merveille ! »

Il n'avait pas encore mangé son œuf à la coque et tentait de plaire à Christine Hainault. Je suis certain qu'elle prenait là son deuxième petit déjeuner de la journée. Elle se contenterait cette fois d'une tasse de thé et de l'aspect drolatique de la conversation d'Harry, un peu comme au zoo.

Sur cette table décorée avec goût, Harry ne savait comment s'en sortir. Il y avait trop de tout, trop de couverts, dont certains servaient à Dieu seul pouvait savoir quoi, trop de victuailles nouvelles d'aspect compliqué pour le rustre qu'il était, trop d'assiettes, rangées elles-mêmes dans d'autres assiettes, juste un peu plus grandes, et enfin trop de verres et de tasses.

La veuve, tout sourire, lui renvoya un : « Vous m'en voyez ravie, jeune homme » et se mit à rire, d'un rire fragile et cristallin. Elle semblait fascinée par la gaucherie de mon Harry, sa grossièreté, ses facéties, et décidée, elle si pressée, si occupée, si directe, à demeurer en notre humble compagnie. Enfin presque.

Je le compris lorsqu'elle me pressa de lui exposer mes projets pour la journée. Je m'étranglai avec le morceau de pain que j'avais trempé dans le jaune d'œuf. Je toussai, m'excusai platement et rétorquai que je voulais aller au bout de l'enquête, avec sa permission, que je souhaitais rendre à Harry la vie que je lui avais volée en Inde, sa tranquillité, bref, je me fis passer pour un ange, ce que je n'étais pas mais qu'importe, ce qu'il fallait c'est qu'elle me croie et me donne les moyens de mener mon entreprise à bien. Nous sortir de ce guêpier et, pourquoi pas, retrouver Peyton et réaliser son rêve, une maison dans les Landes avec une cabane pour Harry.

Pour cela, je veillai également à ne pas froisser ma bienfaitrice en évitant d'employer les mots « assassinat », « meurtre », « enlèvement », en même temps que le prénom de son fils. J'avais observé qu'elle-même parlait de disparition, je décidai de me mettre à son diapason.

Elle me confirma que Victor Principe avait quitté la police pour devenir auteur à succès – Vince P., plusieurs titres à son actif dont une terrible histoire de dressage humain, des scenarii pour le cinéma et la télévision, bref, une reconversion réussie – et qu'elle n'aurait aucun mal à m'obtenir une voiture et un téléphone pour la journée. Le parfait nécessaire du petit détective ! J'aurais droit aussi à une liasse d'euros tout neufs pour mes frais et à un rendez-vous avec Victor Principe l'après-midi même, au café Les Deux Magots, un endroit que j'avais suggéré car suffisamment fréquenté pour décourager d'éventuels agresseurs, qu'elle allait m'obtenir moins de deux heures plus tard.

Je ne sus jamais ce que Christine Hainault pensait réellement de cette rencontre avec Victor Principe, toute son attention était accaparée par Harry qui venait de découvrir du poulet dans un plat en argent. Il ne savait que faire du couvercle et tenait trois cuisses dans sa main gauche, les yeux fixés sur Barnabé qui le toisait avec colère.

« Harry n'est pas habitué, tentai-je pour l'excuser.

— Mais laissez donc ! Qu'il mange, ce petit, les nappes sont faites pour être salies, sinon où serait le plaisir. »

La veuve Hainault agita sa main tavelée en direction de la porte et le colosse fit aussitôt volte-face pour disparaître dans les entrailles de la demeure. Barnabé et son regard sévère envolé, ce fut le signal pour Harry. Lui qui s'était bien tenu, m'avait observé pour m'imiter au mieux – le résultat n'était guère brillant au demeurant –, se laissa complètement aller et ne songea plus qu'à satisfaire son estomac. En clair, il se bâfra. Cuisses de poulet, fromage, asperges – dont il apprécia particulièrement la sauce –, pains de toutes sortes, viennoiseries, salade de fruits et, cerise sur son gâteau, des îles flottantes, qui l'accaparèrent une bonne dizaine de minutes – Harry joua avec comme s'il s'agissait de petits bateaux agités par une tempête – avant de les dévorer. Après quoi, il ne put retenir un rot de belle taille.

Je ne pouvais plus dissimuler ma gêne, mêlée d'une formidable envie de rire. N'était-ce pas ainsi qu'autrefois les seigneurs de ce château honoraient les cuisinières ?

Nous devisâmes encore quelques minutes, à propos du temps qui passe et des maisons de famille, des impôts, de la toiture et du nombre de jardiniers nécessaire à l'entretien du parc, du personnel de maison, et à cet instant, je n'enviais pas tout cet argent, ce luxe, cette abondance.

La veuve Hainault était une vieille femme seule, pas solitaire, non, mais seule. Et je compris pourquoi elle pardonnait déjà toutes les âneries d'Harry. Elle avait retrouvé une raison de rire, de s'occuper un peu. Harry réagissait comme un enfant, s'esclaffait comme un enfant et faisait des bêtises, comme un enfant. C'est ce qui le rendait si attachant. Il était drôle, sincère et juste dans sa relation au reste du monde. Avec lui, il n'y avait pas de mensonge, pas de trahison possible.

Lorsque j'informai la veuve de l'imminence de notre départ, elle m'opposa immédiatement qu'Harry était heureux ici et qu'il ne pourrait être qu'une charge inutile pendant mon enquête. Elle me proposa de lui offrir le gîte et le couvert, le temps que les choses se tassent. Au château, il ne risquait rien, la propriété était gardée comme une forteresse et j'aurais ainsi les mains et l'esprit libres.

J'accueillis la proposition de Christine Hainault avec soulagement. Non que je me réjouisse de laisser Harry, mais je préférais le savoir en sécurité. Il fallut néanmoins que je lui explique ce que j'allais faire à Paris et pourquoi je m'y rendais sans lui. Mais quand il comprit qu'il pourrait jouer dans le jardin et manger tout ce qu'il voulait, il ne discuta plus.

« Elle est cool la vieille schnock ! ajouta-t-il. Si ça continue, elle va me becqueter dans la pogne, tu vois le truc ! Hein, mon Jan, t'imagine la vieille dans la cage avec le zozio. Hein, brin d'zingue, file-moi du shit ! Et pis, tu vas voir, on va rester ici. C'est comme les vacances, c'est chouette. Tu connais pas les chiens, sympas les chiens ! »

Inutile de lui préciser qu'il nous faudrait partir, qu'un jour il devrait vivre sa vie, tout seul, ou avec nous s'il le souhaitait. La réalité lui apparaîtrait d'elle-même, plus tard, et il ne serait plus nécessaire d'argumenter pour lui faire comprendre que chacun habitait chez soi, que c'était ainsi, qu'il ne pouvait pas se construire une cabane dans le parc sous prétexte qu'il le trouvait beau.

Cette conversation se déroula dans la cour arrière, alors que je m'apprêtais à grimper dans une Audi tout en cuir et chromes.

« T'as qu'à dire à la police que tu m'as pas vu », me dit-il en essayant de conserver son sérieux.

Mais il n'y arriva pas. Il éclata de rire et se laissa tomber dans une brouette remplie de branches coupées.

« Putain, sauta-t-il hors de son siège improvisé. Mal au cul, ça ! »

Je me penchai sur l'objet de la douleur.

« Dans la rose, on n'offre que la fleur », fis-je, sentencieux.

J'avais remarqué qu'il me suffisait souvent d'être un tantinet sérieux pour me débarrasser de lui.

« Faut que t'y ailles, là », me dit-il en pouffant.

Je profitai de l'aubaine et m'installai derrière le volant, tournai la clé et fis vrombir le moteur. Il me retint au dernier moment.

« Dis, copain Jan, c'est quoi du shit ? »

Difficile de lui expliquer, lui qui ne fumait pas, ne buvait pas, ne se droguait pas et n'avait aucune envie de le faire.

« C'est un peu comme du chocolat, tentai-je maladroitement. Mais ça peut faire du mal…

— C'est bon ça alors ! s'écria-t-il, sans me laisser

le temps d'achever mon explication. J'en veux moi du shit ! Eh Barnabé, t'as du shit ? J'en veux ! »

Harry était heureux, comme d'habitude, d'une simple chose, comme la promesse d'une friandise. Alors qu'il courait dans l'allée, se dirigeant vers le château, je démarrai et le regardai rétrécir dans le rétroviseur. Il ne vit pas la main que je secouai par la vitre ouverte. Et c'est couillon d'avouer une chose pareille, mais j'avais le cœur gros.

… Et rencontré Victor Principe, ex-flic, auteur à succès un peu barré…

# 79

Je me garai au deuxième sous-sol du parking Saint-Sulpice et remontai la rue de Rennes en jouissant du plaisir simple de marcher dans la rue sans avoir à me retourner. Je fus arrêté par quelques passants nostalgiques du temps où j'œuvrais sur les ondes, et physionomistes – j'avais changé, beaucoup maigri, j'étais bronzé et mes cheveux poussaient, je n'avais plus besoin de faire le beau –, auxquels je signai quelques autographes. Les refouler aurait été plus voyant que de m'attacher à leur faire plaisir.

Cinq minutes plus tard, je suivais le boulevard Saint-Germain et à la fin de la minute suivante, j'entrais dans le café où j'avais si souvent traîné mes guêtres. Les Deux Magots, c'était une ambiance, une décoration inchangée depuis des décennies, et entretenue dans l'état avec un savant savoir-faire. Y pénétrer avait toujours provoqué chez moi de drôles de sensations, comme celle d'entrer dans un lieu saint.

Je laissai la terrasse bondée pour la fraîcheur de la salle, songeant qu'à l'issue de cette histoire, j'écrirais un roman où se mêleraient légèreté et critique acerbe du monde, comme Boris Vian avant moi. Figure emblématique de mon amour pour les lettres, il avait frotté ses jambes de pantalon sur ces banquettes. Il devait bien en rester quelque chose.

La salle presque vide ne me laissa en quête de mon rendez-vous que le temps d'un éclair. Victor Principe était là, le visage penché sur un journal qu'il avait étalé sur la table.

Je me présentai en projetant mon ombre sur les feuilles imprimées. Il attrapa la main que je lui tendais et me flatta avec un : « Je vous aurais reconnu, mais j'étais absorbé par la page des faits divers, vous comprenez ! »

Je commandai une pression et entrai dans le vif du sujet, lui expliquant brièvement les raisons de ma venue. Après le sourire des premiers instants, Principe retrouva l'expression austère qui le quittait rarement. Et cette fois encore, je fus très attentif aux éléments que je livrais.

Victor Principe était un renard et un ancien flic, ce qui le rendait doublement sournois. Pas question de tout lui dire, mais pas question non plus de se passer de son aide. Lorsqu'il m'eut écouté, il soupira, défroissa machinalement son journal et approcha son visage du mien.

« Puis-je vous faire confiance, monsieur Craven ? »

C'est lui qui posait cette question ! L'effet de surprise passé, je me dis qu'il s'agissait sans doute d'un effet calculé et lui retournai la question, abruptement.

Principe sourit, d'un de ces sourires carnassiers qui disent : j'aime les bonimenteurs dans ton genre, mais n'exagère pas trop quand même ! Et il répéta sa question.

Avec ses cheveux noirs coiffés en arrière, une mèche rebelle sur les yeux, ses yeux cernés de sombre et son nez aquilin, il me faisait penser à un acteur italo-américain qui interprétait souvent des rôles de flic ou de mafieux.

Tout en l'observant d'un air soupçonneux, je tournai mille mots dans ma tête et ne trouvai aucune réponse idéale.

Alors, je lui dis, en articulant plus lentement que d'habitude, que j'étais las de vivre avec des tueurs sur les talons, que je souffrais d'ignorer où se trouvaient mon père et la femme que j'aimais et que ses questions à la con, il pouvait se les garder. Puis je m'agaçai subitement et ajoutai avec rage en me levant, prêt à le laisser en plan :

« Mais, c'est le monde à l'envers, je marche sur le cul ou quoi ! »

Alors Victor Principe m'arrêta d'un bel éclat de rire et m'invita à monter chez lui.

## 80

Je m'attendais à tout en rencontrant Victor Principe, alias Vince P.

Le bonhomme avait la réputation d'être d'une intransigeance rare, que ce soit avec lui ou avec ses collaborateurs, et d'avoir une capacité de travail hors du commun. Je m'attendais à tout, mais pas à ça. Il vivait non loin des Deux Magots, rue Garancière, dans les combles d'un immeuble appartenant à une société fiduciaire.

« Savez-vous qu'à l'origine, ce bâtiment était une imprimerie ? »

Je n'en savais rien, et pour être franc, je m'en contrefichais, mais mes lèvres s'arrondirent sur un « Vraiment ? » poli, car j'étais conscient qu'il me fallait ménager l'animal. L'ancien flic devenu auteur à succès se tourna vers moi avec un sourire plutôt convenu et présenta un badge magnétique devant une cellule de lecture. La lumière verte vira au rouge et le mécanisme d'ouverture s'enclencha avec un bruit glacial de porte de prison.

« Une imprimerie, absolument, poursuivit Principe en m'entraînant dans l'escalier de service. Inconvénient : il n'y a pas d'ascenseur. Avantage : une partie des infrastructures de production est restée en l'état et… c'est pour cette raison que je loge ici. Vous allez comprendre. »

Six étages plus haut, essoufflé, les cuisses en feu, je pénétrai dans son antre. D'abord une pièce exiguë qui servait de lieu de stockage et de dressing, chichement éclairée par une lucarne et entièrement recouverte de boiseries anciennes. Elle donnait sur un couloir d'une demi-douzaine de mètres, lui-même brutalement interrompu par un escalier en colimaçon.

« C'est une véritable souricière, commentai-je d'un air sinistre.

— Vous ne croyez pas si bien dire ! Cet endroit, insoupçonnable depuis l'extérieur, a abrité bien des gens pendant les heures sombres de l'Occupation. Mais venez, vous n'avez encore rien vu ! »

C'était amusant de voir ce type d'une cinquantaine d'années crâner comme un gamin qui exhibe un nouveau jouet. Mais l'amusement fut vite remplacé par une angoisse tapie au fond de l'estomac. L'escalier nous emmena sur une plateforme magnifique, les combles à proprement parler, trois ou quatre cents mètres carrés, peut-être davantage. Victor Principe s'était installé là, dans cet enchevêtrement de poutres où l'œil ne savait tout d'abord lire qu'un chaos incroyable. Mais un chaos savamment pensé. Les fermes et les linteaux délimitaient des espaces de vie qu'il avait su optimiser et les lucarnes d'origine avaient été remplacées par de lumineuses verrières.

« Les imprimeurs devaient recevoir les bobines de papier en bas, au rez-de-chaussée. Logique. Et puis la fabrication commençait. Pour certains produits, je pense que tout se passait entre le premier et la cour, mais pour d'autres, les caisses montaient dans les étages pour passer entre différentes mains. Ici, ce devait être le fignolage, effectué par des femmes peut-être, ou des enfants. Nous parlons là de la fin du XIX$^{e}$, n'est-ce pas. Et alors, merveille des merveilles, venez par ici ! »

Victor Principe claqua deux fois des doigts et l'appartement entier s'illumina. Il m'entraîna dans la partie opposée à l'escalier, là où se trouvait son espace de travail : constitué de longs rayonnages de livres, de centaines voire de milliers de dossiers méticuleusement classés, de deux plateaux équipés d'ordinateurs et d'un bureau administratif en bois garni de nombreux tiroirs.

Après avoir contourné une ultime poutre recouverte d'un voilage pourpre, nous butâmes sur un caisson qui émergeait du plancher, une excroissance intrigante. Il m'expliqua, en ouvrant la trappe, que les caisses de livres et de documents redescendaient par là, avec la possibilité d'un arrêt à chaque étage, ou d'un accès direct à l'entrepôt de livraison.

Une odeur de moisissure se dégageait du conduit obscur, si forte que j'en eus des frissons de dégoût. Je voulus reculer, mais j'étais bloqué par une ferme de grosse section à ma gauche, derrière moi le mur et de l'autre côté, la haute silhouette de Principe. Je restai donc immobile, m'efforçant de respirer par la bouche, et encore, à petites goulées rapides.

« C'est parce qu'il y a cette échappatoire que j'ai choisi l'appartement.

— Échappatoire ?

— Mon vieux, me sermonna Principe avec un drôle de rire, il va falloir faire mieux que répéter mes fins de phrases en arrondissant des yeux de faon si vous voulez survivre dans ce monde ! »

Je me sentis stupide. Victor Principe m'attrapa par l'épaule et m'entraîna dans son bureau en riant.

« Axel Hainault n'était pas l'héritier modèle dont a parlé la presse, Jan, vous me suivez ? »

Il était passé du « monsieur Craven » à « mon vieux », puis à « Jan » en un temps record et me noyait à présent sous un flot de phrases courtes ponctuées par de grands moulinets des bras.

« J'ai enquêté dans certaines directions à l'époque, me dit-il, contre l'avis de ma hiérarchie. Il n'y a pas deux poids deux mesures dans ce beau pays, Jan, c'est une réduction simpliste du monde que de penser cela. Non, il y a le monde des puissants, avec leurs règles, leurs passe-droits et leur logique. Et puis il y a les miettes pour les autres. Ce qui régit la société ne concerne pas réellement les possédants. Et quand l'un d'entre eux tombe entre les mains de la justice et finit par aller en prison, c'est qu'il n'a pas été malin, ou qu'il a fait les frais d'une exemplarité due à des rigidités sociétales. Mais il n'y reste jamais longtemps. Avez-vous constaté cela, Jan ? Je suis sûr que oui. »

La réponse à cette question n'offrait pas le moindre intérêt à mes yeux et je n'étais pas chez lui pour entendre un discours cynique sur l'état du monde. Pourtant, chaque fois que j'orientais la conversation vers le sujet qui m'intéressait, Victor Principe semblait se faire un plaisir de digresser. Il atteignit des sommets lorsque j'évoquai la personnalité complexe d'Axel Hainault, ange et démon à la fois.

« Complexe ? ! s'exclama-t-il. Mais ils le sont tous, ces petits merdeux qui n'ont d'autre mérite que d'être bien nés ! Parce qu'il ne faut pas vous leurrer, Jan, ils ont plus d'argent qu'ils ne pourront en dépenser en douze vies, et les mêmes besoins primaires à assouvir que le zonard de base ! C'est même ce qui les rend pénibles, voire dangereux. Oh, ils n'auraient pas de sexualité, seraient-ils châtrés à la naissance qu'ils se transformeraient peut-être en de gentils gardiens des intérêts de la planète ! Mais non, leurs mères, comme toutes les mères, se pâment devant leurs énormes testicules de nourrissons ! Et pas question d'y toucher. C'est leur nouvelle source de plaisir, à ces gourdes ! »

Je l'interrompis brusquement, agacé par son discours, et lui rétorquai qu'à mon avis, Axel était bien plus qu'un petit-bourgeois sans cervelle et qu'il me tardait d'aborder les dessous de l'affaire Hainault, principale raison de ma visite, et ce avant de m'enraciner définitivement dans son plancher en chêne.

Un instant surpris par la véhémence de mes paroles, Victor Principe s'ébroua. La raison lui revenait enfin, ce qui ne l'empêcha pas de peaufiner ses effets d'annonce.

« Je n'ai jamais cru cette histoire d'enlèvement contre une rançon, murmura-t-il en regardant autour de lui, comme un fou tout juste sorti de l'asile. Et pour cause, la famille a payé, les billets n'étaient pas marqués, les services de police bernés, bref, rien n'obligeait les malfaiteurs à se débarrasser du jeune Hainault. Or, le gamin a été massacré. Ce qui pour moi est la preuve qu'il a été enlevé pour être assassiné ! »

# … Et compris
# qui était Narcisse

# 81

Je n'étais pas au bout de mes surprises, je le soupçonnais depuis mon arrivée dans ces combles. Je savais qu'en interrogeant Victor Principe, je lèverais un lièvre ou deux, je me doutais que l'affaire Hainault était bien plus compliquée qu'il n'y paraissait. Principe semblait convaincu que le jeune Axel avait été assassiné. Mais alors pourquoi ses meurtriers avaient-ils joué la comédie de l'enlèvement ? Qu'avaient-ils fait de l'argent de la rançon ?

Intrigué, je le pressai de s'expliquer, sans pour autant lui livrer mes réflexions. Il me fixa longuement, je restai silencieux, soutins son regard, il céda le premier, puis fit pivoter le fauteuil de bureau dans lequel il s'était installé et roula jusqu'aux étagères chargées de dossiers. Il effleura plusieurs piles du bout de l'index, en examina un qu'il rangea aussitôt avant d'en saisir deux autres un peu plus loin. Victor Principe remontait dans son passé d'enquêteur en brigade criminelle. Ses doigts virevoltaient parmi les feuilles, les photos, les PV, les rapports de toutes sortes, dont il était certain que beaucoup étaient des originaux détournés des archives de la préfecture.

« Voilà ! s'exclama-t-il d'un air triomphant. Le jeune Bartholomé a été assassiné le 29 juin, soit moins de six mois avant l'enlèvement du fils Hainault.

— Et ?

— Comment ça, et ?

— Quel est le lien ?

— Le lien ? Il me demande quel est le lien ! Mais il ne s'agit pas de lien ! C'est bien mieux que ça !

— Que voulez-vous dire ? L'affaire Hainault est une conséquence du meurtre de Bartholomé ?

— Ah ! Ah ! Vous êtes malin vous ! On peut dire ça !

— Mais encore ? »

Je dois avouer que je ne voyais pas où Principe voulait en venir. Tout se bousculait dans ma tête et mes facultés d'analyse étaient quasi inexistantes.

« Axel Hainault avait une petite amie à l'époque, une gosse de riche nommée Duquesne, du même nom que les industries agroalimentaires de son père. Oui ? Oui ! »

Victor Principe paraissait en partie dément, mais sa vision transversale des événements m'attirait, m'excitait même.

« Et cette Duquesne avait un penchant pour les hommes, disons, exotiques. »

Il fut secoué par un rire nerveux. Au même moment, un filet de sueur coula sur mon front, suivit l'arête de mon nez et donna à mes lèvres un petit goût salé. J'avais peur de comprendre.

« Vous voyez où cette histoire nous mène ? Bien sûr que vous le voyez, puisque vous avez passé un moment dans la chambre de l'angelot de service. Hainault et les nègres, il ne les appelait pas autrement, Hainault et les nègres, donc, ça n'a jamais été un secret, c'était la haine à vie. Et à mort surtout. »

C'est alors que Victor Principe me raconta comment, le 29 juin, à la sortie d'une boîte de nuit, Axel Hainault avait sauvagement agressé un jeune Noir du nom de Bartholomé, fils aîné d'un couple de médecins parisiens.

Coups de pied, de poing, il avait ramassé une barre de fer abandonnée là par les hommes peu scrupuleux d'un chantier de ravalement de façade et, ivre d'alcool, de cocaïne et de rage, il avait frappé, jusqu'à ce que les os se brisent, que la chair éclate et que le pauvre Bartholomé s'étouffe avec son propre sang.

Les quelques témoins n'avaient rien tenté, certains avaient purement et simplement tourné le dos à la scène. Voilà ce qui s'était passé. Un véritable massacre, en pleine rue. Sans que personne n'intervienne. Il ne s'agissait finalement que de la peau d'un Noir.

Les jours suivants, les rares personnes capables de désigner Axel Hainault comme le dernier à avoir vu la victime vivante s'étaient rétractées. Victor Principe m'expliqua comment, à son avis, ils avaient été achetés ou inquiétés au point d'oublier toute idée de justice. Sans témoignage solide, l'enquête resta au point mort, longtemps, puis fut définitivement abandonnée.

Lorsque, six mois plus tard, affecté à l'enlèvement d'Axel Hainault, Victor Principe se heurta à d'énormes pressions l'empêchant de ressortir le dossier Bartholomé et de relier les deux affaires, il finit par abandonner et quitter la police.

J'étais avachi dans le fauteuil, les yeux dans le vague. Je crois que je ne l'écoutais plus vraiment. Le jeune Bartholomé était noir. Il avait été massacré par Axel. Une seule question m'obsédait. Son prénom, je voulais savoir son prénom.

## 82

Narcisse !

Narcisse Bartholomé, évidemment. Ainsi ce Narcisse existait-il, il n'avait rien d'un clébard, d'une enseigne de restaurant ou d'une fleur, et il était relié au meurtre d'Axel Hainault.

Je n'osais plus dire enlèvement depuis que Victor Principe s'était montré convaincu qu'il s'agissait d'autre chose. Moi, j'étais prêt à le croire. Harry était-il un de ces témoins menacés par la famille ? Encore fallait-il trouver un rapport entre le pêcheur de Jersey et ce gosse de riches ! C'est vrai que je ne m'étais jamais vraiment intéressé à la vie de Simon en dehors de son île. Était-il possible qu'il ait connu Axel Hainault ?

Son petit effet réussi, mon hôte s'était retiré à la cuisine et préparait un café à la turque, spécialité requérant une présence constante. Il me laissait mijoter, oui ! Mais je ne pouvais pas lui en tenir rigueur. À être trop brutale, la vérité se délite, paraît irréelle et endosse finalement le visage du mensonge. Je savais cela.

J'avais moi-même contribué à répandre des mystifications d'État par petites touches, offensant chaque soir un peu plus l'intelligence du public. Mais comme dans ce pays on ne se révoltait plus guère que pour des histoires de pouvoir d'achat, je n'avais pas culpabilisé outre mesure. Et puis, à ma décharge, je n'étais pas officiellement au courant de tout. J'étais malin, informé, moins désinformé que la plupart, je devais pouvoir me faire une opinion tout seul.

Avec Victor Principe, je n'étais pas au bout de mes surprises. Il m'avait prévenu qu'il me ferait ses révélations au compte-gouttes, sans quoi, avait-il dit, je le prendrais pour un mythomane. Et je n'en aurais pas été loin, si je n'avais connu son passé d'enquêteur brillant, lu ses best-sellers et envié sa popularité auprès des médias.

Mais Victor Principe, à tort ou à raison, avait développé une forme de paranoïa à côté de laquelle la mienne ressemblait à une plaisanterie. C'était ce sentiment qui l'animait, le possédait littéralement, le faisait se retourner cent fois quand il marchait dans la rue et emménager dans un endroit à la mesure des planques les plus célèbres. Victor Principe semblait pris de fièvre, son regard laissait passer des sentiments dérangeants, comme s'il errait en permanence au bord d'un gouffre sans jamais complètement perdre l'équilibre. Ce type allait me donner des cauchemars.

Je saisis un crayon et un bloc sur le bureau et tentai de me concentrer sur ce que je venais d'apprendre de l'affaire Hainault/Bartholomé/Fergusen. Je me mis à griffonner ces quelques lignes que je vous livre, ici, claires comme dans mes souvenirs.

1. Axel Hainault tue Narcisse Bartholomé.

2. Simon Fergusen a des informations sur le meurtre. Est-il témoin, complice ou tout simplement informé par la presse ?

3. Axel Hainault est enlevé, Simon Fergusen est témoin de l'enlèvement. Trop de coïncidences cette fois. Il a des informations inconnues du grand public. Fait-il partie des ravisseurs, a-t-il été lui aussi victime d'un rapt ? La seconde hypothèse est peu probable…

4. Axel Hainault est assassiné, malgré le versement de la rançon.

5. Dix ans plus tard, je retrouve Simon Fergusen devenu Harry, planqué en Inde, des tueurs aux trousses. Riche à millions.

Récapitulation faite, je possédais de nouveaux éléments, et non des moindres. Harry, alias Simon Fergusen, et Axel Hainault se connaissaient. Sinon, comment expliquer qu'Harry ait des informations à la fois sur le meurtre et sur l'enlèvement ?

Je pensais tout haut, les doigts crispés sur le crayon de papier. J'entourai plusieurs fois les mots « meurtre » et « enlèvement ».

C'est ce moment que Victor Principe choisit pour me préciser que selon lui, Axel Hainault avait été assassiné pour expier le meurtre de Narcisse Bartholomé.

# 83

Expier un meurtre. L'idée était séduisante, même si elle me faisait froid dans le dos. Mais alors, qui était coupable ?

La famille de Narcisse Bartholomé, par vengeance ?

Le clan Hainault, pour étouffer le scandale ?

Si la deuxième option s'avérait, qui ? Les parents ? Non, impossible. Des membres du conseil d'administration alors… Ils n'avaient aucun lien affectif avec la victime et des milliards d'euros à perdre, si l'affaire venait aux oreilles de la presse. L'héritier de l'empire Hainault massacre un jeune Noir de dix-sept ans alors qu'il est sous l'emprise de drogues. Menace des témoins, chantage. Ajoutez à ça une pincée d'opinions politiques peu orthodoxes qui font trembler cedit conseil d'administration et vous obtenez un résultat explosif.

Cette seconde hypothèse me semblait la plus vraisemblable, d'autant qu'il m'était difficile d'imaginer la famille Bartholomé aux commandes d'un piège encore actif dix ans plus tard, une toile si grande qu'elle se fichait des frontières et de la taille des continents.

J'en étais à ce point de mes réflexions quand Victor revint, chargé d'un plateau où fumaient deux tasses de café.

« La journée risque d'être longue, et la nuit encore davantage. Vous êtes loin de vos déboires en Inde, n'est-ce pas ?

— Je pensais vous trouver avec une histoire rocambolesque à élucider, et c'est moi qui vous écoute. C'est vrai que je ne m'y attendais pas.

— Les rôles s'inverseront bientôt, mon cher. Je pense que vous ne m'avez encore pas tout dit. Et c'est normal. Mais à présent que nous nous faisons confiance… »

Il avait froncé les sourcils en prononçant ce dernier mot. Décidément, ce sentiment semblait lui poser un réel problème et c'est pourquoi je m'étais d'abord étonné de sa franchise et de sa facilité à me livrer autant d'informations.

Puis je compris qu'il avait reconnu en moi un semblable. Nous avions l'un et l'autre été inquiétés pour des événements dont l'ampleur et la gravité nous dépassaient. En dehors de ma décision de persuader Harry de rentrer chez lui, je n'étais pas responsable de la suite des faits, des tueries et du harcèlement dont nous avions fait l'objet. Pas plus que Victor Principe ne l'était du décès d'Axel Hainault. Il avait enquêté, senti les non-dits et établi un lien entre plusieurs affaires. Il avait fait son boulot, rien de plus. Voilà ce qui nous permettait de nous épauler et peut-être de partager notre confiance.

Son café était délicieux, je le lui dis et il me parla de ses longues journées au commissariat, de la vanité de son travail. « Si vous attrapez un voyou, deux se lèvent à sa place, et tôt ou tard, celui que vous avez attrapé retournera dans la rue. Conclusion, pour un voyou enchristé, vous vous retrouvez très vite avec trois malfrats sur les bras. Et ces gens-là, c'est comme le reste de la population, faut bien que ça mange ! »

Je ne renchéris pas, même si je partageais son point de vue. Principe s'enflammait assez facilement. Il n'avait pas besoin de moi.

Soudain, il s'intéressa à notre fuite au Sri Lanka, s'interrogea sur la manière dont nous en avions réchappé, avec autant de tueurs à nos trousses.

Il paraissait douter de ma franchise, je sentis chez lui des réticences à poursuivre l'entretien. C'est vrai, je n'avais pas évoqué Sundeep dans mon exposé initial. Je rechignais à le faire parce que, tôt ou tard, il voudrait savoir pourquoi notre trio s'était séparé. Sans elle, sans son aide, nous aurions certainement fini en chair à pâté. Pourtant, je ne voyais pas comment le convaincre de ma bonne foi.

Alors, je me décidai enfin à lui révéler cette autre partie de l'histoire. Ma relation datant de la guerre du Golfe, la connexion avec Sundeep Dhillon et ses méthodes expéditives, Gorovitch, la promesse de protection qui s'était révélée sous son vrai jour et l'accident, le terrible accident qui avait coûté la vie à notre garde du corps.

Curieusement, ce détail, qui n'en était pourtant pas un, ne retint pas l'attention de mon interlocuteur. Victor Principe m'interrompit pour me demander si j'avais apprécié les méthodes de Sundeep.

Après un bref instant d'hébétude, je compris pourquoi il me posait cette question et la révélation m'assomma, littéralement. Je me recroquevillai dans le fauteuil et fis la sourde oreille.

Je refusais d'entendre ses paroles, de le voir gesticuler face à moi, un sourire presque moqueur aux lèvres : Sundeep, l'élément déclencheur, le loup dans la bergerie ! Elle, un bras armé de Gorovitch, le responsable de nos malheurs ! Était-ce possible ?

Toujours plus ratatiné dans mon fauteuil, je n'en menais pas large, tandis que Principe m'exposait son raisonnement avec conviction : Sundeep nous avait protégés des tueurs pour mieux nous piéger pour le compte du gros bouddha !

J'étais perdu, tout se mélangeait dans mon esprit. Sundeep, Gorovitch, le cocu, le Kerala, les millions, le Sri Lanka, Narcisse, le transfert de Simon Fergusen en conteneur, sa propriété en Inde, ses comptes au Costa Rica, les types qui voulaient des informations sur ce qu'Harry m'aurait dit. Mais quoi, quoi, QUOI ???

J'avais crié, j'étais au bord de la crise de nerfs. Plus vulnérable et paumé que jamais. Je me sentais seul, pas de nouvelles de mon père, ni de Peyton, ni d'Harry qui m'avait si facilement troqué contre un parc, deux clébards et un perroquet. Et ce type, là, qui faisait s'écrouler peu à peu les théories que j'avais patiemment échafaudées. En le regardant m'observer d'un œil inquisiteur, je m'aperçus qu'en fait, il me testait.

J'en eus le souffle coupé et la gorge nouée.

« Êtes-vous prêt à bouleverser à jamais votre vision du monde ? Êtes-vous prêt à changer de vie ? »

Je jugeai les mots utilisés grand-guignolesques, mais j'étais coincé. Il insistait, avant de poursuivre ses révélations, pour que je lui donne des preuves de ce que j'avançais, arguant que je semblais fragile, influençable, et que rien encore ne lui prouvait que je n'étais pas là pour lui nuire.

Qu'il était agaçant avec ses effets de manche ! Mais la prudence le guidait et je ne pouvais pas le lui reprocher. Voilà des années qu'il surveillait ses arrières. Mon sentiment d'insécurité, la menace qui planait sur moi, ma paranoïa, tout cela ne remontait qu'à quelques semaines.

Je n'avais pas de preuves, évidemment, mais je décidai de lui montrer les notes que j'avais envoyées sur mon site Internet – cela n'avait rien de secret, ça avait même été un moyen idéal pour rester en contact avec le public, au temps pas si éloigné ou j'étais journaliste à l'antenne.

Je pianotai l'adresse sur l'un des ordinateurs et constatai que l'hébergeur avait soldé mon compte. Jancraven.com n'existait plus. Je jurai et me connectai aussitôt sur un autre serveur, gratuit, celui-là.

Mon e-mail y était encore actif, et au milieu des publicités et des photos de filles à poil m'attendait un message de Peyton, avec une simple URL en guise de texte. Mon cœur s'emballa.

Je n'avais pas eu de ses nouvelles depuis trois jours et j'espérais bien qu'il s'agirait des photos des assassins de Laurie et de quelques informations cruciales pour l'enquête. Avec ces pièces à conviction, j'allais peser un peu plus lourd face aux centaines de dossiers de Victor Principe.

Soulagé, heureux, je cliquai sur le lien… et le sang reflua de mon visage.

# Comment on m'a demandé de choisir…

## 84

Une image apparut, sombre et sans consistance.

Puis il y eut des bruits, une chaise tirée sur le sol, peut-être, et un puissant projecteur fut allumé.

Je vis alors Peyton, *ma* Peyton, assise sur un tabouret, dans une pièce longue et étroite qui ressemblait à un couloir de caves d'immeuble, trop enténébré pour que je puisse y dénicher un quelconque indice.

Aveuglée par la lumière, Peyton sanglotait, à demi nue, simplement vêtue de ces dessous que j'avais fait glisser sur sa peau, juste avant qu'elle ne disparaisse de ma vie à cause d'un mystérieux coup de fil.

Ainsi, c'est là qu'elle avait été tout ce temps. Dans ce couloir, sur ce tabouret, à attendre que je veuille bien me connecter pendant que moi, je gambadais entre Paris et Montfort-l'Amaury, inconscient, obnubilé par des questions sans réponse.

Ce qui me coupa la respiration et me choqua plus que tous les conflits du monde se concentrait sur son visage. Peyton avait été battue. Ses arcades éclatées saignaient toujours, preuve que les derniers coups étaient récents, et ses pommettes noires trahissaient d'autres coups, plus anciens. Ses lèvres étaient déchirées et je ne pouvais même pas distinguer ses prunelles bleues, tant ses paupières étaient gonflées.

« Vous connaissez cette femme ? me demanda la voix de Principe dans mon dos. Qui est-ce ? »

Je ne voulais pas entendre ce qu'il disait. J'aurais voulu qu'il se volatilise, qu'il cesse de me questionner ou qu'il utilise son bras, si long, d'écrivain-flic excentrique pour la sortir de là.

Peyton.

La colère, non, la douleur, la furie, une envie de brûler sur place, de hurler par-dessus les toits de cette ville et la certitude que je ne pouvais rien et que je n'avais jamais rien pu se télescopaient dans ma tête.

La réalité de mon égoïsme et de mon aveuglement me frappa de plein fouet. Jamais je n'aurais dû la garder près de moi, même si elle nous avait probablement sauvés en nous abritant chez Imao, même si elle disait être consciente du danger et s'en ficher. Jamais je n'aurais dû la toucher, l'embrasser, l'aimer à nouveau, la vouloir à moi pour le reste de mes jours. Jamais !

Mon poing acheva sa course sur le plateau du bureau et j'entendis soudain la voix, brisée, méconnaissable, de mon adorable Peyton.

Je m'approchai pour saisir ses quelques paroles.

Elle me suppliait. Elle me suppliait de la choisir, elle. De la sortir de là, comme je le lui avais promis.

C'est vrai, on s'était quittés, vite, et j'avais affirmé, où qu'elle soit, que je la retrouverais.

Elle me priait, pleurait, balbutiait de choisir. Je ne comprenais pas de quel choix elle me parlait, je m'agitais devant l'écran, les larmes aux yeux, fou de rage et d'impuissance.

Je vis une main gantée de noir placer un téléphone entre les doigts de Peyton. Au même moment, une sonnerie résonna dans la pièce, Victor Principe décrocha et me tendit le combiné.

Je l'attrapai, tremblant, et m'y accrochai comme à une bouée, je répétais son nom.

Peyton.

Elle était bien vivante, ce n'était pas un fichu montage, et elle me criait de la choisir. Elle.

Des voix éclatèrent autour, je vis des ombres se mouvoir et je pris peur.

Je tentai de la rassurer, avec quelques mots idiots, maladroits. Alors elle se calma, je ravalai mes larmes et lui demandai de répéter, lentement.

Elle le fit, la voix vibrante, de cette voix terrorisée que j'avais entendue alors qu'elle courait dans le métro pour leur échapper.

Je compris alors ce qu'elle disait. Je devais la choisir, elle.

C'était la vie de Peyton contre celle de Simon Fergusen.

C'était Peyton contre Harry.

## 85

J'avais besoin de temps.

Et c'est ce que je lui répondis. Je ne pouvais pas lui dire que j'étais incapable de faire ce choix. Que ce choix était impossible.

Je devais gagner du temps.

L'image disparut aussitôt ma phrase achevée. Et le téléphone m'envoya un bip strident et continu.

Je me levai et tournai en rond, pathétique lion sans cage, j'envisageai toutes les solutions, il n'y en avait aucune. Il m'était impossible de remonter jusqu'à ce site fantôme, qui n'existait sans doute déjà plus et devait être hébergé à l'autre bout du monde.

J'étais pris, piégé dans la nasse et j'allais me noyer. Voir Peyton dans cet état était difficile à supporter, mais l'idée d'un échange avec Harry l'était tout autant. Harry contre Peyton, Peyton contre Harry, cela ne signifiait rien. Harry m'appartenait-il ? Non, mais je ne pouvais pas pour autant laisser tomber Peyton !

J'étais dans une impasse.

C'est alors que Victor me suggéra de demander de l'aide à Christine Hainault et de récupérer les notes que j'avais dissimulées sur d'autres serveurs. Tant qu'elles ne tombaient pas entre les mains de l'ennemi, Peyton resterait en vie. C'est vrai, il nous fallait gagner du temps.

Soulagé par sa proposition pleine de bon sens, je procédai à la sauvegarde de mes fichiers et me saisis du téléphone qu'il me tendait. Je reconnus aussitôt la voix de maître Liotard, l'avocat de la famille avec qui j'avais dîné la veille.

Je me présentai, le saluai poliment et demandai aussitôt à parler à Christine Hainault.

« Pourriez-vous me préciser à nouveau votre nom ?

— Jan Craven, maître ! Nous avons partagé un cognac et un cigare, pas plus tard qu'hier soir ! Mes papilles s'en souviennent encore !

— Je vous demande pardon ? »

Je me heurtai de plein fouet à un mur inattendu.

« Vous êtes bien maître Liotard, l'avocat de la famille ! Je suis passé au château hier, Mme Hainault nous a hébergés, mon ami et moi-même, d'ailleurs Harry doit être avec elle, à l'heure qu'il est ! »

J'insistai, je m'aperçus que ma voix tremblait, j'évoquai notre conversation sur son parcours professionnel, mais mon interlocuteur souffrait visiblement d'une subite défaillance mentale.

« Excusez-moi, monsieur, mais je ne comprends pas un traître mot de ce que vous dites ! Et si votre voix ne m'était pas si familière, j'étais un inconditionnel de votre édition de vingt heures, je ne prendrais même pas la peine de vous écouter. Je vous assure d'une chose, cela fait des mois que je n'ai pas dîné au château ! »

Je chancelais déjà.

Mais il y avait pire.

« Il me semble que vous faites erreur, ajouta-t-il poliment. Mme Hainault est en voyage aux États-Unis depuis quelques jours. J'ignore qui vous avez rencontré à Montfort. Et personne, dans l'entourage de madame, n'a jamais entendu parler ni d'un Harry, ni d'un Barnabé, ni même de vous, d'ailleurs. Vous devriez prendre un peu de repos, mon brave ! »

Et il raccrocha.

Le cœur au bord des lèvres, je songeai à une mauvaise blague, recomposai le numéro, qui sonna dans le vide, vérifiai plusieurs fois les coordonnées de Christine Hainault, fébrile, prêt à me précipiter au château de Montfort-l'Amaury.

« Il y a forcément une explication à tout ce cirque », lâcha Victor Principe.

Mais je n'écoutais rien. De nouvelles questions hantaient mon esprit, des questions qui me tordaient les tripes. Je crus devenir fou.

Où donc était Harry ?

Pourquoi ce crétin d'avocat faisait-il mine de ne pas me reconnaître ? Et la veuve, qu'est-ce qu'elle fichait aux États-Unis, puisque nous devions nous retrouver le soir même pour convenir ensemble de la suite des opérations ? À moins que…

« Je suis certain qu'il s'agissait bien de la veuve Hainault, j'en suis certain ! hurlai-je, hors de moi. Ces satanés tordus se foutent de ma gueule, ils veulent me rendre fou ! »

## 86

« Décidément, mon vieux, vous allez de Charybde en Scylla ! »

J'étais complètement désorienté.

« C'est pire que je le pensais », ajouta la voix étouffée de Victor Principe dans mon dos. Et cette phrase me fit l'effet d'un coup de poignard. Je me retournai vivement pour le découvrir à quatre pattes devant ses archives.

Il en extirpa un carton qu'il déposa sur le bureau. Ses joues étaient rougies par le sang qui lui était monté à la tête et sa longue mèche de cheveux courait devant ses yeux.

« Le taureau par les cornes, mon vieux, c'est ça qu'il faut faire maintenant. Jetez un œil sur ces photos et dites-moi si vous reconnaissez quelqu'un. »

Que me voulait-il encore, celui-là ? Des photos ? Mais je n'avais pas de temps à perdre avec ces foutaises ! Je devais retrouver Harry à Montfort-l'Amaury et foncer tout droit au commissariat le plus proche pour…

« Dire quoi ? brailla Victor de sa voix un peu aiguë. Vous comptez raconter toute l'histoire depuis le trou dans la forêt ? Savez-vous que les commissariats sont, après les cabinets de psychologues et les bistrots, l'endroit favori des Français pour confier leurs malheurs ? Ah, vous allez être bien reçu, ça, je vous le garantis ! Croyez-en un vieux flic. Regardez ces photos, Jan ! Faites-le pour moi, vous me remercierez ensuite. »

Aussi me laissai-je tomber dans le fauteuil et commençai-je à examiner les clichés qu'il me tendait. Il s'agissait de portraits, soit volés, soit issus de fiches de prisonniers, ou encore des photos de familles, partielles pour certaines, découpées et recollées sur des fiches cartonnées. Côté faciès, il y avait des hommes, des femmes, de tous les âges, de toutes les races et de tous les horizons.

« Pinard ou… pinard ? Désolé mon vieux, je n'ai que du bordeaux. »

Boire un verre ? Ma foi, oui, ce n'était pas une mauvaise idée. Un peu d'alcool me permettrait d'encaisser plus facilement.

Les photos défilaient et je ne compris ce que Victor Principe attendait qu'après de longues minutes de visionnage attentif.

Au milieu de tout ce fatras, il y avait la photo de « Fend-la-bise », comme l'appelait Peyton. Grand, un nez en proue de paquebot qui l'apparentait aux charognards, des traits taillés à la serpe, maigre. Sur ce cliché, il était plus jeune que dans mon souvenir, le salopard qui avait abattu Laurie de sang-froid, mais c'était lui.

J'en informai aussitôt Victor, occupé à aérer un côtes de bourg 2001, récolté, selon ses dires, juste après la mascarade des tours jumelles. Il me tendit un verre – de la forme typique des verres de bordeaux – et leva le sien.

« Vous venez d'identifier l'un des innombrables pions de la nébuleuse ! Que la vie vous soit clémente ! Trinquons ! »

Je le priai d'être plus clair. Mes amis étaient en danger, pourquoi pas déjà morts d'ailleurs, l'heure n'était plus aux cachotteries ni aux effets de style.

« Le monde est bien plus complexe qu'il ne paraît de prime abord, vous êtes bien placé pour le savoir. »

Le comportement de Victor Principe m'apparaissait de plus en plus opaque. Comme je le soupçonnais de vouloir encore mettre en scène ses annonces, je m'agaçai et vidai le verre de vin d'un trait.

« Je ne vous ai pas servi ce côtes de bourg 2001 par hasard, Jan. J'ai travaillé des années sur les faux-semblants, j'ai été pris pour un cinglé par mes collègues et saqué par ma hiérarchie pour cette même raison. Mais j'ai tenu bon et j'ai constitué ça ! »

Il embrassa d'un geste les centaines de dossiers et de cartons qui tapissaient les murs de son bureau.

« Je l'ai appelée la nébuleuse. La nébuleuse, parce que rien n'y est dit clairement et que personne n'en fait partie, et que, de toute façon, elle n'est pas censée exister. D'ailleurs, elle n'existe pas ! La nébuleuse, c'est… comment vous faire comprendre ? »

Il se mit lui aussi à tournoyer comme un fauve en cage, les sourcils froncés, la tête baissée, avant de se planter devant moi, raide comme un soldat, sa mèche en bataille.

« J'ai découvert, il y a des années, qu'il existait une sorte de système intelligent et autonome, un système sans tête, fondé sur des échanges, un système diaboliquement ingénieux qui permet de faire disparaître les gens sans laisser de traces. »

# … Et pourquoi je n'ai pas eu le choix

## 87

Écouter Victor Principe pouvait se révéler un exercice périlleux et fatigant. Cet homme aux visages multiples ne livrait pas directement ses informations, prétextant, sans doute à juste titre, que l'auditoire intègre mieux les informations compliquées si elles sont exposées de façon vivante en suivant le chemin intellectuel qui les a vues naître.

« Felipe Fontes, s'exclama-t-il en brandissant la fiche que j'avais sortie du tas, était argentin il y a une vingtaine d'années. Membre de l'intelligentsia militaire, corrompu jusqu'à la moelle, accusé de détournements de fonds colossaux, il disparaît corps et biens. Il ne laisse derrière lui qu'une lettre dans laquelle il fait son mea culpa et indique qu'il ne supporte plus l'existence et le poids de sa responsabilité dans la mort de nombreux innocents. On le retrouve ici, en France, sous le nom d'Émilien Portal. Il s'est installé dans le nord de l'Aveyron, où il pratique le commerce virtuel, tout ce qu'il y a de plus légal.

— Comment ? murmurai-je, estomaqué. Comment ce type s'est-il retrouvé chez Laurie, qui l'a payé pour…

— Laissez-moi donc vous expliquer, me coupa Victor Principe, agacé. En réalité, Fontes vit grassement depuis vingt ans du produit de ses comptes domiciliés dans des paradis fiscaux. L'argent du sang argentin ! Cet homme n'a pas besoin de tuer pour gagner de l'argent, vous l'avez compris. Non, c'est tout autre chose… »

Mon interlocuteur s'interrompit quelques secondes, avant de reprendre un ton plus bas, comme s'il craignait d'être entendu.

« Fort heureusement, il n'a pas reçu l'ordre de vous liquider tout de suite. Votre amie en revanche ne faisait pas partie du deal et Fontes est un sadique. »

Mais que racontait-il ? Fontes, Portal ? Qui étaient ces gens ? Que voulaient-ils ? Quel était le rapport avec nous, avec le meurtre de Bartholomé, Axel Hainault, Harry ? Et cette histoire de nébuleuse ?

Je n'y comprenais rien.

Alors Principe s'installa dans un fauteuil face à moi et se mit à parler plus calmement. De mon côté, je me resservis un verre de cet excellent bordeaux. L'alcool me faisait du bien.

« Le système de la nébuleuse remonte aux grandes heures de la guerre froide, me confia Victor Principe. Quand il était impératif d'infiltrer des agents qui n'éveilleraient aucun soupçon. Et pourtant, à cette époque, le monde entier était soupçonneux. On appartenait obligatoirement à l'un ou à l'autre des deux camps. Il n'y avait pas de troisième voie possible. Lorsque le bloc soviétique s'est effondré, beaucoup de bonnes choses, je veux dire des méthodes qui avaient fait leurs preuves, ont été récupérées par le monde libre. Avec quelques modifications toutefois : les personnes concernées par la nébuleuse n'étant plus des agents travaillant pour la victoire de la nation, il fallut donc intégrer un nouvel élément pour que le système perdure.

— Bien sûr, marmonnai-je. L'argent.

— C'est exact, l'argent. Et les fonds de la mafia russe furent essentiels. Les réseaux contre des espèces, l'argent contre le savoir-faire. Le procédé, une fois assimilé, pouvait être décliné à n'importe quel cas, partout dans le monde ! En d'autres termes, il s'est démocratisé !

— Vous rigolez ? grinçai-je.

— Pourquoi ? C'est ainsi que des criminels, des hommes d'affaires, des avocats, des politiciens, des voyous de grande envergure, tous suffisamment argentés et embourbés jusqu'au cou – dans des crimes où la peine d'emprisonnement ou de mort était inévitable –, pouvaient disparaître. À l'Est comme à l'Ouest. Ce n'était plus réservé aux seuls agents de renseignements. Il suffisait de payer, et de s'engager à respecter les consignes.

— Quelles consignes ? Qui payer ? Qui contacter ? »

Victor Principe me sourit. Il me fit l'impression d'un chat devant un bol de lait. Pire encore, devant un oisillon tombé du nid.

« Le monde est vaste, mon cher Jan, et les ramifications de la nébuleuse, innombrables. Des gouvernements pratiquent les disparitions forcées depuis des années, afin de museler les dissidents et de persécuter des minorités. Chaque jour, des centaines de particuliers, plus peut-être, décident de tout plaquer, des milliers de femmes et d'enfants disparaissent, enlevés et vendus sur le marché des esclaves, des gens tombent dans des gouffres, se perdent en montagne, en vol, d'autres se noient, d'autres encore pourrissent chez eux, sans que personne ne s'en aperçoive. On croit savoir pourquoi les gens disparaissent. On le sait. Ou peut-être pas. Vous n'avez pas idée de la vitesse à laquelle le monde change, comme les choses et les personnes lointaines sont intimement liées. Imaginez Internet. Imaginez un globe terrestre sur lequel toutes les connections seraient visibles à un instant donné. Et vous avez un petit aperçu de ce qu'est la nébuleuse. Pourtant, activer ses services, c'est aussi simple qu'un clic de souris. Un jour, vous demandez de l'aide, le lendemain, ou des années plus tard, on vous demande de rendre un service. C'est tout !

— Non, ce n'est pas tout, rétorquai-je. Vous ne me ferez pas avaler ça. Vous me parlez de confiance, mais vous ne me donnez aucun élément. J'ai besoin de voir des noms, des adresses, des contacts, et vous le savez. Montrez-moi vos dossiers !

— Demandez donc à votre ami Harry alias Simon Fergusen. Réfléchissez ! Il a forcément les réponses, lui ! Sinon, il n'aurait pas une armée de tueurs à ses trousses ! »

# 88

Patiemment, un peu embrumé par l'alcool aussi, j'écoutai Victor Principe m'expliquer comment, à partir du moment où le candidat s'acquittait de son écot, la machine à disparaître s'enclenchait.

« Avant, on inventait une toute nouvelle vie au postulant. Ce qui devient plus difficile avec l'informatisation généralisée des données, mais ça se fait encore dans quelques pays aux usages archaïques. Maintenant, on vole celle d'un type, vivant à l'autre bout du monde, ou mort, selon les besoins. Ainsi, le candidat récupère un vrai passé, une réelle identité.

— Mais qui ça, *on* ? Et de quoi parlez-vous ? De ce nouveau fléau ? Ces vols d'identité dont le nombre a explosé ces dernières années ?

— Absolument. Il faut rassembler le nom, la date et la localité de naissance d'une personne. Puis une demande par mail suffit pour obtenir un acte de naissance authentique. Enfin, avec l'acte de naissance, une déclaration de vol faite en bonne et due forme au commissariat du coin et quelques factures récupérées dans les poubelles, il est aisé d'obtenir un passeport, un permis de conduire ou une carte d'identité.

— Ce n'est pas si facile que ça », lançai-je avec mauvaise foi.

Victor Principe avait raison, et je le savais. Un de mes derniers sujets avait justement traité de l'augmentation exponentielle des déclarations de perte de papiers d'identité. Je me souviens qu'en cinq années, en France, elles étaient passées de mille à cinquante mille environ par an.

« De plus en plus de gens la vendent au plus offrant, ajouta Principe en ignorant ma remarque. Comme ils vendent leur permis à points. Sur Internet ! Après, ils vont déclarer la perte ou le vol et se font refaire de nouveaux papiers.

— Mmmh… soupirai-je, accablé.

— Certaines victimes, dont l'identité a été usurpée pour des malversations, mettent parfois des années avant de prouver leur innocence ! Quand vous avez les bons numéros, vous êtes qui vous voulez ! La nébuleuse travaille à l'échelle internationale. Les mouvements d'identité, car c'est de cela qu'il s'agit, sont très difficiles à détecter, même en France. Alors, si le propriétaire de l'identité source en question est mort et enterré à l'autre bout de la planète, c'est impossible !

— Et comment paie-t-on ? Qui paie-t-on ?

— Je vous le répète, je l'ignore ! Et si j'avais toutes ces données, mon cher, je serais mort à l'heure qu'il est ! Regardez-vous, vous êtes moribond ! »

Sa tentative d'humour ne me fit pas rire, bien au contraire. Je fronçai les sourcils et m'enfonçai un peu plus dans le fauteuil, les yeux dans le vague, loin du regard noir de Principe, qui semblait s'amuser de me voir me racornir sur place.

Le deuxième verre de vin avait été suivi d'un troisième. Je ressentais un début d'angoisse et un léger picotement sur le bout de la langue, mais je me concentrai pour essayer d'y voir plus clair.

Apparemment, n'importe qui pouvait bénéficier des services de la nébuleuse. Victor Principe avait parlé de démocratisation. J'imaginais également que les services rendus et les prestations dépendaient des moyens de chacun, de leurs capacités physiques et intellectuelles et de leur culture générale. Un ouvrier ne pouvait pas espérer endosser l'identité d'un professeur de lettres, un cardiaque, celle d'un sportif de haut niveau, etc.

« Absolument ! m'affirma-t-il. Même si je n'ai jamais entendu qu'un ouvrier ait eu les moyens de faire appel à la nébuleuse. Mais qu'importe ! Et une partie de l'argent versé règle les frais de disparition : vol d'identité et rachat des papiers de toute nature, authentiques et livrés par l'administration elle-même, graissages de pattes divers, acquisition de résidences, défraiement d'hommes de main, de chirurgiens plastiques, de juges, de flics, évidemment, mais aussi de chauffeurs, d'employés de mairie, etc. La seconde partie constitue un pactole avec lequel le candidat peut jouir de sa nouvelle vie. Tout comme il peut s'en passer et repartir de zéro. »

Finalement, la nébuleuse fonctionnait sensiblement de la même façon qu'un programme de protection de témoins, mais pour le camp opposé à celui de la justice des États. Et à ceci près qu'il n'existait officiellement, d'après Principe, aucun fichier des postulants, ni même des employés de la nébuleuse, et que chaque domaine étant cloisonné, chaque acteur ignorant l'existence des autres, le système était impossible à démanteler.

« Il faut bien pourtant que quelqu'un recrute, qui est-ce ? » m'écriai-je.

Le front de Victor Principe se plissa comme un vieux parchemin.

« Des personnes influentes, qui côtoient beaucoup de gens et dans tous les milieux. Des avocats, des flics aussi, des banquiers, qui sont parfaitement au fait de la situation financière de leurs clients, des agents, de tout ce que vous voulez, des assureurs, des entraîneurs sportifs, le champ est vaste et infini ! Et bien entendu des malfrats de tous poils.

— Vous dites qu'il n'y a pas de fichier, mais vous avez enquêté sur la nébuleuse, vous avez monté un dossier, plusieurs murs de dossiers, ils sont là, dans cette pièce ! Des fichiers, des clichés, des pages par milliers ! Alors ne me racontez pas de conneries ! Vous en savez bien plus que vous voulez l'admettre ! » m'écriai-je en tentant de m'extirper du fauteuil où j'étais avachi.

Mais j'avais trop bu, trop de sommeil en retard, et je restai mou, incapable de me lever. Je maugréai contre mon imprudence et ma stupidité.

« Le principe fondamental et fondateur est : un service pour un service, déclama Victor Principe qui, lui, s'était relevé. Vous voulez disparaître, vous nous êtes redevable d'un service à n'importe quel moment de votre vie. Inversement, on a besoin de vous, on vous recrute, puis on vous fait disparaître en vous donnant une nouvelle existence. Et votre identité est répertoriée et peut être utilisée pour des postulants volontaires. Les médecins, les avocats, les majordomes, tous les acteurs de la nébuleuse ont un service à rendre ou, mieux encore, sont tout simplement employés par celui qui a un service à rendre et décide de sous-traiter. À ses risques et périls, bien sûr… »

Victor Principe parlait comme un dément. Il vivait

ce qu'il racontait. Ses yeux légèrement exorbités roulaient de droite et de gauche. Son apparence me dérangeait, mais bien moins que ses propos.

« En revanche, si vous rompez le pacte avec la nébuleuse, si vous quittez votre nouvelle vie, si vous revenez sur les lieux de l'ancienne ou si vous faites l'idiot en parlant à tort et à travers comme cet imbécile d'Harry, vous êtes un homme mort. Et il ne restera rien de vous. Pas la moindre molécule à faire analyser par un légiste !

— Vous voulez me faire avaler que c'est parce qu'Harry est un peu simplet qu'il a une meute de tueurs à ses trousses ? Mais vous rigolez ou quoi ! »

Je me mis à rire. Harry était loin d'être stupide, évidemment. Harry faisait partie de ces candidats à la disparition ! Restait à comprendre pourquoi il s'était retrouvé avec une meute de chiens enragés au derrière ! Ah ! Il allait m'entendre, celui-là !

Demain. Là, j'étais trop saoul. Fichu bordeaux.

Victor Principe parlait encore, mais ses mots semblaient prononcés dans une langue inconnue. Un sang de coton coulait dans mes veines, un besoin de dormir m'appelait, si grand, que je ne pourrais lutter longtemps contre ses tentantes volutes.

« Il n'y a rien de personnel dans ma démarche, mon cher Jan.

— Quoi ? bafouillai-je, empêché par une langue énorme.

— Non, rien de personnel ! »

La voix de mon interlocuteur se déformait comme une vieille bande magnétique passée au ralenti.

« Vous m'êtes même sympathique. Sympathique…

Et pour moi qui ne fréquente plus beaucoup d'humains, c'est un véritable déchirement. »

Que disait-il ? Déchirement. Déchirement.

« Mais la règle est incontournable, je vous l'ai expliquée. Vous m'entendez, Jan ? Jan, je suis navré, vraiment, vous n'aviez pas compris ? J'ai un service à rendre. »

# Pourquoi j'ai décidé d'écrire cette histoire…

# 89

Redevenir soi, exister juste un peu plus que ce cafard qui tente de se dissimuler entre les lattes du plancher. S'apercevoir que la pensée perdure, enlisée dans des perceptions cotonneuses, et qu'on n'a même plus l'énergie de se rebeller, de faire le mur ou simplement de piquer une bonne colère. Qu'on est plus vulnérable qu'un nourrisson, parce que les hommes et les femmes chargés de veiller sur nous ne nous aiment pas. Ces gens sont là parce qu'ils n'ont pas de passion, parce qu'ils sont médiocres et que leur incompétence s'est muée en sadisme, camouflé derrière le droit de prodiguer des soins hospitaliers.

Meuh…

Jouer à la vache, ça ne comble pas un homme ! Imiter le légume non plus. Et puis, abandonné des week-ends entiers, le derrière qui déborde et pas un morceau de papier pour retirer l'immondice.

Quand bien même, je n'aurais eu ni la force ni l'idée de m'en servir.

Le temps s'est écoulé.

Et entre ma vie de Jan Craven et celle qui s'égrène aujourd'hui, les passerelles se sont écroulées. Irrémédiablement. Comme le crépi bourré de salpêtre qui se détache des murs de ma cellule.

Des jours, aurais-je pu croire, puis des semaines, à en juger la longueur de ma barbe, et enfin des mois, constat simple et horrible, au hasard d'un journal oublié.

Je ne me souviens de rien. Même pas de m'être réveillé de cette intervention qui m'a transformé. La torture chimique a duré sept mois, sept mois au cours desquels j'ai ingéré tant d'anxiolytiques et d'antidépresseurs que mon foie n'en peut plus et qu'il va me lâcher, à moins que je n'ingurgite plus que des choses saines.

Comment aujourd'hui ne pas croire à la nébuleuse de Principe ?

Comment, sinon, expliquer ce qui m'a envoyé ici, dans ce centre psychiatrique où un seul médecin parle ma langue – je suis certain que lui aussi a un service à rendre – et d'où je ne sors qu'une fois par semaine pour errer sans but sur une plage rocailleuse, balayée par un vent glacial ?

Ces sept mois n'auront servi qu'à me faire oublier de mes amis – j'en avais peu – et de mes connections professionnelles.

Le résultat est un succès total.

Ici, je ne suis personne. Même après la coupe de cette barbe à la Soljenitsyne, je ne me suis pas reconnu.

Les traits ont été cassés, la mâchoire aussi et les dents arrachées pour être remplacées par des implants, le nez renforcé, le menton raboté. Du travail de pro.

Heureusement, j'ai conservé ma signature idéatique. Je sais, c'est une locution vide de sens, mais elle me plaît. Je ne me refuserai aucune satisfaction, plus aucune, jamais.

Alors, dites-moi, vous qui me lisez peut-être. Un visage, ça sert à quoi ? Exactement ? Moi, je crois que c'est une interface – des dizaines de muscles qui composent des expressions codifiées – pour vivre en société, se faire comprendre des autres, les séduire ou les effrayer, qu'importe, mais faire passer des informations.

Maintenant, à qui voulez-vous que je transmette des informations, qui puis-je séduire ou effrayer, sinon les cafards ? La nébuleuse m'a tout enlevé, tout ce qui me permettait d'exister ailleurs que dans mes fantasmes.

Je me suis demandé pourquoi.

Pourquoi ne m'avait-on pas tué ?

Et la réponse s'est imposée à moi sous la forme d'une évidence presque terrifiante : j'ai été épargné pour que je puisse réfléchir. Aucune punition n'a de sens si le châtié ne peut se pencher sur son sort. Et regretter, peut-être.

Alors je me suis jeté à corps perdu dans la rédaction de ce récit, avec l'impérieuse nécessité de transmettre, si possible, cette expérience calamiteuse, de m'en sortir aussi, peut-être, même si je n'y crois plus sincèrement.

Ma cellule mesure huit mètres de long sur trois de large. C'est en fait plus un couloir qu'une pièce confortable, avec pour fermer le rectangle une haute fenêtre grillagée sur un côté et une porte matelassée de l'autre. Désagréable à vivre, mais presque idéale pour ce que j'ai à y faire.

Deux fois huit mètres de murs blancs, ça fait un beau tableau.

Deux pans de mur pour deux théories, aussi plausibles l'une que l'autre.

Deux théories qui m'ont réduit à fréquenter des cafards.

Deux théories avec pour centre mon cher, mon regretté Harry.

# … Et d'envoyer la bouteille à la mer

## 90

Dans la première hypothèse, où Harry n'a pas toujours été Harry, je vois Simon Fergusen utiliser les services de la nébuleuse.

Pourquoi ?

Participe-t-il à l'enlèvement d'Axel Hainault ?

Sans aucun doute.

Simon Fergusen est un marin franco-anglais endetté qui doit se marier et se charger de l'avenir de sa mère et de sa sœur, de sa future épouse, de sa future belle-mère – veuve de marin avec une petite pension –, de ses futures belles-sœurs, sans parler de ses futurs marmots. Ça en fait, des bouches à nourrir ! Ça, plus le beau chalutier qu'il s'est acheté et qu'il n'est pas près de finir de payer, et Simon Fergusen, surendetté, aux abois, commence à boire, traîne et se bagarre pour quelques livres sterling.

Il est mis sur le coup par un type rencontré dans un bistrot, un type du continent, il y a beaucoup de veuves et d'orphelins dans le coin, un type qui travaille pour le compte d'un riche homme d'affaires français.

Simon Fergusen accepte aussitôt. Il accepte parce que le deal est simple et sans risque. Pour quinze mille euros chacun, ils ramassent un jeune gars, le gardent au frais pendant quelques jours, récupèrent une valise et conduisent le tout en Suisse par la vallée d'Abondance.

L'affaire se déroule sans heurts, le gamin est pénible, braillard, mais docile. J'imagine d'ailleurs aisément pourquoi Axel s'est vanté du meurtre de Narcisse à ses convoyeurs. Quel fanfaron, quel imbécile ! Mais il n'aurait jamais dû oublier que pour le commun des mortels, trente millions d'euros, c'est infiniment plus que l'attirail du parfait gosse de riche. C'est une vie entière !

La rançon est « payée », les flics gardés à l'écart. Tout est facile mais la tentation trop forte. Quand une valise contient des bons au porteur, c'est comme si le démon n'attendait qu'un geste pour jaillir de sa tanière. Simon Fergusen et son complice n'hésitent pas. Quelques verres, un ou deux rails de coke pour se donner du courage, c'est pas plus dur que de passer des semaines en mer, et ils se débarrassent d'Axel Hainault qu'ils massacrent à coups de pierre (c'est à ce moment probablement que Simon lui volera sa médaille de baptême, pourquoi, je l'ignore encore et je n'aurai jamais l'occasion de lui demander, mais c'est tellement plus joli que ce balai à chiottes que sa mère lui avait offert !).

Le corps dissimulé dans un coffre de voiture et ledit véhicule jeté à l'eau, les deux hommes se partagent les bons et décident de se séparer pour disparaître. Peut-être ce mystérieux complice a-t-il aidé Simon à organiser sa retraite au Kerala. Ou peut-être pas. Il n'y a rien de plus facile, quand on est marin, que de trouver un capitaine de cargo porte-conteneurs qui accepte de vous convoyer vers Kochi contre espèces sonnantes et trébuchantes.

Simon Fergusen s'active. Ses quelques biens sont placés sur des comptes offshore ou envoyés en Inde et rangés dans le coffre-fort de sa nouvelle propriété, il a engagé du personnel pour l'accueillir sur place. Le plan est simple. Il est idéal si, comme je le soupçonne, Simon Fergusen a sollicité les services de la nébuleuse pour s'évaporer dans la nature.

Comment a-t-il eu le contact, son complice, un banquier, un avocat, je l'ignore, mais Victor Principe a su m'embobiner, ils sont partout, je suppose qu'ils sont entrés en contact avec lui tout simplement, peut-être même lui ont-ils proposé le pack « disparition, cargo, conteneur, propriété en Inde et majordome ».

Peu importe, finalement, puisque le plan ne fonctionnera pas, puisque Simon Fergusen n'arrivera pas indemne au Kerala. Pourquoi ? Un mauvais trip, certainement, ivre de trop d'argent, de trop de drogue, ou d'alcool. Un accident vasculaire cérébral, une rupture d'anévrisme. Nul ne le saura jamais.

Mais Simon Fergusen devient Harry – Ary, le nom du chien de Dawn – et coule des jours heureux dans sa belle maison, entre Sushila et Cibal, jusqu'à ce que son passé le rattrape, nous rattrape.

Des hommes payés pour protéger la nébuleuse, pour empêcher Harry de raconter partout des histoires de conteneur, pour l'empêcher de me confier son histoire. Protéger à tout prix le système. C'est le deal. Il ne faut jamais parler.

La suite, on la connaît. Nous sommes pris en chasse, Sundeep Dhillon nous vient en aide puis nous trahit. Je ne doute pas un instant que Gorovitch ait su ce qui nous poursuivait : n'avait-il pas parlé de « pouvoirs nébuleux » ? Le destin a sa part de cynisme, Sundeep est morte au pied de son éden, des mains de celui qu'elle avait juré de protéger.

De son côté, Pierre-Louis Hainault, qui avait prévu pour son fils une nouvelle vie, en Suisse d'abord, puis dans un paradis fiscal quelconque où le jeune homme aurait pu sans peine dépenser sa fortune, ficher la paix au conseil d'administration et surtout, échapper à la justice – voire, et là je suis délibérément cynique, assassiner d'autres Noirs en toute impunité – donc, le père comprend que son plan a mal tourné quand il reconnaît le corps d'Axel défiguré par les coups de pierre et un long séjour dans l'eau.

Piégé, malheureux et seul, unique responsable de la disparition de son fils, il se mure dans le silence et le désespoir et meurt deux ans plus tard, son avion écrasé contre une montagne, malgré le joli temps. Drôle de fin.

J'ai alors compris, en dénouant progressivement les fils de cette histoire, combien j'avais été un pantin ridicule. En cherchant à sauver mon ami, nos avenirs et nos vies, j'avais conduit Harry/Simon Fergusen entre les griffes d'une mère assoiffée de vengeance et je m'étais jeté dans la gueule du loup, Victor Principe, probablement payé par la veuve pour retrouver les assassins de son fils.

J'avais finalement rendu un service à la nébuleuse en neutralisant Harry. Était-ce pour cela que j'étais encore vivant, capable d'écrire cette histoire pour moi seul ?

## 91

Dans la deuxième hypothèse, cet autre monde où Harry n'a pas toujours été Harry, je vois Axel Hainault, candidat à la nébuleuse malgré lui.

Si je me conforme aux explications de Victor Principe, alors Axel Hainault assassine Narcisse Bartholomé pour la simple raison qu'il est noir et qu'il plaît à sa petite amie. OK, banal. Confondant même.

Là où ça l'est moins, c'est qu'Axel n'est même pas inquiété et que les rares témoins du drame s'évanouissent dans la nature.

Mais un jeune flic, Victor Principe, un journaliste peut-être aussi, s'acharnent et le dossier n'est pas classé. Six mois passent. Coup de théâtre, Axel Hainault est enlevé devant l'École militaire, alors qu'il participe à un bal de fin d'année.

Très vite, Principe soupçonne une vengeance et tente de relier le rapt avec l'affaire Bartholomé. Mais la rançon de trente millions est versée par la famille, en contact direct avec les ravisseurs.

Des mois plus tard, la France est en émoi, le jeune Axel Hainault est retrouvé mort dans le coffre d'une voiture immergée dans un lac. Le père, Pierre-Louis Hainault, reconnaît le corps. Fin de l'histoire.

Ce que tous ignorent, c'est que Le Plan est en marche. Qui a fait appel à la nébuleuse ? Le père. Quel était le véritable danger que représentait Axel ? Je l'ai vu moi-même, dans sa chambre, ses livres, ses notes, ses idées totalement excentriques, son aversion pour les Noirs et surtout, le meurtre de Narcisse Bartholomé et l'impuissance du clan Hainault à étouffer l'affaire. Dieu sait ce qu'Axel aurait fait de l'empire lorsqu'il aurait eu le pouvoir entre les mains !

Pierre-Louis Hainault décide de faire disparaître son fils et lui offre une nouvelle vie. Pour que rien ne transpire, que personne ne soit au courant de ses desseins, Axel est laissé dans l'ignorance. Il vit l'enlèvement comme un véritable rapt.

On lui attribue l'identité d'un marin pêcheur disparu avec lequel il partage une certaine ressemblance, il subit les transformations physiques nécessaires à sa nouvelle vie et il est transporté jusqu'en Inde, dans un conteneur aménagé où il est censé couler des jours heureux. Axel Hainault va devenir Simon Fergusen, marin naufragé dont le corps n'a jamais été retrouvé. Et personne en Inde ne se souciera jamais de savoir si l'identité de Fergusen a été usurpée ou non !

Mais Axel Hainault fait un accident cérébral pendant l'intervention qui doit lui offrir un nouveau visage. Un minuscule caillot et hop, il ne reste plus rien de l'homme qu'il était. (Ou alors il a un choc à la tête, sombre dans la folie après des jours dans le noir, enfermé, menacé, frappé même, par ses ravisseurs, mais je n'y crois pas. Je préfère la théorie de l'accident vasculaire.) Et il devient Harry à cause du titre d'un article trouvé par hasard dans une revue.

Axel, alias Simon, alias Harry, devient ingérable pour la nébuleuse, d'où le bracelet émetteur qu'on lui fixe au pied. Ramener Harry à la raison est tout simplement devenu impossible.

Axel Hainault n'est plus, et Harry mon débile met

en péril, par sa seule existence et en répandant ses histoires de conteneur, le secret de la nébuleuse.

La sentence tombe. Il faut l'éliminer.

Voilà.

Pierre-Louis Hainault se tue dans un accident et emporte son secret dans la tombe, Harry/Axel s'installe dans la forêt du Kerala et vit près de dix ans heureux dans son arbre, jusqu'à ce que je tombe dans un de ses pièges.

J'ai développé deux théories, certes, mais je suis certain qu'Harry était Axel. Je crois que je le sais depuis le soir où mon ami a enfin obtenu la réponse qu'il attendait tant à sa fameuse question :

« Hey brin d'zingue, t'as pas cent balles ?

— Non, ducon, file-moi du shit ! »

Maudit mainate…

J'ignore comment Christine Hainault a découvert le secret de son mari, mais je suis certain qu'elle savait son fils toujours en vie et qu'elle a mis d'énormes moyens en œuvre, sans jamais réussir à le localiser. Finalement, elle l'a retrouvé grâce à moi. Pourquoi m'a-t-elle livré à Victor Principe ? Avait-elle un service à rendre ?

Et pourquoi torturer Peyton, pourquoi me jouer cette comédie du choix alors qu'Harry était à l'abri au château ? Victor Principe voulait me faire craquer, évidemment, pour récupérer toutes mes données.

Mais alors, ont-ils libéré Peyton ? Qu'est-elle devenue ?

## 92

Les yeux d'Harry étaient d'un bleu si rare que la ressemblance n'avait pu échapper à sa mère. Elle avait forcément reconnu son fils à l'instant même où leurs regards s'étaient croisés.

Moi, j'avais été abusé par le portrait d'Axel, dont les prunelles avaient été peintes avec un vert lumineux et de toute façon, je dois avouer que jamais je ne m'étais interrogé sur l'identité de Simon Fergusen. Sa famille de Jersey, ses amis, ses anciens collègues n'avaient pas douté, pourquoi l'aurais-je fait ?

Axel est devenu Harry, Harry est-il redevenu Axel Hainault ? Je l'ignore. Mon naufragé est de retour chez lui, en lieu et place d'une maison de pêcheur, il va habiter un château. Mission accomplie. Je peux considérer mon job terminé, la boucle est bouclée.

J'ai ouvert le bocal où flottaient ces yeux dont l'iris est recouvert de goudron et je me suis dit que ce n'est pas la couleur de ses yeux qui définit un homme. Ni le reste, d'ailleurs. C'est le regard des autres sur lui.

Axel était Harry.

Et ce fichu con, meurtrier, raciste insupportable, qu'avant j'aurais écrasé d'un coup de talon comme une vulgaire mouche à merde, était devenu mon ami.

J'ai souri pour la première fois depuis si longtemps que mes lèvres se sont craquelées.

Non, ces globes répugnants et anonymes ne me feront pas perdre espoir. Ils ne me tortureront plus. Celui qui me les a envoyés ne m'anéantira pas. Je les ai saisis par le nerf optique, bien décidé à cesser de jouer au chat de Schrödinger avec la vie d'Harry et celle de Peyton.

J'ignore à qui sont ces yeux, je ne le saurai probablement jamais et je m'en fous. Ils appartiennent peut-être à un mouton, qui sait, ils en cuisinent souvent dans le coin.

J'ai jeté les yeux morts dans les toilettes et j'ai tiré la chasse. Trois fois. J'ai fait tremper le récipient, je l'ai frotté et rincé, puis je l'ai bien essuyé et déposé sur mon bureau.

C'est seulement après que j'ai commencé à recopier mes notes. L'écriture m'a libéré, mais elle a fait renaître les fantômes des absents, les traces de pas en canard d'Harry sur le sable quand il traînait ses bidons, ses blagues idiotes et sa tendresse d'ourson, et Peyton, mon tourbillon d'amour, ma femme, ma petite eau pétillante, à peine retrouvée et perdue de nouveau. Je les veux vivants, je les sens vivants, c'est ce qui m'a permis d'aller au bout de mon histoire, ce qui me fait tenir.

Pourtant, la solitude me fait mal, à crever. La solitude de chaque jour qui passe, et celle des jours à venir, la solitude à perpétuité sans remise de peine. Mais ils ne m'auront pas. J'ai décidé de prendre à nouveau les comprimés.

Tant de choses me manqueront. Les matins d'automne, quand j'étais petit, ces matins où il fallait relever le col pour la première fois, où les tas de feuilles n'attendaient que nos pieds pour repartir embarrasser les trottoirs ; les lumières du printemps, fin mai début juin quand, même à sept heures, sur le chemin du lycée, il faisait bon, doux, et que l'odeur des arbres en fleurs et celle des cheveux des filles me faisaient croire que le monde m'appartenait ; je regretterai les copains, pas les amis, non, mais les copains qu'on se fait à dix-huit ans, le temps d'une soirée, ces amitiés aussi vite nées qu'éteintes, mais qui restent dans les souvenirs parce qu'elles étaient intenses, authentiques, sans calcul.

Je regretterai tout ça, et puis bien d'autres choses, mais ce n'est rien, rien en regard du démon qui me ronge, ce chagrin inconsolable, aussi violent que brutal, et contre lequel il n'existe aucun remède. Car jamais je ne saurai non plus ce qu'il est advenu de papa.

J'ai ouvert le récipient et j'y ai enfermé mon texte, soigneusement emballé dans une poche en plastique. Puis je suis allé sur la terrasse qui domine la grève. Un vent violent soufflait, comme presque tous les jours, et de grosses vagues s'écrasaient sur les rochers. Les embruns ont fouetté mon visage et se sont mêlés à mes larmes. J'ai alors lancé le récipient de toutes mes forces dans la mer, avec l'espoir un peu fou qu'à la faveur des grandes marées, le flot l'emportera.

Jan Craven.

## *Épilogue*

Trois coups sur la porte, puis deux autres, trois secondes plus tard, c'était le code. Charlotte Peyton poussa le lourd battant, se déchaussa immédiatement dans l'entrée et rangea ses bottes dans le placard prévu à cet effet. Daniel Craven avait ses habitudes. Des habitudes de vieux grognon maniaque que nul ne tenterait de changer, à moins d'être sourd ou d'apprécier les hurlements. Elle enfila ensuite une paire de mules, ramassa le panier qu'elle avait laissé sur le palier et se rendit dans la cuisine pour faire couler un café et fumer une cigarette. À cette heure, le père de Jan était déjà au travail dans les vignes.

Du temps avait passé sans que personne ne s'en rende vraiment compte. Après un hiver rude et le rallongement des jours, Peyton avait recommencé à respirer. La présence de Daniel lui faisait du bien et le vieux bonhomme semblait y trouver lui aussi son compte. Dans son esprit, Peyton était sa belle-fille, même si son nigaud de fils n'avait pas su la garder, cette si jolie perle que des saligauds avaient osé martyriser. Cette présence inattendue égayait la solitude de ses vieux jours, tassait l'angoisse de l'absence de Jan et, de son côté, Peyton avait elle aussi trouvé en Charente du réconfort, un lieu idéal pour se reconstruire.

D'un coup d'œil, elle visa la liste de tâches qu'elle avait dressée des mois plus tôt, lorsqu'elle faisait encore son apprentissage de la vie à la campagne.

« J'ai donné à manger aux lapins, aux oies, aux poules, j'ai ramassé les œufs, cueilli les haricots pour midi, j'ai sorti les chiens, le pain, ça cuit, la viande, c'est trop tôt, je prépare le café, et voilà ! Il est temps que je pense un peu à moi ! »

Peyton se laissa tomber sur une chaise en soupirant, attrapa le petit automatique qui était glissé dans sa ceinture, et le déposa sur la table.

Six mois plus tôt, quand elle était arrivée à la ferme Craven, il avait fallu vaincre ses peurs, ses terreurs post-traumatiques. La mort l'avait frôlée de si près qu'elle l'avait souhaitée ardemment, quand elle était ligotée sur cette chaise, dans cet affreux couloir. Des hommes l'avaient frappée jusqu'à ce qu'elle perde connaissance. Frappée, frappée et frappée encore. Et elle avait parlé, évidemment, elle avait dit ce qu'elle savait, donné tous les éléments qu'elle avait pu récupérer sur les tueurs de Laurie. Si ses tortionnaires le lui avaient demandé, elle aurait même inventé le reste, ce qui manquait et qu'ils cherchaient à savoir et qu'elle ignorait.

Maintenant, ça allait mieux, même si ses nuits étaient agitées et ses longues promenades, monotones, sans goût, sans envie. Le stress avait disparu. Restait l'angoisse. Et la peur.

La disparition de Jan était insupportable, mais l'ignorance dans laquelle toute cette histoire l'avait jetée était encore pire. Elle ne savait pas pourquoi elle avait subi un tel déferlement de violence, juste pour quelques photos et quelques noms. Ni encore pourquoi, un beau matin, elle s'était réveillée sans qu'aucun lien ne l'entrave, dans le coffre d'une voiture volée stationnée dans le XIII$^{e}$ arrondissement.

Aucune réponse, aucune piste, aucune raison. Avait-elle été définitivement libérée ? Ou était-ce un leurre, un piège pour lui extorquer d'autres informations qu'elle ne possédait pas ? Serait-elle un jour réellement en sécurité ?

Peyton n'avait aucune réponse. Ni sur ce que l'avenir lui réservait, ni sur ce qui était arrivé à Jan. Où se trouvait-il ? Avait-il été enlevé ? Avait-il été assassiné ? S'était-il enfui quelque part pour éviter d'entraîner ses amis et sa famille dans le bourbier dans lequel il avait mis les pieds ? Était-il avec Harry, qui lui aussi s'était volatilisé ? Personne ne le savait.

L'enquête de police s'était vite enlisée. La piste s'arrêtait dans l'appartement vide d'un ancien psychiatre, installé depuis des années avec d'autres sans-abri dans le bois de Vincennes. En fait, les flics n'avaient rien trouvé qu'elle ne sache déjà.

Peyton soupira et décida de passer dans la pièce voisine pour interroger sa boîte mail. Elle avait pris une année sabbatique mais elle refusait de perdre le contact avec ses relations. Dans son milieu, on oubliait vite les oisifs, et les places étaient chères. Et puis, elle espérait toujours recevoir des nouvelles de Jan, même si, chaque jour, l'espoir s'amenuisait. Windows achevait de démarrer quand un bruit ronflant de moteur lui fit lever les yeux de l'écran et s'approcher de la fenêtre.

Un Hummer jaune sable s'engageait sous le porche pour entrer dans la cour. Le cœur de Peyton s'emballa. Mais un long coup de klaxon digne de celui d'un truck la rassura aussitôt. Ceux qui lui avaient fait du mal ne s'annonceraient pas de cette façon.

Elle récupéra tout de même son pistolet sur la table de la cuisine, enfila ses bottes en râlant après les maniaqueries du vieux Craven et sortit. Ses mains tremblaient.

L'énorme 4 × 4 était garé au milieu de la cour. Les poules, curieuses, et les oies choisies pour leurs qualités d'excellentes gardiennes s'étaient déjà précipitées pour accueillir les visiteurs.

D'un geste, Peyton masqua le soleil qui l'aveuglait et tenta vainement de distinguer le conducteur à travers les vitres teintées.

Comme rien ne bougeait, son cœur s'emballa de nouveau, jusqu'à ce que la portière passager s'ouvre et qu'en jaillisse un homme, grand, rasé de près, élégamment vêtu, dont les cheveux, très longs, étaient attachés avec un ruban rouge.

« Salut, P'tits Bobs, c'est moi, Harry ! »

Charlotte Peyton crut qu'elle allait s'évanouir. Se pouvait-il qu'il soit là, avec lui… ?

« Jan ! Où est Jan ? » s'écria-t-elle, paralysée par une joie trop violente.

Mais l'espoir mourut dans la seconde.

La portière s'ouvrit et un homme qu'elle ne connaissait pas se posta à côté d'Harry, la main sur son holster et le regard fouillant les alentours.

Elle voulut dire quelque chose, mais sa gorge serrée ne laissait passer aucun son. Peyton se contenta de fixer ce grand gaillard, il avait changé, il avait pris du poids, ses dents étaient soignées, ses mains aussi. Mais il avait toujours, dans son regard bleu, cette simplicité, cette naïveté qu'elle lui connaissait d'avant. Quand ils étaient tous les trois. Tous les trois. Jan…

Peyton chancela. Harry s'en aperçut et se précipita vers elle pour la soutenir. Il lui claqua deux grosses bises sur les joues et s'écria :

« T'inquiète pas, P'tits Bobs ! La vieille a craché au bassinet ! Regarde, maintenant, je suis pété de thunes. »

Il portait de magnifiques bretelles sous lesquelles il glissa ses pouces en tournant sur lui-même.

« Tu sais, je m'appelle pus Simon Machin-Chose mais Axel Hainault-Malesherbes ! Tu t'rends compte ? Hainault-Malesherbes ! C'est de la bonne beu. Et ça, y paraît que c'est bon pour les affaires ! Mais toi, tu peux m'appeler Harry. »

Peyton sentit des larmes monter à ses paupières. Elle le regardait tournoyer, les bras ballants, incapable de faire un geste. Elle aurait voulu lui crier qu'elle se fichait éperdument de son fric, de ses délires, de lui, Harry, et de tout ce qui allait avec. Qu'avant, elle l'aimait bien, ça la faisait rire quand il l'appelait P'tits Bobs, elle avait même parlé de l'installer dans une cabane au fond du jardin mais ça, c'était avant. AVANT.

Elle eut subitement envie de disparaître dans un trou. De mourir pour s'endormir, pour tout oublier.

« Eh ben quoi, qu'est-ce que tu fous, t'as pas compris ? »

La voix d'Harry était soudain plus grave. Il était devant elle, à quelques centimètres seulement. Il sentait bon, une odeur de savon aux agrumes.

La jeune femme leva les yeux vers lui, saisit la main qu'il lui tendait et le laissa l'entraîner jusqu'à la porte de la maison, qui était restée ouverte.

« Va donc chercher tes affaires, Charlotte Peyton. Nous, on t'attend dans la bagnole. J'sais pas où il est, mais je peux te dire un truc, où qu'y soit planqué, on va l'retrouver, copain Jan ! »

JCNH. Nov. 09.

## Jérôme Camut et Nathalie Hug dans Le Livre de Poche

*3 fois plus loin* n° 31921

Dans les années 1950, quatre scientifiques traversent la jungle vénézuélienne en quête d'une espèce de singes muets. Ce qu'ils vont découvrir va changer le cours de leur vie. En Amazonie, de nos jours, Nina Scott dirige une équipe de cueilleurs d'essences rares pour l'industrie américaine, dans une région contrôlée par les braconniers et les trafiquants de drogue. En s'éloignant du groupe, Nina tombe sur les vestiges d'un site magnifique, où les singes sont silencieux et où les arbres dissimulent des charniers. Alors que la mort frappe ses compagnons, elle est miraculeusement épargnée. Des mines d'émeraudes colombiennes aux bidonvilles de Caracas, des palaces de la Côte d'Azur aux confins du désert marocain, Nina va alors s'embarquer dans une aventure qui pourrait mettre en péril sa vie et bien plus encore.

*Les Éveillés* n° 31719

Infirmière dans un centre pour polytraumatisés, Élise souffre depuis des mois d'insomnie. Dans le service, les gens racontent qu'elle a le don de réveiller les comateux. Cela semble impossible... et pourtant. Élise a ranimé Stanislas Opalikha. Lorsqu'elle est enlevée par ce redoutable assassin, c'est un inconnu guidé par d'effrayantes visions qui va retrouver leur trace. Un terrible compte à rebours commence alors, suscitant des questions aussi redoutées que fascinantes. Qui sont les éveillés, ces femmes et ces hommes dont les origines semblent remonter à la nuit des temps ? Un conte initiatique, entre rêve et réalité...

## Les Voies de l'ombre

1. *Prédation* n° 37255

Un cadavre dénudé est découvert dans une friche industrielle, la main droite déchiquetée. Un homme se tire une balle en pleine tête, dans un centre commercial bondé. Un jeune père, dressé comme un chien, est tourmenté sans relâche au fond d'un cachot sans porte ni fenêtre. Aucune piste, aucun lien, aucun mobile... Qui sont ces hommes ? Pourquoi ont-ils été choisis ? Pour quelle mise à mort aberrante ? *Prédation* entrouvre la porte d'un univers imprévisible et angoissant, étrangement en prise avec les faits divers les plus choquants de notre époque.

2. *Stigmate* n° 37287

Quand les victimes d'un monstre fascinant et obscène se lancent sur les traces du prédateur qui a dévasté leur vie, elles ignorent qu'elles n'auront pour seules issues que la fuite, la mort ou... les voies de l'ombre. Écoutez Kurtz : « J'ai de l'amour pour mes chiens d'attaque. Certains, il a fallu les tabasser, d'autres pas. Il n'y a pas de règles. C'est ça l'extraordinaire chimie de la nature humaine. C'est passionnant. Approche-toi, ami voyeur. Et n'aie pas honte de ton vice. Viens pénétrer le monde d'un artiste du crime. Il est temps que je me présente et que j'offre ma réflexion à la multitude. » Jérôme Camut et Nathalie Hug replongent en plein cauchemar les principaux personnages de *Prédation.*

3. *Instinct* n° 31380

Et s'il suffisait de 25 tueurs pour plonger la France dans le chaos ? Une meute sans visage dressée par un pervers de génie pour frapper ses cibles avec une perfection terrifiante... Et s'il suffisait d'un seul homme ? Pour que nous nous mettions tous à douter...

*De Jérôme Camut et Nathalie Hug*

*EspylaCopa*, nouvelle, Bragelonne, « Fantasy 2006 », 2006.
LES VOIES DE L'OMBRE, I, *Prédation*, roman, Télémaque, 2006.
LES VOIES DE L'OMBRE, II, *Stigmate*, roman, Télémaque, 2007.
LES VOIES DE L'OMBRE, III, *Instinct*, roman, Télémaque, 2008.
*Les Éveillés*, roman, Calmann-Lévy, 2008.
*3 fois plus loin*, roman, Calmann-Lévy, 2009.
LES VOIES DE L'OMBRE, IV, *Rémanence*, roman, Télémaque, 2010.
LES MURS DE SANG, roman, Calmann-Lévy, 2011.

*De Jérôme Camut*

MALHORNE, I, *Le Trait d'union des mondes*, roman, Bragelonne, 2004.
MALHORNE, II, *Les Eaux d'Aratta*, roman, Bragelonne, 2004.
MALHORNE, III, *Anasdahala*, roman, Bragelonne, 2005.
MALHORNE, IV, *La Matière des songes*, roman, Bragelonne, 2006.

*De Nathalie Hug*

L'ENFANT-RIEN, Calmann-Lévy, 2011.

www.jeromecamut.com
www.nathaliehug.com

Composition réalisée par PCA

Achevé d'imprimer en septembre 2011, en France sur Presse Offset par
Maury-Imprimeur - 45330 Malesherbes
N° d'imprimeur : 166898
Dépôt légal 1re publication : octobre 2011
LIBRAIRIE GÉNÉRALE FRANÇAISE - 31, rue de Fleurus - 75278 Paris Cedex 06

31/5823/5